新潮文庫

二都騒乱

新・古着屋総兵衛 第七巻

佐伯泰英著

新潮社版

9828

目次

二都騒乱

新・古着屋総兵衛　第七巻

第一章　お籠《こも》り総兵衛

一

冬至を過ぎて一年でもいちばん昼が短い季節を迎えていた。

見るからに冷たそうな賀茂川の流れの堰《せき》に棒杭《ぼうぐい》が並び立ち、白鷺《しらさぎ》がじいっと羽を休めていた。

南国の安南《アンナン》生まれの総兵衛にとって京の底冷えのする冬は厳しくも骨身に堪《こた》えるものだった。だが寒さ以上に、坊城桜子《ぼうじょうさくらこ》としげの二人を何者かによって拐《かどわか》された事実は総兵衛を苦悩の底へと追いやった。

総兵衛は桜子の実家である朱雀大路《すざくおおじ》の坊城公望《きんもち》家に起居しながら、その大半の刻《とき》を敷地の中にある毘沙門天《びしゃもんてん》を祀《まつ》った御堂に籠り、

「桜子としげの無事」

を祈り続けた。

毘沙門天は、四天王・十二天の一つであり、須弥山《しゅみせん》の中腹に棲《す》んで、夜叉《やしゃ》、羅刹《らせつ》を率いて北方界を守護し、また財宝を護《まも》る武神であった。

なぜ公卿《くげ》中納言《ちゅうなごん》坊城家に毘沙門天が祀られた御堂があるのか、確かな謂《いわ》れは知らなかった。だが、桜子が幼き折に遊び、親しんだ御堂として聞いたことを思い出し、頼ったのだ。

総兵衛は桜子が攫《さら》われたと知ったとき、憤怒《ふんぬ》の形相の武神に救いを求めた。

師走《しわす》、桜子としげは錦市場《にしきいちば》に買い物に出て行方を絶った。

二人が帰邸の刻限を大きく過ぎても戻ってくる様子がないと知らされた総兵衛は、毘沙門天堂に籠り、北を背にして南の方角、総兵衛の生まれ故郷に向って思念を送り続け、桜子としげが鳶沢《とびさわ》一族と敵対する薩摩《さつま》によって誘拐《ゆうかい》されたことを確信した。

その時点で動こうとする従者の田之助を止め、桜子としげが薩摩の手に落ちた以上、

「いや、今は動いてはならぬ。先方から必ずや連絡《つなぎ》が入る」

と待つことを命じた。

総兵衛は連日毘沙門天堂に籠った。

桜子としげの危難に坊城公望は、京の人脈を通じて二人が薩摩屋敷のどこに幽閉されているか、その場所を探っていた。

一方で公望は総兵衛の京での知り合い、じゅらく屋栄左衛門《えいざえもん》と茶屋清方に使いを立て、桜子らの危難を告げていた。

公望は、両者に桜子の行方追及を願ったわけではない。だが、京の地に父祖の代から住いしてきたじゅらく屋と茶屋家がこの事実を知らされて動かないわけがないことを承知していた。

ために公望自らを通じて朝廷方面から、じゅらく屋を通じて商い関係から、そして、徳川家康以来、江戸幕府の細作《さいさく》を務めてきた茶屋家には京の裏情報をと、三つの方向から桜子の幽閉された場所を探ろうと考えたのだ。

田之助は、総兵衛が桜子拐しに関してどこにも知らせてないことを訝《いぶか》りつつも、迷った末に早飛脚で江戸富沢町《とみざわちょう》にその事実のみを知らせた。さらに鳶沢一族の下に集うことを誓った柘植《つげ》一族の長、柘植陣屋の柘植宗部《そうぶ》に書状を書き送った。これらのことは総兵衛の許しを得ずに行われた。田之助はこの無断での行為が総兵衛の怒りを買ったときは、自らの死によって詫《わ》びる覚悟であった。

こうして朱雀大路の坊城家では緊張に包まれながらも表立った動きがとれず、ただ重苦しい日を重ねていくばかりだった。

毘沙門天堂に籠る毎日を繰り返す総兵衛は動かない。坊城家の女衆《おんなしゅう》が膳《ぜん》を御堂に運んでいったが、総兵衛は飲み物と夕餉《ゆうげ》の折に一日一度、わずかな食いものを口にするだけで、ただ毘沙門天に祈願し、その時を待ち続けていた。

北郷陰吉《きたごうかげよし》は、御堂を望む庭の掃除をする体《てい》で総兵衛が動く時を待ち受けていた。だが、どこからもなんの知らせもなく、また御堂の扉が開くことはなかった。

冬至を過ぎて畳目一目ずつ日が長くなるというが、未《ま》だ昼間より夜が長いことに変わりはなかった。

その日早くも夕暮れが訪れていた。田之助が庭に姿を見せた。そろそろ総兵衛が毘沙門天堂のお籠りから出てくる刻限だったからだ。

「田之助どん、おいはもう辛抱しきらん」

と北郷陰吉が迫った。陰吉は田之助の父親ほどの齢《とし》だが、外見や挙動からはそうは見えなかった。

「総兵衛様の命なく動くわけにもいきますまい。今はひたすら我慢の時じゃ」

「桜子様の身になんぞあったら、わしゃ、生きちゃおれん」

田之助が陰吉の顔を見た。

「ないかおかしかか」

「そなた、薩摩者でしたな」

「おお、薩摩からの転び者《もん》じゃ。今はこげんして大黒屋総兵衛様にお仕えしちょる。田之助どん、主《あるじ》への忠義が奉公の年月の長短で決まるちゅうなら、おいは、田之助どんに信用されんでも不思議はなか。じゃっどん、こたびのことは心から案じとる」

「そのようなことを問うたのではない」

「そんならなんな」

「桜子様としげが京のどこに連れ込まれたか、そなたに見当がつかぬか尋ねてみようかと思っただけだ。じゃが、知っておるならば、陰吉さんが話さないわけはない」

「そげんことか。おいも何度も考えた。おいが立ち入ることを許された薩摩屋敷はほんのすこしだけじゃ。薩摩もおいが鳶沢一族に転んだことを承知しておろう。となれば、おいがどう総兵衛様に進言して動くかと考えて待ち受けているはずじゃ。桜子様としげさんはおいなぞが思いもつかん場所に匿《かくま》われちょっとじゃなかろか。田之助どん、そげん思わんな」

「言われてみれば、私どもが陰吉さんの知恵を借りるのは薩摩の思うツボじゃな」

「おいの知る以外の場所を思い付けと命じられても田之助どん、思い付かん。ゆえに総兵衛様もおいに問い質《ただ》されん」

陰吉が嘆きつつも応《こた》えた。

そのとき、ぎいっと御堂の扉が開いて総兵衛が姿を見せた。その背後に片手に宝塔、もう一方に矛を持った武神が陰吉を睨《にら》んで、陰吉は背筋を寒くした。

「総兵衛様、なんぞ知恵が浮かびましたか」

陰吉が問うた。

「そなたに浮かばぬ知恵がなんじょうあってこの総兵衛に浮ぶ」

「冗談をいうちょる場合じゃなかろが」

「相すまぬ」

「なにも謝らんでもよか」

「陰吉、田之助、あと一日二日の辛抱じゃ。薩摩も迷うておる。こちらが動かぬことを訝しく思うておるのだ」

「総兵衛様、こちらが動かぬことに焦《じ》れて薩摩が動きますか」

「必ず動く」

と自らに言い聞かせるように呟《つぶや》いた総兵衛が、

「この屋敷の主どのからもじゅらく屋さんからも茶屋様からも返答がないということは、すでにこの京の外へ桜子様としげが連れ出されておるのか」

と自問した。

坊城公望は身分柄禁裏御所の人脈に通じていた。老舗《しにせ》呉服屋のじゅらく屋栄左衛門は京の町屋に通暁《つうぎょう》し、豪商茶屋家は京の寺から下々までの情報を常に得ていた。

この三方の網にかからぬのは、すでに桜子としげが京の外に連れ出されたのではないかという考えが、総兵衛の脳裏に宿っていた。だが、同時に、薩摩屋敷のある京の地に二人を隠しておかぬのは、総兵衛と交渉する折に不都合ではないかとも思っていた。

「総兵衛様よ、わしはこの京におると見ましたがのう」

と陰吉が言い、

「わしが動いてはなりませぬか」

と訊《き》いた。

「薩摩に捉《つか》まればそなたの命はない」

「分っております」

「命がないだけではない。手ひどい拷問《せめ》を受けてなぶり殺しにされよう」

「桜子様がどこにおるか、わずかな証《あかし》でも探り出せるならば、その覚悟はできております、総兵衛様」

「北郷陰吉の命の代わりに身を救われても桜子様は喜ばれまい」

と陰吉の考えを止めた総兵衛が、坊城家の門前に注意をやった。

人馬が到着した気配がしたからだ。

田之助と陰吉が腰に差した刀の柄《つか》に手をかけ、門前へと走った。

総兵衛は御堂の前に止《とど》まったが、その耳に馬の嘶《いなな》きが聞こえてきて、田之助の、

「おお、柘植満宗《みつむね》様、新羅《しらぎ》次郎、三郎のご兄弟もおられる」

と喜びの声がして、

「おうおう、信楽《しがらき》助太郎さんとだいなごんさんも京に帰ってきてくれたとな」

と陰吉の声がした。

総兵衛は毘沙門天堂の前で待った。すると緊張の体の田之助が満宗一行を引き連れて、

「総兵衛様、柘植満宗様方が助勢に参られました。このこと、総兵衛様にお許

しもなくそれがしの一存にて知らせ申しました。どのような成敗も田之助、お受けする覚悟にございます」

「覚悟とはなにか、田之助」

「わが命、投げ出す所存にございます」

「おかしな話よのう。京にて難儀に墜《お》ちた総兵衛に手勢が足らぬと思うたゆえ、そなたは柘植の里に使いを立てたのではないか」

「いかにもさようにございます」

「助けを呼んでおいてそなたが自裁するというか」

「はっ、はい」

「それでは勘定が合うまい、覚悟のときは今ではないわ。のう、満宗」

「いかにもさよう」

と答えた満宗に、

「そなたら、すでに柘植の隠れ里を立ち退き、鳶沢村に向かったのではなかったか」

と糾《ただ》した。

「三郎とだいなごんの帰りを待って、柘植の隠れ里を立去る心積もりにございました。ところが三郎らが戻った夜に、おだいのお婆《ばば》様が突然身罷《みまか》りまして、弔いから初七日を為《な》すために私どもの出立が遅れたのでございます。そんな最中に田之助さんからの早飛脚が柘植の隠れ里に届いたというわけでございます」

「なにっ、おだい様が亡《な》くなられたか」

総兵衛は短い柘植滞在の折、桜子が柘植の女衆と交流を重ねていたことを承知していた。とくに柘植衆の女衆の最年長のおだいと楽しげに談笑する光景を何度か見ていた。おだいは桜子を孫のように思っていたのだ。

「おだい様は桜子様の京での難儀を悟っておられたか」

と呟く総兵衛に満宗が、

「うちの親父《おやじ》様もお婆は桜子様の危難を察して、われらを引き止めたと言うておりました」

満宗の言葉に総兵衛が頷《うなず》き、

「そなたらの再訪をこの家の主どのにお断りせねばなるまい」

と言ったところに当の坊城公望が姿を見せて、言葉をかけてきた。

「総兵衛様、柘植の里から援軍がお出《い》でやしたか」

総兵衛が満宗らの京入りの経緯《いきさつ》を説明すると、

「桜子にはまだ運が残っておます。毘沙門天とおだい様の霊が守り神のように桜子にはついておりますんや」

と言い切り、柘植衆五人の寝所に坊城家の奉公人長屋の離れ屋を使うことを許してくれた。まずは馬一頭の背から積んできた荷を下ろし、手入れをしてやると餌《えさ》を与えて厩《うまや》に休ませた。

そのあと、坊城家が心遣いで立てた湯に総兵衛らが次々に入り、総兵衛ら三人の住いの離れ屋に柘植一族五人が加わっての夕餉が始まった。

主の坊城公望は、総兵衛ら八人が心おきなく話せるようにその席には加わらなかった。久しぶりに人数が増えた総兵衛らの膳には酒がついていた。

総兵衛が、

「主様の心遣いじゃ、柘植の隠れ里から夜通し走り抜いてきたのであろう。今宵《こよい》は酒を呑《の》んでゆっくりと休め」

「総兵衛様、桜子様としげさんを拐《かどわか》した相手は薩摩と見てようございますな」

と柘植満宗が酒どころかという顔で糾した。

「その他に思いつく当てがない。まず薩摩と見てよかろう」

それは総兵衛の確信だった。

「ならば酒は遠慮しておきまする」

と断った満宗が、

「ならば薩摩一本に絞って、なんぞ策はお立てになりましたので」

とさらに問い糾した。

「満宗、考えるところあって田之助にも陰吉にもこちらから探索に動くことを禁じてきた。薩摩から必ずや桜子様としげの身を預かったとの連絡《つなぎ》が入ると見たからじゃ。じゃが、ただ今のところ薩摩からなんの音沙汰《おとさた》もない」

「そのことをどう考えればよろしいのでございましょうか」

「満宗、こちらが動かぬことを、薩摩はこちらの策とみておるのか、あるいは手勢が少ないゆえどこぞからの援軍を待っておるとみておるのではないかと思うてきた」

「となりますと、薩摩の眼がこの坊城屋敷に注がれておりますな」

「まず間違いないところよ。常に朱雀大路の向うから坊城屋敷の出入りは見張られておるわ。そなたらが到着したこともすでに薩摩屋敷に知らされておろう」

「こちらに急ぐことに没頭して迂闊《うかつ》にも気が付きませんでした。私どもが参った以上、総兵衛様、京の薩摩屋敷相手に正面から戦いを挑みましょうぞ」

「満宗、われら八人で薩摩屋敷に斬《き》り込む所存か」

「総兵衛様、親父様はわれらの連絡《つなぎ》を柘植で待ち受けております。鳶沢村に移すはずの柘植衆百余人はいつでも京入りする手筈《てはず》にございますぞ」

「満宗、天皇様のおわす京で柘植衆が徒党を組んで薩摩屋敷に斬り込んでみよ。戦と間違われて大騒ぎになろう。鳶沢一族はこの一事で滅びよう。また桜子様としげの命が危うくなるも必定じゃ。さらにはわれらが逗留《とうりゅう》するこの坊城家に迷惑がかかろう。こたびのこと、ひっそりと動き、一気に決着をつけて、二人を奪還せねばならぬ」

「柘植の里に待機する一族は要らぬと申されますか」

「まあ、聞け。いや、その前に再会の印に酒を酌《く》み交わそうぞ。総兵衛にいささか考えがあってのことじゃ、酔い潰《つぶ》れるまで呑んでもかまわぬ」

総兵衛が田之助に無言裡《り》に命じて、以心伝心、主の気持ちを察知した田之助が、

「栢植満宗どの、総兵衛様の命にございますぞ」

とまだ弱年のだいなごんを除いた四人の栢植衆の盃を満たし、その間に陰吉が総兵衛の盃に酒を注いだ。さらに田之助と陰吉が互いに注ぎ合い、総兵衛が、

「満宗、ようも京に駆け付けてくれたな、礼を申すぞ」

「総兵衛様、われら栢植一族は鳶沢総兵衛勝臣《かつおみ》様との臣下の誓いをなした者どもにございますれば主君の危難に万難を排して駆け付けるのは当然の務めにございます」

「うむ」

と首肯した総兵衛が一人ひとりの顔に視線を移しつつ、

「公望様の厚意頂戴《ちょうだい》しよう」

と口に盃を運ぶと、

「頂戴致します」

と満宗が応じて、一同が盃を空けた。

「総兵衛様、満宗の問いにご返答をもろうておりませぬ」

「柘植一族を京入りさせることはならぬ。今晩にも宗部に宛《あ》てて書状を認《したた》める。だいなごん、明朝、柘植に走れ」

「えっ、総兵衛様、だいなごんの働き場所は京にはございませんので」

「だいなごん、総兵衛様の命に逆らうや」

満宗の叱声《しっせい》が飛んだ。

「満宗様、おれ、桜子様を助けるために京にいたいだけなんじゃ、だめか」

だいなごんが満宗と総兵衛を上目遣いに見た。

「どうしたものかのう」

総兵衛が呟き、北郷陰吉を見た。

「おいの考えを話せと言われるか。薩摩の眼がこん屋敷に光っちょるのは桜子様としげさんが捉まったときから考えられたことじゃ。今晩、屋敷入りしただいなごんどんが独りで動くならば薩摩が見逃すはずもなかろ。総兵衛様の書状は餅屋《もちや》に任されたほうがよか」

陰吉は飛脚屋に届けさせろと言っていた。

「それも一理じゃな」

「総兵衛様、おれ、京に残ってよいのか」

「その代わり十分に働いてもらうぞ」

「桜子様の行方は必ずこのだいなごんが見つけるぞ、総兵衛様」

と応じただいなごんが、ちらりと満宗に視線をやった。にたりと笑ってだいなごんの視線を受け流した満宗が、

「この場にある八人で桜子様としげさんの奪い返しをやり遂げると申されますか」

「戦は数ではないわ。永禄三年（一五六〇）五月十九日、二万余の大軍を率いて上洛《じょうらく》する今川義元の軍勢に織田信長様はわずかな手勢を率いて田楽狭間《でんがくはざま》に陣を休める敵方を暴風雨をついて急襲し、勝ちを得たではないか」

柘植満宗は異国生まれの若い主から桶狭間《おけはざま》の戦いを聞かされて、なんとも不思議な感じをもった。われら柘植一族が命運を託した若武者は、はるかに考えが広く、緻密《ちみつ》にして豪胆だった。それでも満宗は、

「その信長様は天正十年（一五八二）、この京の本能寺にてわずかな従者の隙《すき》を突かれ、家来の明智光秀の謀反《むほん》に天下統一の夢を破られましたぞ」

と反問してみた。

「信長様が桶狭間で勝利したのは敵方の油断ゆえならば、この京に自滅したのもまた信長様の驕《おご》りからくる油断であった」

「いかにもさよう」

「薩摩はこの京で他の大名家を出し抜いて勢力を伸ばしつつある。島津様が徳川幕府の後釜《あとがま》を狙《ねら》っての布石ではあるまいか」

「薩摩はそのような不届き千万なことを考えておりますので」

満宗が驚きの顔付きで問い返した。

「満宗、薩摩が京に拠点を定め、朝廷と密接なつながりを結ぼうとしているのは事実じゃ。だが、徳川の後釜を狙っておるのではないかというのはあくまで、私の推量に過ぎぬ」

「はい」

「そなたらが加わったが総勢八人がわれらの戦力、数に勝る薩摩が桜子様を拉《ら》致《ち》しつつも動かぬのは、こちらの動揺か、破綻《はたん》を待っておるからと見た。また、江戸あるいは鳶沢村から援軍を呼ぶにはまだまだ日数がかかる。薩摩はわれらが時を稼ごうとしていると考えておるやもしれぬ」

「柘植衆なれば二、三日で百人余の人数を京に送り込めます」

「満宗、最前も申したぞ。われらは江戸富沢町の古着屋である。薩摩がわれらの裏の貌《かお》を承知していたとしても、われらが京で商いをしているかぎり押し潰すことはできまい。無勢が多勢を倒す策はただ一つ」

「相手の油断をつくことでございますか」

「いかにもさよう」

「ならばなにをなせばよいのでございますか、総兵衛様」

「満宗、今宵は公望様のご厚意の酒をたっぷりと呑んで酔い潰れよ。謡《うた》い踊ったとて、この屋敷の主《あるじ》どのは大目に見て下されよう」

「ほうほう、油断を相手にな。ならば次郎、三郎、助太郎、せいぜい酔った振りをせえ」

「満宗、酔った振りでは相手も油断はすまい。本気で酔え、主の命ぞ」

「なんと厄介な命があったものか」

と柘植満宗が洩《も》らしながらも、

「総兵衛様、今宵はお婆様の初七日でございますぞ。私が柘植の盆に演じられる舞をお婆の供養《くよう》に披露しましょうかな」

と応じると、まず汁物の椀《わん》の蓋《ふた》に自らなみなみと酒を注ぎ、
ぐびりぐびり
と呑み干し、立ち上がった。

次郎、三郎の兄弟も見倣《みなら》い、残った助太郎とだいなごんが歌い出した。なんとも在所風でしっとりとしていた。

「よいとな、柘植の盆には満月《つき》が出る、よいとなお婆が死んだは師走《しわす》のことじゃ、よいとな」

三人の男たちの引く手差す手は緩やかだった。

「お婆おだいよ、成仏《じょうぶつ》七日。京の都で盆踊り、よいとな」

総兵衛は満宗らの踊りを見ながら、酒を口に運んだ。

京の朱雀大路の公卿《くげ》の屋敷にあって流れる調べは都風ではなかった。また舞

うのは男だけでもあった。それだけになんとも言いようのない哀調と寂寞《せきばく》があった。加太峠《かぶと》近くの隠れ里で野伏せりまがいの所業をなしながら、二百二十年余ひっそりと暮らしてきた柘植衆の暮らしが歌と踊りから垣間見《かいまみ》えた。

「よかよか、おいどんも踊りにまじらせたもんせ」

北郷陰吉が立ち上がり、続いて田之助が踊りの輪に加わって柘植おだいの初七日の供養が果てしなく続いていこうとしていた。

二

朱雀大路の坊城公望家に滞在する総兵衛一行の宴は一人ふたりと酔い潰れ、ごろりごろりとその場で眠り込んでいった。

最後に残ったのは酒を呑めないだいなごん少年と総兵衛の二人だけで、河岸《かし》の魚のように転がった六人を見ながら総兵衛が、

「おだいお婆様の供養の宴《うたげ》、いささかあの世で呆《あき》れておられよう」

「総兵衛様、おれも眠い。おれ一人で満宗様方を長屋に連れていくのは無理じゃや。どうしたものか」

「正月も近いというについ呑《の》み過ぎた。二人でなんとか皆を起こそうぞ」

と総兵衛が応《こた》え、田之助の体に手をかけ、

「田之助、起きよ。風邪を引いてもならぬ。京は底冷えのする都じゃ。このままでは凍え死ぬぞ」

と呼びかけた。

坊城家は貧乏《すかんぴん》公卿の一家、隙間風がどこからも入ってきた。

「はっ、はい。もはや酒は呑めませぬ」

「酒を呑めと申しておるのではない。起きよ、と言うておるのだ」

田之助をなんとか起こした総兵衛は、北郷陰吉に呼び掛けた。

「そなた、酒なんぞは薩摩の強酒に比べれば水のようだと豪語していたではないか。いくら呑んでも水のようで腹に堪《こた》えぬと威張っておったな。本日の醜態はなんだ」

「そ、総兵衛様。京の酒は美味《うま》すぎるぞ。美味いゆえつい油断した。足腰が急にやられた、こりゃ、本式に酔うた、酒を呑みながら踊ったのがいけんかったかのう」

呂律《ろれつ》の回らなくなった陰吉が、

「か、厠《かわや》ですっきりとしてくる」

「よいか、廊下などで眠り込んで粗相するでないぞ」

「し、しんぱいはない」

と答えた陰吉が這《は》うようにして廊下から厠に向かい、

「陰吉の爺《じい》様よ、厠はそっちではない。こっちだぞ。しようがないな、おれが手を貸そう」

だいなごんが己の爺様といってよいほどの齢《とし》の北郷陰吉を厠に連れていき、残った柘植満宗が、

「こ、今宵《こよい》は深々と馳走《ちそう》にあ、相成りました。こ、これでお婆様も安心してあの世へと旅立ったことでございましょう」

と意の通じない礼を述べると、ゆらりと立ち上がり、

「これ、次郎、三郎、助太郎、寝所に戻るぞ。われら、いささか度を過ごした、不覚であった」

と四人がもつれあうようにして、離れ屋から坊城家の長屋へと戻っていった。

宴の残骸《ざんがい》が残る座敷に残ったのは、総兵衛と田之助だけだ。片付けはそれがしが致します
「総兵衛様、隣の座敷に床が敷いてございます。片付けはそれがしが致します
ゆえお先にお休み下さい」
田之助がとろりとした眼で願い、総兵衛も、
「田之助、そなたも休め。片付けは明日の朝に致そうぞ」
と言うやいなや寝床に転がり込むと忽《たちま》ち鼾《いびき》が響いてきた。その鼾を聞きなが
ら田之助も、
「呑んだ呑んだ。桜子様としげが拐《かどわか》しに遭《お》うたというのに呑み過ぎた」
と悔いの言葉を独《ひと》り言《ご》ちながら、行灯《あんどん》の灯りをなんとか吹き消すとその場に
ごろりと眠り込んだ。
宴の座敷には火鉢がいくつか置かれてあった。炭火の灯りが田之助や総兵衛
の眠り込んだ顔をほのかに浮かび上がらせていた。
桜子としげが行方を絶って早六日目が過ぎようとしていた。
総兵衛らは薩摩の見張りに油断させようと呑み始めたものが、つい度を過ご
して死んだように眠りに就いた。

厠に行った北郷陰吉とだいなごんは、どこで眠り込んだか、いつまでも戻ってこなかった。ただ離れ屋に醜態のあとが残されて、鼾だけがあちらこちらから響いていた。

四半刻《しはんとき》（三十分）後、坊城家の一角で、こそりと動いた二つの影があった。

薩摩藩京屋敷の密偵、強脛《こわすね》の冠造《かんぞう》の弟分、鬼口《おにぐち》の弐兵衛《にへえ》と冠造の末弟分のゆだいくりの虎次《とらじ》だった。ゆだいとは涎《よだれ》のことだ。

冠造がれっきとした士分ではないように弐兵衛も虎次もまた薩摩藩の家臣団の大半を占める下士、外城《とじょう》衆一万三千余人の一人に過ぎなかった。

弐兵衛と虎次が薩摩藩の京屋敷に奉公が叶《かな》ったのは、兄貴分の冠造の強い推挙によってのことだ。その背景には薩摩藩が、京におわす天皇家との絆《きずな》を造るために京屋敷の陣容を増やしたことがあった。

開聞岳《かいもんだけ》の西麓《せいろく》の浜で生まれた弐兵衛は、五尺に満たない小柄な体をどのような場所にも紛れ込ませる特技の持主であり、強脛の冠造同様に薩摩と江戸を二十日余で走り切る走力の持主だった。だが、京屋敷にきていささか無聊《ぶりょう》をかこつ暮らしを持て余していた。

ゆだいくりの虎次は弐兵衛とは対照的な長身で、ゆだいくりの異名どおりに半びらきの口の端からゆだいがいつも垂れていた。だが、この惚《ほう》け顔こそ虎次の強力な武器であった。敵対するだれもがまず六尺（約一八二センチ）を超える長身に驚き、次に惚け顔の口からたれるゆだいに呆気《あっけ》にとられて油断をしたとき、一瞬にして長い太い腕に、がばっと両肩を摑《つか》まれ、その痩身《そうしん》からは予想もつかない強力に締め付けられて骨を砕かれ、悶絶《もんぜつ》させられた。

この二人は十日も前から、朱雀大路の坊城家の表口を見通せる、薩摩藩が用意した無住の寺から出入りを眺めてきた。

最初の数日、坊城家の出入りはせいぜい大原女《おおはらめ》が野菜やら花を頭の上に載せた籠《かご》に入れて売りにくる程度で、他の公卿家同様にひっそりとしていた。

だが、大黒屋《だいこくや》総兵衛一行が訪れたのち、急に坊城屋敷に活気が満ちた。時には総兵衛が坊城家と所縁《ゆかり》のありそうな娘を伴い、出かける姿が見られた。

弐兵衛にも虎次にも総兵衛らを尾行して行く先を突きとめる命は下されてなかった。だが、過日、総兵衛と娘が瓜生山《うりゅうやま》の茶屋家別邸を訪ねたとき、

「間をあけて一行のあとをつけよ。一切手出しはならぬ」

との格別の命を受けた。

弐兵衛と虎次がまず驚かされたのは大黒屋総兵衛なる若者が従えていたのが薩摩の密偵の北郷陰吉親父《おやじ》であることだ。親父は敵方に身分を偽って取り入っている様子もなく、心から総兵衛に心服している態度だった。

「弐兵衛どん、どげんこつや」

「おいも、分かいもはん。陰吉親父のばかすったれが」

と弐兵衛が吐き捨てた。

あの夜、京の薩摩屋敷でも示現流《じげんりゅう》の遣い手として一、二を争う開聞与五郎が待ち伏せして総兵衛との尋常の勝負を迫った。

総兵衛は驚く風もなく能のシテ方の舞いさながらにゆるゆるとした動きで開聞与五郎の示現流の豪胆技を訝《いぶか》しくも躱《かわ》すと、反対に手首の腱《けん》をあっさりと断ち斬《き》っていた。

開聞与五郎が立て並べた堅木の頂きを飛躍して殴りつける荒稽古《あらげいこ》がもはや出来ないことは分った。薩摩藩士としては死に等しい仕打ちだった。

弐兵衛も虎次も驚きを隠し得なかった。

薩摩が百年来の宿敵としてきた大黒屋の恐ろしさがようやく分かった。

「ゆだいくり、佐多岬沖で新・十文字船団が大黒屋所有の帆船に敗れたという話、あいは真《まこと》じゃ」

「大黒屋とは何者か」

「分かいもはん」

と弐兵衛が茫然《ぼうぜん》と呟《つぶや》いた。

弐兵衛と虎次に強脛の冠造から新たな命が下った。

総兵衛の連れの女二人を拐す手助けをせよという。だが、二人に割り当てられた役目は坊城桜子としげが二人だけで坊城家を出かける折、見張り所の破《や》れ寺から火鉢の炭に硫黄の黄粉を入れて、狼煙《のろし》を上げよというそれだけのものであった。

「弐兵衛どん、端役《はやく》じゃっどな」

「冠造の命じゃっで、しかたなか」

と弐兵衛が言った日、買い物にでも行く体《てい》の桜子としげが坊城家を出た。

二人はただちに火鉢を庭に持ち出し、黄粉を投げ入れると硫黄の臭《にお》いといっしょに師走の空に狼煙が上がった。

「こいで役目は終わいか」

「不満か、ゆだいくり」

虎次が頷《うなず》き、

「よか、おいたちも見物にいこか」

二人の尾行が始まった。それは娘ばかりか薩摩にも知れてはならぬ行動であった。

坊城桜子としげが向かったのは市場であった。

薩摩の外城者は、今では錦小路と呼ばれる市場が、延暦《えんりゃく》年間（七八二〜八〇六）には京の商人、近郷近在の百姓などが集い商う場として、具足小路とかくそ小路と呼ばれた一角で始まったことを知らなかった。のちに後冷泉《ごれいぜい》天皇が、

「錦小路と改めよ」

と命ぜられて晴やかな名に改名され、応長元年（一三一一）には魚店が加わり、市場に活況を呼ぶことになった。

錦市場には鮮魚、野菜、猪肉《ししにく》、佃煮《つくだに》、惣菜《そうざい》、漬物、甘味、香辛料などを扱う店が犇《ひし》めいていた。初めて訪れた弐兵衛と虎次は、そこで不思議な光景を見ることになった。

買い物の客で混雑する錦市場に、金剛杖《こんごうづえ》を持ち、饅頭笠《まんじゅうがさ》に頭陀袋《ずだぶくろ》、托鉢《たくはつ》の修行僧の一団数十人が入ってきて、通り抜けた。

一瞬の出来事だった。

托鉢僧がいなくなった錦市場の売子や客たちは、なぜかとろりとした眼付で虚脱した表情を見せていたが、数瞬後、ふと商人はおのれの仕事に立ち返って慌《あわ》てて売り声を張り上げ、客も、

「その鰯《いわし》、頂戴《ちょうだい》しましょ」

などといつもの会話を再開した。

「ゆだいくり、あの女たちはどこへ行った」

「あらよう、かっ消えた」

「坊主どもが攫《さろ》うたんじゃなかか」

「ほんのこて、坊さんの仕業じゃろか」

二人はこの光景に立ち合ったことをだれにも話さなかった。

坊城桜子としげの二人が拐しに遭ったというのに、坊城家の滞在者は訝しいほど平静を保っていた。田之助と呼ばれる従者が何通かの書状を飛脚屋に託した以外、慌て騒ぐ様子はなかった。

その騒ぎの数日後、坊城家の見張りに戻った二人の密偵の前に馬一頭を連れた五人の男衆が朱雀大路を訪れた。そのうちの二人には覚えがあった。三郎、だいなごんと呼ばれていた若者と少年だ。その仲間と思われる三人といっしょに坊城家の門を潜《くぐ》った五人は総兵衛の援軍と思えた。

大黒屋の本店は江戸の富沢町と二人は聞いていた。

本業の古着商の他に南蛮帆船を率いて異国との交易に従事し、その資金力は雄藩薩摩を凌《しの》ぐものがあると、京屋敷で聞いたことがあった。だが、江戸から駆け付けてきたにしては従者が書状を飛脚屋に託してまだ四、五日しかたっていない。大黒屋は京近辺に拠点を持っているのか。異国との交易に使う帆船を所有している大黒屋のこと、摂津近辺にでも船を止めていることは考えられた。

だが、五人の風体は船人のそれではなく、なんとなく山の暮らしを想像させた。

二人は薩摩屋敷に知らせるために坊城家に潜り込んで仔細《しさい》を摑《つか》むことにした。

その夜、どこから駆け付けたか知れぬ五人の者を迎えた滞在者たちは宴《うたげ》を始めた。珍しいほど無礼講の騒ぎようで、夜半を過ぎてようやく宴は終った。

「大黒屋総兵衛、考げなしか、ざまんなか」

「いや、ゆだいくり、こりゃ、企《たくら》みがなかろうか」

「手立てがのうて酒ば呑《の》んだだけじゃっど。おいが確かめてくれん」

「ゆだいくり、強脛の親父に怒鳴らるっぞ」

「かまわん、見張りは飽きた。弐兵衛どんは飽きんか」

「そりゃ、飽きた」

「おいは独りでん、忍び込んで様子ば見っど」

虎次の言葉にしばし考えた弐兵衛は頷き、二人は見張り所の破れ寺を抜け出ると朱雀大路を突っ切り、坊城家の裏手に忍び込んだ。

離れ屋に近付いていくと、

ごうごう
という鼾《いびき》が聞こえてきた。

「弐兵衛どん、こりゃ、二人で手柄ば立てる好機じゃ」

「総兵衛の寝間を襲うちな」

「いかんな、相手は酔いつぶれちょろう」

「相手は薩摩藩が手古摺《てこず》っとる大黒屋総兵衛じゃっど。強脛の親父どんの許しもなか」

「弐兵衛どん、おいは飽きた。外城者《とじょうもん》は生涯《しょうげえ》、下働きじゃ」

「ゆだいくり、それが薩摩の仕来《しきた》りじゃ。下士が上士にはないがならん」

「見たな。北郷の親父が大黒屋に尻尾《しっぽ》ば振った気持ちが分かりもす」

「ゆだいくり、薩摩を裏切るつもいか」

「ちごちご。おいは手柄ば立てて上士ば見返す」

「そいは無理じゃっど」

「弐兵衛どん、おい独りでんしでかすっで。見ちょれ、大黒屋総兵衛ばひっ括《くく》ってきもそ」

と言い捨てたゆだいくりの虎次が、弐兵衛の前から姿を消した。

鬼口の弐兵衛は独りになって後悔した。虎次を引き止めることができないのならば、二人で行けばよかったではないか。ゆだいくりと力を合せればなんとか大黒屋総兵衛を捉《とら》えることができるはずだ。

「よか」

と立ち上がったとき、背後に人の気配を感じた。

（だぃさぁ）

と振り向くと月明かりに北郷陰吉が立っているのが見えた。

「陰吉の父《とっ》つぁん」

「鬼口の弐兵衛どんか」

「ないごて薩摩ば裏切ったか」

「話せば長うなる。それより命が惜しいなら教えてくれんか」

「なにをじゃ」

「坊城桜子様がどこに囚《とら》われておられるか、そんことよ。恩にきるが」

「知らん」

「知らんちゃなかろ、死んでもらうことになっど」

「北郷陰吉の父つぁん、おいはまだおはんより若かが」

「おいを倒すっちゅうか。おいが独りと思うたな」

「なに、仲間がおるんか」

弐兵衛の問いに四つの影が闇《やみ》から忍び出てきた。

栢植一族の栢植満宗、新羅次郎、三郎兄弟に信楽助太郎だ。それぞれ刀を携えていた。そして、一人の手に弐兵衛が見たこともない飛び道具があった。次郎が持つ弩《ど》だが、弐兵衛はその得物のことは知らなかった。だが、飛び道具の恐ろしさを密偵の直感が伝えていた。

（鬼口の弐兵衛、むざむざ相手に負けて堪《たま》るものか）

「わいたちゃ、酔くろたと違《ちご》とか」

平静な口調で陰吉親父に問うた。

「弐兵衛どん、策を弄《ろう》すもんは策に墜《お》ちる。こいが鉄則《きまり》じゃっど」

と北郷陰吉が応ずると、鬼口の弐兵衛が腰に下げた得物の鉄玉鎖《てつたまぐさり》を取った。

弐兵衛の得物は五尺（約一五〇センチ）ほどの鉄鎖の両端に鉄玉を付けたも

ので、鉄玉の片方を片手に摑んで振り回して対面する相手の首に巻き付けたり、得物を絡《から》めとったりする巧妙迅速な技だった。また遠くの相手に投げつけて、鉄玉で相手の眉間《みけん》を割ったり、鉄鎖で絡めたりして動きを奪うこともできる。

「鉄玉鎖はわしには通じん」

北郷陰吉がひょいと後ろに飛び下がると鉄玉鎖の間合いの外に飛び出ていた。弩が狙《ねら》いを定めている。弐兵衛も飛び道具を持つ相手に向けて、鉄玉鎖を回し始めた。

「弐兵衛どん、止《や》めちょかんか。弩の短矢は鉄玉の何倍もの速さじゃ。矢が弦《つる》を離れた瞬間におはんは死んじょる」

陰吉が弐兵衛に話し掛け、弐兵衛は弩なる飛び道具を構えた相手と陰吉とを交互に見た。

そんな最中にも鉄玉鎖が速度を増していた。

五人のうち、なんとしても一人は倒してみせる。薩摩外城者の意地をみせると覚悟したとき、弐兵衛の横手から、ひょいと気配もなく投げられた棍棒《こんぼう》が鉄玉鎖に絡み、円を描いていた鉄玉が角度を不意に変えて、弐兵衛の胸を強襲しようとした。

弐兵衛がふわりと鉄玉を避けようとした。鉄玉は首をかすめて後ろに飛びさろうとした。もう一方の手にある鉄玉を捨てねば、首に巻きつくと考えた瞬間、その迷いが弐兵衛の敗北を招いた。

鉄玉鎖が弐兵衛の首に絡んで、一気に意識が飛んだ。

ゆだいくりの虎次はそのとき、総兵衛の寝所に入り込んでいた。

大黒屋総兵衛と思える男が夜具に包まり、高鼾で眠り込んでいた。有明行灯《ありあけあんどん》の灯りに頭の後ろが見えた。

(こいが大黒屋総兵衛か)

ゆだいくりの目の前に薩摩が百年余難敵と思ってきた大黒屋の主《あるじ》の首が見えた。長い腕を巻き付けて締め上げれば、事は済む。それだけのことだ、と最後の一歩を踏み出したとき、背後から煙草《たばこ》の香りが漂ってきた。

(なにやつ)

振り向いたゆだいくりの虎次の目に若い男が胡坐《あぐら》をかいて、煙管《きせる》を吹かしている姿が映った。最前まで宴が行われていた座敷は綺麗《きれい》に宴の跡形もなかった。夜具は総兵衛が寝込んでいるように形作られた偽装だった。

（騙《だま》されたか）

口を半開きにした虎次が己の迂闊《うかつ》と怒りに苛《さいな》まれながら、総兵衛と思える若者を見た。浅黒い整った顔立ちだ。明晰《めいせき》な眼差《まなざ》しをしていた。

（こん顔立ちは異人じゃなかか）

口の端からゆだいが長く伸びて畳に落ちていったが、虎次は意識はしていない、いつものことだ。

「名はなんと申されるか」

平静な声音であった。なにより身に備わった威厳と風格が感じとれた。それは持って生まれたものと虎次には察せられた。

虎次は問いには答えず反問した。

「大黒屋総兵衛ごあすか」

「いかにも大黒屋総兵衛にございます」

煙管の雁首《がんくび》で煙草盆を引き寄せ、灰吹きに吸殻を捨てた。そして、

「刻み煙草はうまいものではございませんね」

と呟《つぶや》き、いま一度総兵衛が名を尋ねた。

「ゆだいくりの虎次」

と思わず応《こた》えていた。

「ほう、虎次どのな。して何用にございますな」

「最前までの宴はどげんしたとか」

「ああ、あれですか。私どもにとって大事なお婆《ばば》様が亡《な》くなりました。そこでいささか風変りな初七日を営んで見送りました」

「策じゃなかと」

「誘い出したのは確かにございます」

「ないごて誘い出した」

「桜子様としげの代わりにと思いましたが、虎次どのでは薩摩は交換に応じますまいな」

「おいは外城者、薩摩のクズじゃっで」

「人の命は等しく一つ、そなたと桜子様とは同じ人間、と申しても薩摩は応じませぬか」

「無益な企みじゃったど」

「いえ、灯りに誘われて参られたゆだいくりの虎次さんと知り合《お》うただけでも元はとれました」

「なに、この虎次を摑まえたつもりか」

「はい」

「笑止」

と叫んだ虎次が総兵衛に向って飛びかかろうとした瞬間、後頭部をがつんと木刀かなにかで強打されて崩れ落ちた。

「総兵衛様、光に誘われて集まってきた虫はいささか玉が小そうございましたな。桜子様の身代わりにはなりませぬ」

田之助の言葉に、

「いや、使い道はあるものよ」

と応じた総兵衛が手にしていた煙管を煙草盆に戻し、

「刻み煙草は総兵衛には合わぬ」

とまた同じ言葉を呟いた。

三

鬼口の弐兵衛が首の痛みを感じて意識を取り戻し、辺りを見回そうとした。

だが、どこにいるのかしばらく思い出せなかった。

首の周りに布が巻かれ、薬草のにおいが鼻につーんとした。

薩摩の密偵ならば馴染《なじ》みのにおいだ。領内の山野に生える薬草を何種も混ぜ合わせ、すり潰《つぶ》して作る秘伝の薬で、各々《おのおの》家で混ぜ合わせる薬草が異なったが、

「婆膏薬《こうやく》」

と呼ばれていた。

打ち身、ねんざ、切り傷、火傷《やけど》などの万能薬と称され、練り合わせた薬草を布に塗布し、患部にあてるのだ。すると腫《は》れが引き、熱も下がった。

(おいはどげんしたとか)

その上、顔には冷たい水で濡《ぬ》らし固く絞った手拭《てぬぐ》いが置かれてあった。

(そうじゃ、鉄鎖を避《よ》けそこのうてしもたか)

と感じながら、はっ、として思い出した。

強脛の冠造から中納言《ちゅうなごん》坊城家に逗留《とうりゅう》する大黒屋総兵衛主従の見張りを命じられていたことをだ。

（おいはないをしよっとか）

うむ、ゆだいくりの虎次といっしょに朱雀大路の中納言坊城屋敷に忍び込んだ。

（北郷陰吉の親父《おやじ》の仕掛けた罠《わな》に嵌《はま》ったか）

弐兵衛の傍らでだれかが動いた様子があった。

（囚《とら》われの身か）

弐兵衛はそっと手足を動かした、だが、手足はどこも縛られてなかった。傍らにいる者も同じことを考えたとみえて同じ動きをしていた。

（ゆだいくりの虎次も囚われたか）

「虎、ゆだいくり」

と声を絞り出そうとした。だが、声にはならず喉《のど》に激痛が走った。

そのとき、底冷えのする京の寒さに抗して何人もの者たちが動き回っているような気配を感じた、だが、無言だ。地面を足裏がこするような物音だけが耳に入ってきた。

「弐兵衛どん」

と傍らからゆだいくりが囁《ささや》いた。

「どげんした」

なんとか言葉を絞り出した。

「見てみい」

「ないをみいちゅうか」

「見てみい」

ゆだいくりが再び応じて、弐兵衛はそろりと手を動かし、顔の濡れ手拭いをとった。すると夜明けが近いことを示す朝ぼらけの空が弐兵衛の目に映じた。寒気を伴った、今にも雪が降り出しそうな鈍色《にびいろ》の空だった。

「寒か」

声を出すたびにひりつくような痛みが喉に走った。

「弐兵衛どん」

「ないごっか」

ゆだいくりが同じ言葉を繰り返した。

弐兵衛がそろりと顔を動かすと、大黒屋総兵衛と一統が棒切れをもって不思議な動きをしていた。その中には北郷陰吉親父もいた。

「どげんしたとか」

ゆだいくりが起き上がり、弐兵衛もなんとか続いた。

坊城家の離れ屋と思える縁側に二人は転がされていた。弐兵衛の傍らには自らの得物の鉄玉鎖が置かれてあった。

「どげんもこげんもわからん」

ゆだいくりが言い、頭の後ろを触った。虎次の後頭部にも薬草を塗布した布が巻かれていた。

「みい」

「おお、気ぃついたと」

陰吉親父が奇妙な動きを止めて声をかけて歩み寄ってきた。総兵衛らはゆるゆるとした動きを続けていた。

「なんの真似《まね》をしよるんか」

「大黒屋に伝わる祖伝夢想流の稽古《けいこ》ごあんさぁ」

「剣術の稽古ちな」

弐兵衛は首を捻《ひね》った。すると喉にひりつく痛みが走った。

「い、いて」

思わず呻《うめ》いた。

薩摩藩島津家の御家流儀の示現流は、

「迅速にして強力な一撃」

のために稽古をなした。

河原や野っ原に長さの違う丸太を何十本も立て並べ、その堅木の天辺《てっぺん》を走り寄りざまに飛躍して、枇杷《びわ》の木刀で手加減なしに殴り付け、着地すると同時に走り出して次の丸太に襲いかかる。かような連続した走り、飛躍、強打を繰り返すことによって足腰の粘りが生まれて跳躍力が増強し、鍛え上げられた腕力によって人間業とは思えぬ破壊力を身に着けるのだ。

だが、眼の前に展開される動きはまるで能楽師のそれだ。まるで女衆《おなごし》のざれごと、遊びではないか。

「こいが剣術稽古ち言うんか」

「そげんこつそげんこつ」

と応じた陰吉が、

「薬草《ぬりぐすり》ば替えもそか」

と聞いた。

「そげんこつはよか。おいをどげんする気か」

「どもせん、好きにしやんせ」

「ない、去《い》んでよかとかか」

「勝手じゃ」

と陰吉が応え、また稽古の列に加わった。

京の師走《しわす》の寒さに抗して坊城家の離れ屋の庭で総兵衛らが奇妙な動きを続けていた。

弐兵衛は能の動きにも似た動作を繰り返す総兵衛らを茫然《ぼうぜん》と見た。

弐兵衛も虎次も坊城屋敷に入り込み、総兵衛らが酔い潰れた隙《すき》をつき、あわよくば暗殺するつもりだった。

だが、相手方は二人が忍び込んだことを承知しており、待ち受けて、あっさりと捉《とら》えた。それでいて、捉えられた二人の手足すら縛られてもいなかった。

陰吉の親父も好き勝手にせよと応えていた。

総兵衛らは弐兵衛と虎次などにはなんの関心もないように奇妙な稽古に没入していた。

「どげんしたこつか」

「宴《おしょん》は騙《だま》しな」

「騙されたんはおいじゃ」

「どげんすっとな」

「どげんもこげんも考えつかん」

弐兵衛が声を絞り出したとき、総兵衛らが稽古を止めた。

「おお、気付かれたか。どうじゃな、痛みは」

と額に汗を光らせた総兵衛が二人に笑いかけた。敵対心などかけらも感じられない邪気のない笑みだった。

弐兵衛も虎次もどう答えていいものか考えもつかなかった。ただ黙していた。

「それにしても変わった得物じゃな」

総兵衛の眼が廊下に置かれた鉄玉鎖《てつたまぐさり》に向けられ、

「触ってよいか、弐兵衛どの」

と名まで呼んで許しを乞《こ》うた。

弐兵衛は思わず頷《うなず》いていた。

「お借りしよう」

丁寧に応じた総兵衛がつかつかと弐兵衛が腰を抜かしたように座る縁側に無警戒に歩み寄り、鉄玉鎖を摑《つか》むと、

「ふん、けっこうな重さの玉じゃな。これで首を巻かれたら投げられた勢いによっては骨が砕かれような」

と呟《つぶや》きながら、それまで稽古していた庭に戻った。

総兵衛の手下ら数人が庭の隅に下がって真ん中が空き地になっていた。その中に陰吉親父の姿は見えなかった。

総兵衛は鉄鎖に結ばれた二つの鉄玉を両手に持つとおおきく広げた。

鉄鎖が総兵衛の前にだらりと垂れた。

しばらく鉄玉と鉄鎖の感触と重さを五体に覚えさせる体《てい》の総兵衛の腰がわずかに沈んだ。

最前の剣術の稽古の折の構えに似ていた。

右手に握っていた鉄玉をふわりと虚空《こくう》に投げ放った総兵衛の左手が緩やかに回された。すると放たれた鉄玉がまるで生き物のように勝手に円を描き始めた。

弐兵衛の長年の修行を積んで得られた技と鉄玉の重さを無視した動きだった。

それでも鉄玉は総兵衛の意を確かに汲《く》み取って動いていた。それは最前の能の動きにも似たもので、鉄玉をまるで風に吹かれる鳥の羽のように自在にも軽やかに動かし、引き寄せてみせた。また時に左手の鉄玉を虚空に投げ上げて、鉄玉鎖を両手から放つと落ちてきた鉄玉を反対の右手で摑んで、また円運動に変えた。

弐兵衛は言葉もない。

初めて鉄玉鎖に接したはずの総兵衛はあっさりとこの得物を使いこなしたばかりか、弐兵衛が思いもかけない鉄玉鎖の扱いを見せていた。

祖伝夢想流の動き同様にゆるゆるとした動きながら、総兵衛が使う鉄玉鎖の動きには一瞬の付け入る隙もなかった。

そのとき、弐兵衛は気付いた。

この若者は八方に敵に囲まれた危機を想定しつつ、二つの鉄玉を自在に操っていたのだ。

「弐兵衛どん、たまがったっ」

ゆだいくりが口の端から涎《よだれ》を垂らしながら茫然と呟いた。

弐兵衛が物心ついたときから親父に教え込まれ、自ら独習してきた鉄玉鎖の利点と欠点を瞬時に悟り、さらに欠点を利点に変えて扱って見せた。

鉄玉鎖が時に一本の棒に変化し、飛び道具とも変わり、四方を敵に囲まれた折には変幻自在に対応する玄妙な武器へと変じていた。

弐兵衛はかような鉄玉鎖を自在に扱う人物に初めて会った。驚きを通り越して静かな脅威が弐兵衛を襲った。

不意に総兵衛が鉄玉鎖の鉄玉二つを左右の掌《てのひら》に掴むと、ぴたりと動きを止めた。

「鬼口の弐兵衛どの、なかなかの得物でござった」

と縁側に歩いてくると鉄玉鎖を弐兵衛の手に戻した。そこへ、

「お待たせいたしもした」

と言いながら北郷の陰吉親父とだいなごん少年が盆に淹《い》れたての茶を運んできた。

陰吉はすっかり大黒屋一味に溶け込んで生きていた。

弐兵衛にも虎次にもなんとも奇妙な光景だった。

「弐兵衛どん、虎次どん、この家の台所で餅《もち》ば頂戴《ちょうだい》してきた、食《く》か」

ゆだいくりは思わず手を出し、弐兵衛は喉を差して、痛みと腫《は》れがあるゆえものは食えんと無言で説明した。

「わいたちゃ、自業自得じゃっど。茶は温《ぬる》めにしちょる。ゆっくい飲め」

囚《とら》われ人の弐兵衛と虎次に真っ先に茶と餅を供した陰吉は、

「総兵衛様、搗《つ》き立ての餅は美味《うま》かですぞ」

とようやく主《あるじ》に茶と餅を供した。

弐兵衛と虎次は大黒屋総兵衛が江戸の古着商としか知らされていなかった。

だが、噂《うわさ》には裏の貌《かお》を持つ人物であることを聞いていた。それにしても若者の全身から漂う、この静かなる気品と威厳はなんだ。

二人の囚われ人は圧倒されていた。

「総兵衛様、おれは京の正月をしらん」

餅を頬張りながらだいなごんと呼ばれる少年が主に話しかけた。

「だいなごん、私も初めての京の師走です。そして、正月を迎えます」

最前までの武家言葉が商人のそれと変わっていた。

「桜子様は師走のうちに戻ってこられような」

だいなごんが桜子の名を出した。弐兵衛がそこにおらぬような問いだった。

「必ずや戻ってこられます」

総兵衛はまるで坊城桜子が物見遊山《ゆさん》の旅にでも出かけているかのように受け応《こた》えた。

「おお、朝稽古は終りましたか」

この家の坊城公望が姿を見せた。そして、弐兵衛と虎次に気付き、

「おや、客人が二人増えておりましたんか。女衆に朝餉《あさげ》の膳《ぜん》を二つ増やすよう

に言わんといかんか」

と独り言のように言い、総兵衛が、

「弐兵衛どの、虎次どの、朝餉を食していかれますな」

と話しかけた。

ゆだいくりはその気になったが、弐兵衛が虎次の袖《そで》を引っ張り、

「そろそろ暇《いとま》の刻限じゃ」

と喉から声を絞り出した。

「公卿《くげ》の家の朝餉はすかんぴん粥《がゆ》や。遠慮することはおへん、薩摩の人」

坊城公望が当たり前のように話しかけ、弐兵衛は背筋に新たなる悪寒《おかん》が走った。

「北郷の親父《おやじ》、暇しもんそ」

弐兵衛はいつ総兵衛らが変身するかと覚悟を決めながら、鉄玉鎖を懐《ふところ》に突っ込み、ゆだいくりの袖を引くと、

「ごめんなったもし」

と呟くと立ち上がった。

「私どもはしばらく京に逗留《とうりゅう》しますでな、また遊びにお出《い》でなされ」

総兵衛が二人の囚われ人に客人のように別れの言葉をかけた。

弐兵衛は意識が戻ったときから坊城桜子について必ずや厳しい尋問があると覚悟していた。だが、この家に関わりのある二人の女が拐《かどわか》しに遭ったことなど、まるでないような態度に終始し、怪我《けが》の治療をしてくれた上に茶と餅まで供してくれた。

「せわしかことでございもした」

弐兵衛に袖を引っ張られながら、ゆだいくりが普段使いもしない愛想まで言い、ぺこりと頭を総兵衛らに下げた。

「弐兵衛どん、虎次どん、打ち身は大事にな」

北郷陰吉が応じて、二人が離れの庭から立去りかけたが、虎次が足を止めて弐兵衛に何事か話しかけ、首を横に振る弐兵衛を説得でもする様子を見せた。

そして、二人が顔を見合わせ、こちらを見て、ゆだいくりの虎次が、

「北郷の親父どん」

と陰吉を手招きした。

「どげんした」

と言いながら陰吉が二人のもとに向かい、三人は総兵衛らが全く理解のできないお国言葉丸出しで喋《しゃべ》り始めた。早口だ。まるで異人の言葉のようだった。

時に陰吉が念を押し、それに弐兵衛と虎次が頷くように応えて、弐兵衛と虎次が改めて総兵衛らに頭を下げ、忍び込んだ塀へと向おうとした。

「弐兵衛どん、虎次どん、客人の帰りは表門にしやんせ」

陰吉が坊城家の表門を指し、二人は頷くと表門に向った。

「あん二人、桜子様としげさんが連れ去られたとき、見ておったそうです」

「ほう」

総兵衛が短く応じた。

薩摩方の密偵、坊城家の見張りを務める鬼口の弐兵衛とゆだいくりの虎次の二人を摑まえたとき、二人の口を割らせることで意見が二つに分かれた。

柘植満宗は、二人の体に厳しく問うことが桜子としげの居場所を知る早道であると主張した。

だが、北郷の陰吉がその責めは決してよい結果は生むまいと反論した。薩摩の密偵は外城者《とじょうもん》の出、桜子としげを白昼拐すような、直《ちょく》の任には付けぬはず、また体を責めても自白するとは限らぬ。まさかの場合は自裁することを厳しく教え込まれていると言い張った。

「陰吉さん、そなたは二人と同じ薩摩の密偵じゃったそうな」

「柘植満宗様、わしはいかにも転び者《ころもん》じゃ。じゃが薩摩のだれもが転ぶとはかぎらん。あの二人の体を痛めつけて、桜子様の命を危うくすることも考えられるぞ」

それが陰吉の反論の理由だった。

北郷陰吉が駿府《すんぷ》の鳶沢村で一族の者の手に落ちたとき、意識を取り戻して最初に会ったのが総兵衛だった。

陰吉の体はアイスランドの漁師が編み出した結び方で縛られていた。その結び方は囚われ人が手足を抜こうとして関節を外し、動こうとすればするほど固く締めつけられていくものだった。この縄の縛りの痛みにも耐えられなかったが、陰吉が薩摩を捨て、鳶沢一族に忠誠を誓うに至ったのは別の理由であった。

薩摩のように生まれながらに上士は上士、下士は下士として定められ、同じ席にも就けず口も対等に利《き》くことができない身分制の理不尽に対して裏切りの気持ちを抱いたのだ。

半年以上鳶沢村を観察して、村の長老から小僧までが互いを信頼し、助け合っていく生き方に感じ入ったからだ。

その頂点に異人の血を引く若者がいた。この総兵衛に惹《ひ》かれて転び者の汚名を着ることになったのだ。それは陰吉自ら選んだ道だった。だれに強制されたものでもなかった。

弐兵衛と虎次に陰吉と同じ気持ちの変化が起こるとは思えなかった。また転び者が新たな転び者を作る手伝いをすることに嫌悪《けんお》を感じてもいた。

まずなにより優先すべきは桜子様の生死とその行方だ。そのような秘密に外城者の出の密偵が直《ちょく》に関わっているとは思えなかった。知っていることがあったとしてもさほど多くはあるまい。

となれば、拷問《ごうもん》よりも総兵衛の人柄を二人に知らしめることが彼らの口を緩くする道だと、陰吉は切々と説いた。

「総兵衛様、いかに」

と柘植満宗が裁定を願った。

「満宗、薩摩人の心は薩摩の者にしか分かるまい。陰吉の主張を選びたいがどうか」

「総兵衛様、すべて頭領のお考え次第にございます」

その結果、弐兵衛と虎次の治療が行われ、縁側に意識が戻るまで放置されていたのだ。

「……二人は錦市場の人混みの中で、金剛杖《こんごうづえ》を持ち、饅頭笠《まんじゅうがさ》をかぶり、頭陀袋《ずだぶくろ》を胸にかけた托鉢《たくはつ》の修行僧の一団に囲まれ、その修行僧の一団が消えたときには桜子様としげさんの姿もまた搔《か》き消えていたというとります」

「なに、金剛杖を持った托鉢僧の一団に桜子は連れ去られたといわはるか」

「はい、公望様。一団の数は二十数人から三十人はおったろうというております。二人ともそのときは夢か現《うつつ》かと、ぼうっとしていたというておりました」

「一つ手がかりを得た」

総兵衛が安堵《あんど》の声を洩《も》らした。

「ゆだいくりの虎次が、托鉢僧の被《かぶ》っていた饅頭笠に、『黒隠禅師《こくいんぜんじ》開山廃闇寺《はいおんじ》』の文字を読みとったというております」

「陰吉はんや、黒隠禅師開山の廃闇寺など、この京で聞いたこともおへん。それにしても手掛かりじゃ。なんとしてもその廃闇寺なる寺を捜すことどす」

と公望が呟《つぶや》いた。

「また、時折、見張り所にくる薩摩屋敷の羽織（上士）の言葉の端々に桜子様が元気でおられる気配を感じたというております。まあ、密偵の前で洩らす言葉の端々ゆえ、なんともいえませぬがな」

「陰吉、桜子様としげを拐したには理由がある。薩摩の狙《ねら》いはあくまでこの総兵衛であろう。となれば桜子様もしげもこの総兵衛の一時の身代わり、その人たちを無下には傷付けたり殺《あや》めたりしまい」

総兵衛が切なる願いを込めて呟いた。

「総兵衛はん、その托鉢僧らが何者か、わてが禁裏の細作《さいさく》に会《お》うて調べさせます」

公望が急ぎ母屋《おもや》に戻っていった。

「腹が減っては戦もできまい。まず朝餉を頂戴しようか」

母屋の台所での朝餉の場で、総兵衛は、錦市場に出現したという托鉢僧の一団を調べるために柘植満宗と新羅次郎、三郎の兄弟を市場に派遣し、田之助と信楽助太郎を茶屋家に走らせ、ただ今の判明した事情を茶屋清方に知らせることを決めた。

総兵衛は手もとに北郷陰吉とだいなごんを置き、托鉢僧の一団の正体が判明するのを待つことにした。

「総兵衛様、おれは陰吉の親父様と留守番か」

「だいなごん、師走の京を無暗《むやみ》に走り回っても致し方あるまい。禁裏の細作が先か、茶屋様の京に張り巡らされた網目に托鉢僧が触れてくるか、はたまた満宗らが錦市場であの二人が見落としたことを探りあてるか。ここは辛抱して待つしかあるまい」

だいなごんを総兵衛が諫《いさ》める傍らで北郷陰吉が黙々と箸《はし》を動かしていた。

四

桜子としげが行方を絶って七日目、総兵衛はひたすらどこからか吉報が届くのを待った。

茶屋家に使いに立った田之助と信楽助太郎は茶屋清方に会って事情を告げたあと、錦市場に向かい、柘植満宗を頭分とする市場組に合流しようとした。すると市場の入口に佇《たたず》む満宗の姿を認めた。次郎と三郎の兄弟は聞き込みに回っているのか、その場にはいなかった。

「満宗さん、なんぞ分かりましたか」

田之助が尋ねると満宗が、

「それがな」

と首を捻《ひね》った。

「どうなされました」

「いや、師走《しわす》の買い物客でごった返す錦市場に托鉢僧の一団が入ってきたことなどないとだれもが口をそろえていうのだ」

「えっ、ということは北郷の親父を、弐兵衛と虎次は騙《だま》したのですか。饅頭笠に頭陀袋を胸にかけ、金剛杖を手にした修行僧の一団が桜子様としげさんを連れ去ったというのは虚言《そらごと》ですか。あの二人、総兵衛様のお許しを得て、解き放たれた。そのお礼代わりに陰吉の親父を呼んで、見聞したことを自ら望んで話していったのですぞ」

「そのことだ」

満宗の言葉は歯切れが悪かった。

「田之助さん、混雑した市場の中を霞《かすみ》のようなものが漂い、流れていったと話してくれたものが何人かいた、また坊城家の桜子様をよう承知しておる野菜売りじゃがな、確かにあの日、桜子様と女衆《おなごし》が見えて、胡麻和《ごまあ》えにする青菜を選んでおられたそうな、ところが一瞬、ぼおっと夢でも見ているように時が流れて正気に戻ったときには、桜子様もしげさんもおらんようになっていたそうな。『わてがぼうっとしているさかい、別の店にいかれたんと違いますやろか。なんで桜子様を捜しておられはるんどす』と問い返されたのだ。最前から独り考えておるが、弐兵衛が見たという托鉢僧の一団が虚言だとは言い切れぬ」

「どういうことなんです」

「その托鉢僧の一団、妖術《ようじゅつ》めいたものを使う集団かもしれぬ。市場が混雑する中を二十数人の托鉢僧が桜子様としげさんを囲み、霞の如《ごと》く消えた。その折、市場にいた大勢の客や売子に目くらましの術のようなものをかけて、桜子様としげさんを連れ去ったのではなかろうか」

「ならば、鬼口の弐兵衛とゆだいくりの虎次だけが托鉢僧の一団を目に止めたのはどういうことです」

「托鉢僧らは、弐兵衛と虎次が桜子様を尾行して市場までやって来たことを承知していたが、味方ゆえ目くらましの術をかける要はなかった、とでも考える他にない」

「あの二人が私どもを混乱させるために虚言を弄《ろう》したのではないのですね」

田之助は念を押して糾《ただ》した。

「田之助さん、あの二人の挙動にわれらが騙されたとしても、総兵衛様を偽るのは難しいと思わぬか。総兵衛様は聡明明晰《そうめいめいせき》なお方です、また純真無垢《むく》な心の持主でもある。弐兵衛も虎次も総兵衛様の寛容な心に打たれたゆえ、自ら陰吉親父《おやじ》を呼んで喋《しゃべ》ったと思えぬか」

「満宗さん、いかにもさようでした。われらを騙そうとはしても桜子様の身を心から案じる総兵衛様の心を弄《もてあそ》ぶものはいませんからね」

田之助が言い切ったとき、市場の外まで混雑する人混みの中から新羅次郎、三郎の兄弟が姿を見せた。

「満宗さん、田之助さん、やはり托鉢僧の一団は市場の中で桜子様としげさんを拐《かどわか》したのです。霞のようなもやもやとしたものが流れていったのは、市場の西から東に向ってです。そこでわれら、市場の東側へと聞き込みを広げていきますと、鴨川の土手辺りで寒修行の托鉢僧を見かけたという何人かの言葉が得られました」

「その托鉢僧の一団、錦小路の者たちと同じか。京には何百もの寺があって修行僧が寒修行をするのは珍しくはあるまい」

「いかにもさようです、満宗様」

と首肯した次郎が、

「鴨川の土手道で見かけられた托鉢僧の一団の中に桜子様としげさんがいたか

どうかまでは分かりません。錦市場に流れた霞のようなものは市場の外に出て、一団の姿を人の眼に晒《さら》したようなのです。その話をしてくれた橋番の老爺《ろうや》は、霞のようなものがすうっと流れてきたかと思うたら、鈴の音がちりんちりんと鳴り響いて、何十人もの托鉢僧がいきなり姿を現し、橋を渡って鴨川の東へと歩き去った、まるでわしは夢を見ているようだったとも言うておりました」

「やはりな、そやつら、妖術を使うと見た。よし、田之助さん、川の東側に渡り、そやつらの行き先を追ってみようではないか。相手が妖術を使うのなれば、われらは根気でそやつらの隠《かく》れ処《が》を見つけ出すまでだ。修行僧の姿をしている以上、廃闇寺は必ずやどこぞにあり、そやつらはそこに潜んでおろう」

田之助が次郎に応じ、新たな援軍を得て五人になった総兵衛配下の探索組は聞き込みの輪を鴨川の東へと移した。

朱雀大路の坊城邸に主《あるじ》の公望が戻ってきたのは、昼下がり八つ（午後二時頃）の刻限だった。

「公望様、ご苦労にございました」

と迎えた総兵衛に、

「禁裏の細作はな、さすがにこの半年ほど前から『黒隠禅師開山廃闇寺』と称する托鉢僧の一団が京の町中に出没して、大店《おおだな》やら内所の裕福な寺に押しかけて、金銭を強要することを摑《つか》んでおりましたぞ」

「それは公望様、お手柄にございましたな」

「総兵衛はん、その先があきまへんのや。そやつらがどこから来てどこへと消えていくか、だれもが知りまへんのや。ある禁裏細作は、賀茂川沿いの作り道と呼ばれる土手道を北に向ってひたすら上がっていくのを見たといい、もう一人の細作は銀閣寺の背後の山へと姿を消したといい、廃闇寺一派の住いがよう知れまへんのや」

と公望が首を傾《かし》げた。

総兵衛は陰吉に京の絵図面を購《あがの》うてこいと命じた。すると即座に畏《かしこ》まった陰吉が坊城家の離れから姿を消したが、直ぐに戻ってきた。

「金子を渡し忘れたな」

「いえ、御用を済ませましたゆえ戻って参りました」

「素早いではないか、どこで京の絵図を見付けた。おお、そうか、この屋敷で借りてきたか」

坊城家の主の公望は未《ま》だ離れ屋にいた。ゆえに、

（わてとこに京の絵図なんておましたやろか）

と首を捻っていた。

「違いますぞ、総兵衛様」

いささか得意げに鼻を蠢《うごめ》かせて陰吉が、

「鬼口の弐兵衛の見張り所を訪ねました。薩摩育ちの密偵が見張りの役を命じられたのでございますぞ。必ずや克明なる忍び京町絵図を持っておると見ましたのでな、借りにいったのでございますよ。ところが弐兵衛とゆだいくりの虎次は留守をしておりましてな、見張り所は無人にございましたがな、わしの推量どおりに京で購うた京町御絵図細見の上に書き込みがなされた密偵絵図がございましたので、拝借してきました」

と差し出した。

北郷陰吉の言葉遣いはだんだんと薩摩弁が薄れていたが、まだぎこちなかっ

た。

「なんと、敵方からの獲物か」

「われら、外城者の密偵は事情が生じて立場が異なり、敵対することもございますがな。外城者同士の間では、それなりの恩義の貸し借りはあるのでございますよ」

陰吉の言葉に笑いで応《こた》えた総兵衛が絵図を広げた。

書肆《しょし》文藝堂《ぶんげいどう》林原左兵衛版と版元が記された京町御絵図細見には、朱雀大路を挟んで、破《や》れ寺の見張り所も坊城家の敷地に点在する建物なども手描きで加えられていた。

総兵衛は畳の上に絵図を広げ、禁裏の細作の情報、賀茂川の作り道と銀閣寺背後の東山三十六峰に印を新たに加えた。

「公望様、廃闇寺の寒修行の托鉢僧とはなんとも妖《あや》しげな一団に桜子様としげは捉《つか》まったものです」

「桜子としげさんは、どこまで正気で我慢できるやろか。なにせこの寒さや、ちゃんと食いものは与えられておるやろか」

「公望様、妖しげな托鉢僧の一団がどこを隠れ処にしておるのであれ、その背後に控えておるのは京の薩摩屋敷にございます。必ずどこぞで尻尾《しっぽ》を出しましょうぞ」

「ただ今は待つしかおへんのか」

「桜子様なればどのようなところに押し込められても必ず耐えて私どもの救いを待っておられます」

と総兵衛が言い切り、時の流れに心身を委《ゆだ》ねる我慢の姿勢に戻った。

その夜、五つ（午後八時頃）の頃合い、疲れ切った柘植満宗ら五人が坊城屋敷に戻ってきて満宗が総兵衛に報告した。

「廃闇寺に行きつくのは至難のことであったか」

「総兵衛様、あやつらの寺の廃闇寺がどこにあるのかだれも知りません」

「公望様もな、禁裏細作にお尋ねなされたが何処《いずこ》に廃闇寺なる僧院があるのか、こちらも未だ調べはついておらぬ」

「やはり。どの寺に尋ねても、黒隠禅師が開山した廃闇寺などという寺など、京にはございませんとの答えにございました」

総兵衛が頷《うなず》き、満宗が話の展開を変えた。

「あやつら、弐兵衛と虎次の眼の外は霞と見せかけ、人混みの市場の中で桜子様としげさんを包み込んで市場の外まで連れ出し、鴨川を渡るところで再び托《たく》鉢《はっ》僧の一団に姿を戻しております」

柘植満宗は、桜子としげが拐しにあった錦市場の怪奇なる現象を事細かに報告した。

「妖しげな術を使う托鉢僧などおるはずもない。間違いなく修行僧姿はまやかし、正体は術と同じく妖しい」

「われら、田之助さんと助太郎の二人と錦市場で合流したのち、聞き込みを川の東側に広げ、東山三十六峰に辿《たど》り着きました。ですが、その先はまるで闇夜《やみよ》を手探りで進むようでなんの話も拾えませぬ。ゆえにかように手ぶらで戻って参りました」

満宗の繰り返された言葉には無念が滲《にじ》み出ていた。

「ご苦労であったな、満宗」

と総兵衛は疲れ切った満宗を労《ねぎら》った。

そして京の絵図を広げ、錦市場から最後に托鉢僧が人に見られた四条大橋の袂《たもと》に印を入れた。

「だいぶ刻限が遅くなりましたがな、夕餉《ゆうげ》を食しなされ」

公望が言い、母屋《おもや》に戻って行った。

そこで総兵衛ら主従八人が隣座敷に仕度されていた膳部《ぜんぶ》に就いた。

総兵衛らが互いに徒労の一日を思い出しながら黙々と夕餉を終えた刻限、坊城家に訪問者があった。

母屋からその訪問者が茶屋清方であることが知らされた。すぐに離れ屋が片付けられ、公望が清方を伴ってきた。

清方と対面したのは総兵衛の外、この屋敷の主の坊城公望だけだ。

柘植満宗らは、離れ屋の台所に下がり、坊城家の女衆《おなごし》が茶を供したあと、ただ三人の談義が終るのを待った。

「総兵衛はん、公望はん、ご心中お察し申します」

と茶屋清方が挨拶《あいさつ》し、

「わての娘たちも桜子はんが拐しに遭《お》うたと知って驚いております。その日から七海《ななみ》、五海《いつみ》、郁海《いくみ》の三人連れ立《ど》うて、甘味絶ちをしてな、お百度参りをして無事のお戻りを念じておりますのや」

「娘御たちにさような心配をお掛け申し、恐縮至極にございます」

と総兵衛が言葉を返し、

「清方様、わてらの最後の頼みが茶屋様や。なんぞよい知らせはございませんやろか」

焦《あせ》り気味の公望が清方を正視した。

「その前にこたびの一件、こちらではどこまでつかまれておりますんや」

清方が反問した。

「清方様、私どもは桜子様としげがどこで拐しに遭うたか、その点に絞って動きました」

前置きした総兵衛は陰吉が手に入れてきた京町絵図を広げて、これまで判明したことを清方に告げた。

「京に廃闇寺やなんて妖しげな坊さんの一団が出没しとったんやな。まさか錦市場で手妻が行われようとはこの清方も考えへんことどした」

と呟《つぶや》くように言った清方は、

「こたびの一件ではっきりしていることがございますな。桜子はんが拐しに遭ったのは総兵衛様の身代わりちゅうことや」

「いかにもさよう心得ます」

総兵衛は、清方の言葉に改めて桜子が総兵衛の犠牲になったことを胆《きも》に銘じた。

「それと総兵衛はん、もう一つはこの拐しの背後には薩摩藩の京屋敷が絡《から》んでおるということや」

総兵衛がこの言葉にも頷き、公望は、

「うちは貧乏たれの公卿《くげ》どす、桜子を拐したところで薩摩藩は銭にはなりまへん」

「公望はん、銭目当てなら相手からなんぞ連絡《つなぎ》があるんと違いますやろか。坊城家に銭がのうても大黒屋総兵衛はんは江戸の豪商、分限者や。さような文が舞い込みましたんか」

「いえ、桜子様が行方を絶って八日目を迎えようとしておりますがさような書状は一つも届いておりません」

と総兵衛が応えた。

「ちゅうことはわてが言うたように銭目当てではのうて、総兵衛様のお命か、大黒屋の商い潰《つぶ》し、となると薩摩藩京屋敷が一枚噛《か》んでございます。かようなことはだれもが簡単に察することだす。お互い手の内が分っての駆け引きでおます。そこでうちらは薩摩の京屋敷に絞って細作《さいさく》を動かしましたんや」

「なんぞ薩摩屋敷に動きがございましたやろか」

「公望はん、それがさっぱりや」

総兵衛と、公望の願いを絶つような返事をなした清方が、

「江戸に姿を見せた今出川季継《いまでがわすえつぎ》なる小者がおましたな、近衛基前《このえもとさき》様の後見方を自称している輩《やから》です。当たり前のことやけど、藤原北家閑院流の公家、琵琶《びわ》を稼業《かぎょう》とした今出川家とはまるで違います。ただ勝手に今出川を僭称《せんしょう》しとる輩どす。こやつ、近衛家の屋敷内に人を入れて探りを入れましたところ、この十日

余り全く姿を見せておらぬそうにございます」

「それ以前は近衛様の屋敷に頻繁に出入りしておりましたんか」

「寒いというては姿を見せ、なんぞ貰《もら》いもんがあったというて詰まらんもんを手にしげしげと近衛家に出入りしていた男どした」

関白、太政《だじょう》大臣など朝廷の要職を務めてきた近衛家は、薩摩藩の京屋敷と密接な関わりを持ち、

「擬制《えせ》親族」

と言われていた。

だが、先年先代の経熙《つねひろ》が身罷《みまか》り、十五歳の基前が跡を継いだばかりだ。若年の基前と薩摩屋敷の間を取り持って、

「近衛家後見方」

という後ろ盾を今出川季継は得ていると自称している。

その今出川季継がこのところ近衛家に姿を見せぬという。

それは桜子としげが行方を絶った騒ぎに関わっていることを示していないか、清方の言葉はそのことを示唆《しさ》していた。

「過日、総兵衛はんが桜子はんとうちの別邸にお見えになりましたな。あの帰りに総兵衛はんは薩摩に襲われた。わてはあの場を見せてもらいました」

清方が話柄《わへい》を転じた。

「おお、これはなんという非礼、助太刀のお礼も申しておりませんでした。あの折は助かりました」

「総兵衛はん、余計なお節介どしたな。わてはそなた様の剣さばきに、噂《うわさ》にたびたび聞いてきた六代目総兵衛勝頼《かつより》様の再来やと心から驚きました」

総兵衛は首を横に振り、

「六代目は私の手本にございます。再来などという言葉はあまりにも烏滸《おこ》がましゅうございます」

「いえ、わてが勝手に思うたことどす。ためにこたびは油断して仕舞いました。京のことはこの茶屋清方に任せなはれなどと大言して、桜子はんの身にまで気が回らんかったんや。総兵衛はん、公望はん、茶屋清方のしくじりを堪忍《かんにん》しておくれやす」

清方は改めて二人に詫《わ》びた。

「いえ、私が傍らについていながらの失態にございます」

と応じた総兵衛に清方が、

「薩摩屋敷に入れておる者から連絡が入りましたんや」

と話題をさらに転じた。

「清方様、先日、薩摩はんとは肌が合わぬと申されたと記憶しておりますが」

「いかにもさよう申し上げました。ですが、総兵衛様、肌も気も馴染《なじ》まぬ相手ゆえに用心が肝心どす。そう思われまへんか」

「なれど敵方に人を入れることはなかなか難しゅうございましょう」

ふっふっふ、と清方が笑った。

「総兵衛はん、薩摩はんと朝廷との結びつきはいつからやと思われます」

「さあて、近ごろのことではございませんか」

「いえ、ちょいと能書き垂れさせてもらいましょかな。江戸幕府が始まったころにはこの京に西国大名の屋敷が四十八ほどございましたんや。けどな、江戸に力を集めようとする幕府は大名諸家が京に屋敷を置くことを嫌われましてな、退去を命じられたんどす。もともと朝廷公卿を見張るためには京都所司代が設けられておりましたんやけど、寛永年間（一六二四〜一六四四）に幕府はその上に二条城代まで置くことにしたんどす」

「京に屋敷を持っていた大名家は京から引き上げたのですね」

「いいえ、それはかたちばかりでおます。西国の大名方は京商人を御用達《ごようたし》にして、朝廷との結び付きを託したんどす。かくいう茶屋家も御用達として、各藩と禁裏御所との結びつきを支えてきましたんや。そんなわけで薩摩藩の内情にも通じる手立ては百何十年以上も前からとってございます」

「なんや、茶屋家は薩摩藩の御用を務めておられたんかいな」

「公望はん、薩摩藩は京屋敷を持たれましたゆえ、直の関わりがございませんがな、ただ今の京屋敷にもまあ、うちの息がかかった人間がな」

「おりますんかいな」

「でなければ細作は務まりまへん」

「驚きました」

と公望が洩《も》らし、

「必ずや桜子はんを拐《かどわか》した托鉢僧は薩摩京屋敷と連絡《つなぎ》をつけます。一日二日時を貸して下され、その願いに本日は参じましたんや」

総兵衛は、

「江戸ではない、京の地で起ったこと。辛抱して待つしかない」

と自ら言い聞かせた。

「お願い申します」

「総兵衛はん、目付の伊集院監物《けんもつ》様やがな、屋敷におられます」

伊集院は加太峠で初めて総兵衛らの前に登場して以来、茶屋家別邸からの戻りにも総兵衛を襲った一味の頭分だった。当然、こたびの桜子誘拐《ゆうかい》騒ぎも糸を引いていることが考えられた。

「伊集院はんが動くとき、事は大きく振れましょうな」

「いかにもさよう」

総兵衛が清方に頷《うなず》くと、清方が立ち上がった。

「総兵衛様、どうなされますな」

「坊城家の庭の一角に毘沙門天堂《びしゃもんてんどう》がございます。私、しばらく御堂にお籠《こも》りしようと思います」

清方は総兵衛の言葉に、危機にあって動ぜざること巌《いわ》の如《ごと》き、泰然自若とした若武者の思慮と度量の大きさを感得し、感嘆して首肯した。

清方が坊城家を去ったあと、総兵衛は毘沙門天堂に籠った。

仕掛けたのは薩摩、受けたのは総兵衛。だが、攻められた側が動かぬことによって薩摩には迷いが生じていた。

ともあれ師走《しわす》の慌《あわ》ただしさの中で、坊城屋敷に無為の日が続きそうな気配だった。

第二章　師走《しわす》の江戸

一

年の瀬も残りわずか、江戸では穏やかな気候が続いていた。

師走の古着大市という大商いを成功裏に終えた富沢町《とみざわちょう》には新しい企ての評判を聞きつけた江戸近在の古着商たちがその企てを探ろうとして、またそのついでに仕入れを考えたか、荷馬や大八車を引き、あるいは船で到来した。ために入堀沿いの河岸《かし》道も堀もいつもの年の瀬に増して活況を呈していた。

また、師走古着大市に来損ねた女衆《おなごし》などの、子どもや奉公人の春着を仕入れる姿も混じり合って、いつもの師走と違う光景を見せていた。

柳原土手に生まれし古着市町奉行所も感謝感激

などという落首が張り出されるほどであった。

「大番頭さん、ひと息おつきになりに行かれたらどうです」

と奥向きの女衆おりんが店に姿を見せて光蔵《みつぞう》に話しかけた。

「そうですね、ちょうどお客様も途絶えた時分」

と光蔵が髷《まげ》を手で触った。

大黒屋《だいこくや》では若い十代目が京に上がり、得意先に十代目就任の挨拶《あいさつ》がてら京の商いと見物を兼ねて留守をしていた。また一番番頭の信一郎ら大黒屋の奉公人が多数、

「西国に出商い」

に出向いて不在だった。

むろんこの西国への出商いは表向きのこと、真《まこと》は大黒屋が所有する大型三《さん》檣《しょう》帆船イマサカ号と大黒丸の二隻《せき》で異国交易に出ていることを糊塗《こと》するための言い訳だ。そんなわけで大黒屋は古着大市がひと段落して師走を迎え、

「忙中閑有り」

の体《てい》で大黒屋の留守を預かる光蔵におりんが声を掛けたのだ。

光蔵の息抜きは薬草園の手入れか、髪結床《かみゆいどこ》で月代《さかやき》や髭《ひげ》を剃《そ》り、髷を結い直してもらうことだ。

「二番番頭さんや、帳場を預けてよろしいか」

「大番頭さん、時に息抜きも要ります」

参次郎の言葉に光蔵が意を決したように立ち上がり、手代見習いになったばかりの天松《てんまつ》が光蔵の草履を揃《そろ》えると、

「行ってらっしゃいまし」

と大声を張り上げた。

「おうおう、手代さん、随分と張り切ってござる」

と呟《つぶや》いた光蔵が六尺（約一八二センチ）に背丈が届こうとしている手代見習いの裾《すそ》をじろりと見た。天松はこれまで常にお仕着せの裾が短く、脛《すね》を出していた。

「おりんさんのお手間で私だけかようなお仕着せを誂《あつら》えてもらいました。大番

頭さん、もはや天松の腟は見えません」

「天松の腟だしは富沢町の名物でしたからな。なんとのう、寂しい気もする」

「ご冗談を申されるのはよして下さい。見習いの三文字が一日でも早くとれるように奉公に精を出します」

「その心がけを忘れぬようにな」

「はーい」

と天松の張り切った声に送り出された光蔵は、

「よろしゅう頼みますよ」

と店に言葉を残し、河岸道に出た。

富沢町界隈《かいわい》に近在から稼ぎに出てきた三河万歳の姿やら煤払《すすはら》いの竹売りやら餅搗《もちつ》きの男衆《おとこし》が目に留まった。

「享和《きょうわ》三年も残りあと半月を切りましたか。京の総兵衛様、桜子様はどうしておられるやら」

と独り言を洩《も》らした大番頭の光蔵だが、さすがに坊城桜子としげが危難に遭っていることなど知る由《よし》もない。

田之助が主《あるじ》に内緒で光蔵へと送った早飛脚は未《ま》だ東海道を江戸へと運ばれる途中であったからだ。

光蔵は富沢町の通りに出ると大門通りを左手に曲がり、三光新道に出ると通りの中ほどにある稲荷《いなり》社の隣に、

「いなり床」

の看板を掲げる髪結床の腰高障子を開けて、

「親方、お忙しいですか」

と声を掛けながら店の中を見回した。

白兵衛親方と二人の職人が客の頭をあたり、小上がりには客か暇つぶしか分からないが将棋を指す二人がいて見物も三人いた。

「これは大層な混みようですな、改めて出直してきます」

馴染《なじ》みの床屋から店に引き返そうとした。

「大黒屋の大番頭さん、ちょいと待ってくんな」

白兵衛親方が客の頭を元結《もとゆい》できりりと結び、元結の端を口に咥《くわ》えた鋏《はさみ》で切って、

「芝居町の女泣かせ、一丁あがりだ」

と肩に掛けた布をとった。

「親方、有り難うよ。これで千秋楽がさっぱりと迎えられます」

客は中村座の副頭取の中村芝宣《しせん》だった。

「おや、中村座の副頭取、お元気そうで」

「大黒屋の大番頭さん、いよいよ今年も押し詰まりましたな」

「そうか芝居は楽日が明日でしたか」

官許の三芝居は月半ばが舞納めだった。だが、年によって楽日が異なり、今年はいつもより何日か遅かった。そんなわけで芝宣は千秋楽を前に髷を結い直しにきたのであろう。

「副頭取、今年はあれこれと世話をかけました。お礼を申します」

と光蔵が頭を下げた。

「大番頭さん、私どもの間で頭を下げることなど、なにもございませんよ」

「里次《さとじ》は陰ひなたなく働いておりましょうな」

「それですよ、大番頭さん。さすがは大黒屋さんの口利《くちき》きだ。あのう……」

と言いかけた芝宣が慌《あわ》てて口を噤《つぐ》み、言い直した。

「里次は役者衆からもお客様からも評判がいい男衆でしてな、いい奉公人を得たと親父《おやじ》とも話していたところでしたよ」

中村座の男衆見習いの里次はかげまの中村歌児《うたじ》が本名に戻って、堅気として再出発した姿だった。

前の影本郷康秀《ほんごうやすひで》の小どもだった歌児は日光代参旅に同行された折の道中記、『日光代参本郷康秀閨房記《けいぼうき》』を書き残して、鳶沢一族が影たる本郷康秀を始末する証《あかし》を残してくれた。だが、そのために本郷康秀と組むことを企《たくら》んでいた薩摩に命を狙《ねら》われ、口を封じられかねない立場に立たされた。

そこで当人の希望も入れて、「かげまの中村歌児」はこの世から姿を消し、中村座の男衆見習いの里次が誕生したのだ。

その口を利いたのがおりんだった。

「それはようございました。里次に初心を忘れずに働きなされと私が言うていたと言付け下され」

「承知いたしました。大番頭さん、ちょいと早うございますがよいお年をな」

「副頭取もな、頭取の親父様にもくれぐれも宜《よろ》しゅう伝えて下されよ」

と光蔵と芝宣はいなり床の前で左右に分かれた。

「大番頭さん、お待ちどお様」

いなり床の親方が光蔵を引き止めた。

「いえ、何人も待っておられます」

「小上がりの連中ですかえ。こいつら、閑人《ひまじん》でしてね、一刻《とき》(二時間)や二刻待たせたってなんてことありませんや。そうだろ、五郎造」

へぼ将棋を見物しながらあれこれと口出しする鳶職《とびしょく》の五郎造に言った。

「ああ、いいぜ。なんならいなり床に住み込んでもいい」

「ばか抜かせ。ぶらぶら病のおめえなんぞに住み込まれてたまるか。こいつ、怠け病にかかってさ、親方に当分うちで働かせねえと暇を出されているんですよ」

「親方、大黒屋の大番頭さんが想《おも》い違いするようなことを言うなよな。お屋敷の門松造りを親方に命じられたんだがよ。正月飾りだ、いつも竹、松、裏白じゃ面白くねえと思ってよ、梅花の枝なんぞをあしらってよ、なかなかの出来だったんだがよ、お屋敷の用人はかんかんに頭から湯気を出して怒りやがるし、親方から当分出入り禁止だと、休みをもらったんだよ」

「梅花の枝が飾られた門松飾りですか、一度見てみたいものですな」

「でしょ。どうです、大黒屋で引き取ってくれませんかね、立派ですぜ」

「うちはただ今主様が不在です。五郎造さん工夫の門松は来年にでも総兵衛様がおられる折に掛け合いなされ」

「そうか、十代目はいないか」

と町内の鳶職の小頭が言い、

「ともかくさ、江戸の商いを立て直した立役者だ。大番頭さんの四半刻《しはんとき》（三十分）はわっしらの半年に価《あたい》しよう。先に済ませなせえ」

と譲ってくれた。

「お言葉に甘えて宜しいんですか」

「その代わりよ、うちのかかあが古着を買いにいくときは面倒を見てくんな」

「おかつさんがお見えになったら、小頭の倅《せがれ》さんの袷《あわせ》なり単衣《ひとえ》なり、ただでお付けしましょうかな」

「頼んだぜ」

五郎造がまたへぼ将棋の口出し役に戻っていった。

「五郎造が言った言葉はうそじゃねえ、今年の春先の古着大市の折よ、うちの前に行列が出来てよ、ぶっ魂消《たまげ》たぜ。富沢町の通りに入りきれないから、うちで女衆の買い物が終るのを待ってんで、次から次に男の客が入ってきやがった。大黒屋の大番頭さんは商いの神様だね」

「親方、思い違いをしないで下さいよ。あの古着大市の発案者はうちの十代目なんですからね」

「えっ、あの若い総兵衛様が考えられたことだって、驚いたね。来年も富沢町に戻ってくるんだろうね」

「来年は南北両奉行所の肝いりで今年以上に派手に催しますよ」

「柳原土手でいちばん儲《もう》けたのは柳原土手外れの大黒屋だっていうじゃないか。総兵衛様がいようといまいと、大黒屋は転んでもただでは起き上がらないと評判ですぜ」

「親方、うちがなんぞ悪い企みでもしているような言い方に聞こえます」

「芝居の役者は市川団十郎、相撲取りは谷風梶之助《かじのすけ》、商いは富沢町の惣代《そうだい》大黒屋総兵衛さんだ」

と口当たりのいい白兵衛親方のお喋《しゃべ》りを聞きながら頭髪を弄《いじ》られ、なんとも言われぬ心地の良さに光蔵はいつしかうつらうつらと眠っていた。

その眠りを破って怒声が響いた。

「御用の筋だ、出ていけ！」

光蔵が眼を覚ますと白兵衛親方が、目顔で五郎造らにひと廻りしてこいと合図を送って、へぼ将棋の連中がいなり床から早々に立去った。

光蔵は手鏡をとり、小上がりの人物を見た。

手鏡の中に南町奉行所市中取締諸色掛の池辺《いけのべ》三五郎が上がり框《がまち》に腰を下ろそうとしていた。

「おや、南町の池辺様でしたか」

と池辺が映っていた手鏡を膝《ひざ》の前において、

「なんぞ御用ですか」

「話がある」

「ならばお待ちなされ」

と光蔵が言い切り、

「親方、ゆっくりとな、仕上げて下さいな」

「宜しいので。あいつは南町のうるさ方ですぜ」

と耳元で囁《ささや》いた。

「構いません。池辺様は閑を持て余しておられるのです」

にべもない言葉を吐いた光蔵が両眼をまた瞑《つぶ》った。

白兵衛親方がちらりと池辺を見た。

池辺同心は、火鉢の炭を火箸《ひばし》で搔《か》き立てていたがなにも言わなかった。

四半刻後、光蔵の頭の髷《まげ》はさっぱりとした。光蔵は髪結い代に酒手を加え、
一分をおいて、

「親方、今年も世話になりました。お陰様で新玉の年を気持ちよく迎えることができます」

と挨拶《あいさつ》し、小上がりの池辺を初めて肉眼で見た。

「いくらおれが閑じゃというて、四半刻も待たせておいて居眠りするとは光蔵、

おめえもいいタマだな」

火鉢を挟んで池辺同心と光蔵は顔を一尺ほどに近付け、睨《にら》み合った。

この間合いでの話なれば、いなり床の客にも親方たちにも聞える心配はない。

「古着商いは八品商売人の一として町奉行所の差配下にございます。そのことはうちも重々承知ですが、今や町奉行所と古着商いは一心同体お互いに助け合わねばなりません」

「えらい勢いだな。春と師走《しわす》の古着大市を成功させて南北両奉行の鼻毛まで抜きおったか」

「池辺様、御用はなんですな。嫌味を言いに髪結床まで私のあとをつけて参られましたか」

「おめえを見かけたのは偶《たま》さかのことだ」

「そう聞いておきましょうか」

「土井《どい》権之丞《ごんのじょう》様と妾《めかけ》が手に手を取り合って、どこぞに姿を消したといつぞやおめえは言ったな」

「申しました。また、あの話の蒸し返しですか。この忙しい師走にそのような話に付き合うのはご免蒙《こうむ》りましょう」

「過日、柳原土手のおめえの店で売られた品だがな。気になるものがあったんだよ。それでも四の五の抜かすか」

と池辺が光蔵を睨んだ。

光蔵は平然としたものだ。

「珊瑚玉《さんごだま》の髪飾りよ。ありゃ、おさよの品だ」

「世間には同じ品などいくつもございます」

「ありゃ、おれが室町の小間物屋でちょいとしたことを見逃した代りに取り上げたものだ。だから、格別に承知している、あれをおれから土井様が召し上げ、おさよに贈ったものゆえ、覚えておるのさ。その他、おさよの持ち物が大黒屋の古着大市で売りに出された。どう考えればいい」

「大黒屋の光蔵を脅そうとしておられるので」

「違う」

「ならばなんなので」

「おりゃ、後ろ盾を失い、南町では浮き上がった同心よ。本日、市中取締諸色掛を免職され、無役になった」

「お気の毒なことでございますな」

「今のおれは破れかぶれ」

「どうなされますな」

「町方を辞めて、薩摩《さつま》に拾うてもらうのも一つの手でな。その手土産に古着大市の裏話を持参しようかと思う」

「それは考えられましたな」

二人は間近から睨み合った。

「大黒屋が薩摩など畏《おそ》れておらぬことを承知しておる。じゃがな、南町奉行所与力を始末したまではいい。その妾の持ち物を大黒屋が私して利を得たとなると、薩摩ばかりか町奉行所でも動かざるを得まい」

「やはり脅しでございますな」

「薩摩に身売りするか、大黒屋、おめえのところで買《こ》うてもらうか。おれに残された道は二つしかねえ。無役となれば御切米三十俵二人扶持《ぶち》だけだ、分担掛役料の九両二分が消えて、出入りの店からの心付も入ってこぬ」

「薩摩にお行きなされ」

「よいのか。この話を持ち込めば、薩摩は古着大市を仕切った南町奉行根岸様のもとへ持ち込むか、城中のしかるべき役所に伝えようぞ」

「あまりよいお考えとも思えませぬ」

「ならば大黒屋でおれの扶持を出してくれるか」

「主の総兵衛様はただ今江戸を不在にしておられます。ですが、町方同心一人くらい飼い殺しにするのはこの光蔵の裁量でどうとでもなります」

「ならば高く買うてくれぬか」

「その前に一つ、話がございます」

「なんだ」

「おまえ様が申された珊瑚玉の髪飾り、いかにも土井様の妾のおさよの持ち物でございます」

「ほれ、みよ」

池辺三五郎が愁眉《しゅうび》を開いたという表情で光蔵を見た。

「古着大市にておさよの持ち物を売り払い、総額二百五両一分二朱になりました」

　この額は大黒屋が幾分か色をつけての額だ。

「おれに半分寄越せというたら支払うか」

「世間はそう甘くはございません。うちではあの品々の代金二百五両一分二朱を南町奉行所に納めました」

「虚言を弄《ろう》するにもほどがある」

「ならば内与力田之内泰蔵《たいぞう》様にお尋ねなされ」

「今の立場のおれが聞けるか」

「ならば、文弥なる名の見習い同心がおられますな、そのお方が受け取り証文を書かれましたでお聞きなされ」

「さような話があろうはずもない」

　池辺が突然自信を失ったように茫然《ぼうぜん》自失となった。

「お店に同道なさるなれば文弥様が認《したた》められた受け取り証文をご覧に入れます。ですが、おまえ様の南町での立場はもはやないも同然、残る頼りは薩摩様だけですな」

池辺の視線が宙をさ迷った。

光蔵は煙草《たばこ》入れを抜くと火皿に刻みを詰めて、火鉢の炭で火を点《つ》けた。一服を吸うと、ふうっ、と池辺三五郎の顔に吹きかけた。

そんな様子をちらりちらりと、いなり床の親方やら職人やら客が見ていた。

五郎造もへぼ将棋の面々も戻っていて、小上がりからいちばん遠い壁際《かべぎわ》にいて二人の対決を見ていた。

南町奉行所の市中取締諸色掛として、与力の土井といっしょになり、江戸のお店《たな》から金品を強要してきた池辺三五郎の顔に紫煙をかけて平然としている大黒屋の大番頭の力をまざまざと見せつけられていた。

「もう一つ、来年の古着大市は、南北奉行所合同にてお手伝い頂き、その代わりというわけではございませんが、両奉行所で押収《おうしゅう》した盗品など持主不明のものを売り、探索費用にあてることが決まっております。それもこれもこたびの師走古着大市での商いの結果があればこそで」

池辺の顔が土色になっていた。

「おまえ様の無役左遷《させん》は私も承知しておりました。田之内様からお知らせがございましたでな。未《ま》だ薩摩とうちを天秤《てんびん》にかけて、値をつけようなど烏滸《おこ》がましゅうございますな。おまえ様が土井権之丞と同じ道を辿《たど》らなかったのは、おまえ様などわれらが歯牙《しが》にもかけぬ小者ゆえです」

もはや池辺は無言だった。

「明日、奉行所に出仕の折、おまえ様の竿勘《さおかん》のつなぎ竿を黙って田之内様に差し出しなされ。なんとも問い返さずに田之内様が受け取られるなれば、私がただ今申したことの裏付けとなりましょう。来春の古着大市の折に、その十五本のつなぎ竿が売りに出されます」

もはや池辺には過日の対決の折のように余裕をもって洩《も》らした、

「負けた」

の言葉を吐くこともなかった。ただ真っ青な顔で身動き一つせずにじいっとしていた。

「あの折、私は『当分、おまえ様の動きを見張り、働きを観察させて頂きます』と言うたはず、これで二度目、三度目はございません。よいですか、無役の同心方がどれほど慎ましやかに暮らしておいでか、そしてご奉公に努めておいでか、おまえ様、とくと考えてみなされ。その態度いかんによっては、総兵衛様が江戸に戻られた折、お願いしてみましょう。いいですな、私の言葉一つで大黒屋に出入りが叶《かな》うかどうか決まります」

「あ、相分かった」

蹌踉《そうろう》と立ち上がった池辺三五郎がよろめくようにいなり床を出ていった。

しばらく無言で見送っていた光蔵が、

「親方、ご一統様、ご免下され。よいお年をな」

と何事もなかったように挨拶していなり床から立去った。

ふうっ
という息がいくつも重なった。

「大黒屋の大番頭って何者だえ」

一人の客がだれとはなしに尋ねた。

「お客人、そんな詮索《せんさく》は野暮の骨頂さ。富沢町の惣代《そうだい》の懐刀《ふところがたな》、話は一つも聞こえてこなかったがさ、主様《あるじさま》が留守をしていてもお店《たな》はびくともしないってのが分ったろ」

「千両役者とふんどし担《かつ》ぎの勝負を見るようだったな」

「まあ、そんなところだ」

白兵衛親方が応じて、

「おい、次はだれだ」

と五郎造らを見た。

二

光蔵は店に戻ると直ぐに参次郎と相談し、池辺三五郎に手代の猫の九輔《きゅうすけ》らを当分貼《は》り付けて、行動を見張らせることにした。

その手配がひと段落したころ、京都から手代の田之助が記した書状が届いて光蔵を愕然《がくぜん》とさせた。

なんと坊城桜子としげが何者かに拐《かどわか》されて行方を絶ったというのだ。

即座に参次郎とおりんの二人を鳶沢《とびさわ》一族の本丸、地下の大広間に呼び、田之助の書状を見せた。

その書状は、総兵衛が坊城家の毘沙門天堂《びしゃもんてんどう》に籠《こも》って祈念している間に田之助が慌《あわ》ただしく認《したた》めたものだという。

桜子らの行方知れずはもちろん大事だが、鳶沢一族の頭領の総兵衛の命なく田之助が書状を江戸に送ることもまず有りえない異常事態であった。それだけに田之助の焦《あせ》りと逡巡《しゅんじゅん》が感じられる書状だった。

田之助は、然《しか》るべき時期が至ったときには総兵衛に自らの差し出がましい行為を詫《わ》びて、どのような沙汰《さた》も受けると書状の最後に記していた。

総兵衛の留守を預かる富沢町の幹部二人が次々に速読したのを確かめた光蔵は、

「おりん、どう思う」

とまずおりんに聞いた。

「総兵衛様が坊城家の毘沙門天堂に籠られたには必ずや仔細《しさい》があってのことでしょう。桜子様としげを拐した相手は薩摩と総兵衛様は見定められて、相手の動きを確かめようとしておられるのではございませんか。また同時に桜子様拐しの責任を感じられ、自らのお心を鎮《しず》めて対策を練らんがために時を置かれているかと存じます。猪突《ちょとつ》猛進して桜子様の奪還に闇雲《やみくも》に動くことが決して賢明な策ではないと判断なされた結果にございますまいか」

おりんの言葉に光蔵が首肯し、参次郎を見た。

「おりんさんの言われるとおり、総兵衛様は薩摩の出方を窺《うかが》っておられるのです。大番頭さん、おそらく今頃京では事は動き出しているのではありませんか」

参次郎の考えにおりんも頷《うなず》いた。

「敢《あ》えてそなたらに尋ねます。この誘拐《ゆうかい》騒ぎ、薩摩以外の者の仕業とは考えられませんか」

と光蔵が二人に糺《ただ》した。

「田之助さんの書状にあるように、総兵衛様方が茶屋家訪問の帰路に薩摩の刺客に襲われ、総兵衛様と茶屋家の方々がその刺客どもを一蹴《いっしゅう》した直後であったことを考えますと、薩摩が総兵衛様を誘《おび》きだすために桜子様としげを拐したと見て間違いございますまい」

とおりんが言い、

「白昼市場に買い物に行った桜子様としげの二人を拐すなど、並みの人間に出来るものではございません。それにしても、かような無法な所業をしてのけるのはさすがに薩摩藩島津家の家臣とは思えません。ですが、実際に手を下した者たちの背後には必ずや薩摩が控えておりましょう」

　と参次郎も言い切った。

「よろしい。薩摩の京屋敷が命じてだれかに桜子様としげを捉《とら》えさせたと考えましょう。されば田之助の書状に応《こた》えてわれらがなすべき行為は何と思われるか。援軍を京へ走らせるか」

　おりんも参次郎も光蔵の質問に沈思した。

「大番頭さん、援軍が要るなら要るで、田之助もそう求めてきましょう。また早晩総兵衛様が自らそのように連絡《つなぎ》をとってこられましょう。総兵衛様が坊城家の毘沙門天堂に籠られ、騒ぐお気持を鎮めようとなされた背景には、田之助が然るべき処置、つまりは江戸へこうして書状で知らせるであろうことを察しておられたことがあったのではありませんか」

「参次郎さんの推量、的を射たものかと存じます。なぜならば田之助さんは富沢町の他にもう一か所飛脚を走らせたと書いてこられました。こたびの道中で知り合った柘植《つげ》衆に書状を送ったと。伊賀の加太《かぶと》峠なれば即座に京へ駆け付けることができることを考えた末の配慮かと存じます。田之助さんの行動の背後には、総兵衛様が柘植衆をわれらの同志として鳶沢一族に迎えることをすでに決断された事実があってのこと、総兵衛様のために打つべき最善のことを田之助さんは行なっておられます」

「おりん、ということは柘植衆が総兵衛様の下にすでに助勢を送り込んだとみてよいか」

「さよう考えてよろしかろうかと存じます。また柘植衆の助勢を得られなくとも、京には坊城家を始め、じゅらく屋様、さらには今回の京訪問で知り合われた茶屋家が控えておられます。とくに茶屋様はすでに一度総兵衛様が薩摩に襲われた場に手勢を送り込んでおられます。私どもが百二十六里六丁余（約五〇〇キロ）も先の京へ手助けを送り込むのは上策とは思えません。どう急いだところで十数日は掛かります」

おりんは光蔵の気持ちを察して言い切った。

「分かりました」

とようやく光蔵が平静に立ち戻り、

「総兵衛様の周りに、薩摩藩の密偵から転んだ北郷陰吉《きたごうかげよし》なる者がおる。この者が厄介を引き起こした原因《もと》とは思われぬか」

「大番頭さん、薩摩との因縁は百年前からのもの。総兵衛様が密偵一人の動向に左右されるなどありえぬことと存じます。それにこたびの京行きで総兵衛様は、転んだその薩摩の密偵を旅の従者に加えられました。その者の本性が真の味方になり得るものと判断されたのではないでしょうか。また神君伊賀越えの加太峠ではその昔家康様の危難を助けた柘植衆と出会い、鳶沢一族に迎え入れる決断をなされておられる。さらに京にては本能寺の変の折、家康様に信長様死すの急を知らせて、三河への逃避行を成功させた立役者の茶屋家と昵懇《じっこん》に話し合われた模様でございます。私どもが考える以上に総兵衛様の周りにはお味方がおられます」

「六代目総兵衛様所縁《ゆかり》の伊勢にまで詣《もう》でて、ゆるゆると京に入られたことが味方を増やしたと考えるか」

「十代目総兵衛様の思慮深さと人徳のなせる業でございましょう。旅の間に鳶沢一族の拠点とすべき確かな足掛かりをあちらこちらに築きながら京入りするなど尋常なことではございません。その矢先の危難でございますが、総兵衛様は必ずや桜子様としげを自らの手で救いだすとの覚悟と確信があってのことかと思われます。ここは総兵衛様自らが桜子様行方知れずの一切を認めてこられるまで待つしか策はなかろうかと存じます」

参次郎が言い切った。

富沢町の大黒屋も一番番頭の信一郎ら多数の者たちを異国交易に割いており、手薄だった。それだけに京へ助勢を送ることは極めて無謀な策と思われた。

総兵衛は必ず時を得て行動すると信じて、光蔵も肚《はら》を固めた。

「いささか私も慌てました。そうでなくとも池辺三五郎の見張りに猫の九輔らを当てたばかり、江戸から派遣する手勢などおりませなんだ」

と自らを得心させるように光蔵が言い切った。

「大番頭さん、われら、池辺三五郎の動きを注視することに専念致しましょう」

と参次郎が言い、

「ただし大番頭さんから鳶沢村の安左衛門《やすざえもん》様にはこのことお知らせするのがよろしいのではございませんか。事が起っておるのが京のこと、江戸と京との中ほどが鳶沢村にございます。万が一の場合に備えて経緯《いきさつ》を知らせておいたほうがよいと思われます」

とさらに言い足した。

「参次郎、いかにもさようでした。田之助が考えた末に江戸と柘植衆へ書状を早飛脚で送ったのはその含みがあってのことでしょうからな。そこでじゃ、おりん、そなたが鳶沢村の安左衛門様にな、事情を知らせる文を認《したた》めなされ」

おりんはしばし考えた。

鳶沢一族の拠点のうち、今いちばん手駒《てごま》が多いのは船隠しのある深浦《ふかうら》だ。総兵衛が安南《アンナン》から伴ってきた配下の者たちが加わり、和国の言葉や仕来《しきた》りを学び、鳶沢一族に融和することを教え込まれていたからだ。

総兵衛の配下だった面々は外海航海も夜間航行も慣れていた。

彼らを船手に使えば、深浦から駿府《すんぷ》の鳶沢村往来などさほど難しいことではあるまい。箱根峠を越えて東海道を徒歩《かち》で行くよりかかる日数も半分以下、断然早いと、おりんは思案した。

「大番頭さん、考えがございます」

と前置きしたおりんが、

「田之助さんが送ってきた書状は京での錯綜《さくそう》した背景など不明瞭《ふめいりょう》な事柄が多く記されております。ならば、これより私が鳶沢村へと急ぎ、安左衛門様に直にお話し申し上げます」

「なに、そなたが鳶沢村に走るというか。早走りの田之助は京におるし、他に男衆《おとこし》を割くのは留守を預かる私としてはいささか頭が痛い。とはいえ、女子《おなご》のそなた一人に東海道を走らせるのもな。手はないではないが、箱根の関所は出女には殊《こと》の外厳しい」

「大番頭さん、東海道を使いません」

「なんとな」

「深浦に早船で向い、深浦から総兵衛様の水夫《かこ》らの手を借りて駿州鳶沢村に持ち船で夜を徹して走れば、うまくいけば明日じゅうには江尻湊《えじりみなと》に入れましょう。遅くとも明後日には安左衛門様にお会いできます」

「うん、その手がありましたな。鳶沢村には鳶沢村の判断があろう、おりん、そなたが安左衛門さんに会うのは大事なことかも知れぬ。薩摩からの転び者のことも詳しく分りましょうしな」

光蔵がおりんの判断に賛意を示した。

鳶沢一族は異国交易に信一郎ら大事な人材を割いて富沢町も鳶沢村も手薄になっていた。比較的人数がいるのは深浦だが、安南人が和国の言葉と仕来りに未《ま》だ習熟しているとは言い切れなかった。だが、船と海にはだれよりも慣れた連中だった。

異国交易、総兵衛の京行きと一族を分散して手薄な中でこたびの騒ぎの解決を図らねばならなかった。鳶沢一族の正念場といえた。

「参次郎、そなたには店を頼みましたぞ。おりん、そなたを坊主《ぼうず》の権造《ごんぞう》に佃島《つくだじま》まで送らせる。あそこには琉球《りゅうきゅう》小型帆船が待っておりますでな」

「大番頭さんはなんぞ他に御用がございましたか」

「いかにも御用です。かような時ほどゆったりと構えることが最上の策、田之助の書状を読んで迂闊《うかつ》にも忘れておりました。私はな、根岸の里に参ります」

「麻子《あさこ》様とお会いになるのですね」

「坊城麻子様にまず知らせるべきでしょう」

「いかにもさようでした」

光蔵、参次郎、おりんと留守を預る幹部三人だけの談義が終わり、それぞれの役目にあたることになって、江戸も京に呼応して動き出した。

根岸の里の女南蛮商人と知る人ぞ知る骨董《こっとう》美術商の坊城麻子は、総兵衛に同行していた手代の田之助の書状を読み終えた。

書状を読み終えるのを光蔵が緊張して待った。

京の案内人として総兵衛一行の道中に加わった独り娘の桜子が、行方を絶った。いや、拐《かどわか》された事実を告げる書状だ。

麻子の顔の表情が恐怖や怒りに変わったとしても母親の情だ、当然のことだった。

だが、麻子は読み終わり、しばし平静と無言を保っていたが、

「油断どしたな」

と呟《つぶや》いたものだ。

「は、はい、傍らに総兵衛様やら田之助が従いながら油断を致しまして申し訳ございません。麻子様、この通りでございます」

と白髪頭を下げようとすると麻子が、

「勘違いせんとくれやす、大番頭はん」

「は、と申しますと」

「わては桜子が油断やと言うたんどす。京のことはうちに任せておくれやすなどと大言してこのざまどす」

「麻子様、桜子様は未《ま》だお若うございます」

「大番頭はん、二人だけでいつぞや話しましたな」

「なんのことでございましょうか」

「総兵衛様の嫁に桜子がなる話どす」

「確かに致しました」

「ということは鳶沢一族の頭領の内儀に桜子がなるという話におへんか」

「いかにも」

「桜子は未だ覚悟が足りませぬ。日中、錦市場《にしきいちば》で攫《さら》われたやなんて。油断ではおへんか。とてもとてもそれでは総兵衛様の嫁は務まりまへん」

「麻子様、田之助の書状には買い物に出て行方を絶ったとございますが、錦市場で攫われたとは記してございません。どうしてそのようなことをご存じなのでございますか」

「昨夜のうちに茶屋清方様から飛脚が届きました。徳川の細作《さいさく》を務められる茶屋家には、京と江戸とを夜を徹して受け継ぎ受け継ぎして走る細作飛脚の宿がございますんや。その細作飛脚にて仔細《しさい》は知らされておりましたんどす」

「なんとまあ」

と光蔵が絶句した。

「清方様の文によりますとな、錦市場にて野菜を購《あがな》う桜子としげなる女衆《おなごし》を饅《まん》頭笠《じゅうがさ》、頭陀袋《ずだぶくろ》に金剛杖《こんごうづえ》の托鉢《たくはつ》僧の一団二十数人が囲んだかと思うと連れ去ったそうな」

「白昼の錦市場なれば大勢の人もおられたでしょうに」

「それがや、売子や客たちには托鉢僧の姿は見えず、ただ霞《かすみ》のようなものが市場を通り過ぎたように見えただけやそうな」

「ということは、桜子様らは薩摩に攫われたのではございませんので」

光蔵は桜子の拐しの知らせを麻子に告げにきたことも忘れ、反対に問い質《ただ》していた。

「攫った面々は妖《あや》しげな術を使う一団にございましょう。ですが、その背後には薩摩様が控えておられると清方様は書いてこられました」

「なんとも玄妙なことで」

「大番頭はん、桜子が行方を絶ったと聞かされた総兵衛様はうちの実家の毘沙《びしゃ》門天《もんてん》を祀《まつ》る御堂に籠《こも》られたそうな」

「田之助もそう書いて参りました」

「総兵衛様のご判断は間違いではございまへんえ。しっかりと事情を知ってから動かれたほうが、こたびの騒ぎはうまくいくのんと違いますやろか」

と麻子が言い、

「大番頭はん、そう心配することやおへん。桜子は確かに油断しましたがな、薩摩っぽなんぞに使われる妖しげな偽《にせ》坊主らなど、反対に手玉にとっております。遠く百二十六里余も離れた京の騒ぎ、わてらは京から吉報が届くんを待つしか手はおへん」

と麻子が大胆にも言い切った。

「それより一つ話がおます。総兵衛様がおられるなれば、総兵衛様の耳に入れるべきお話やけどな、大番頭さんに手短に伝えておきまひょ」

「なんでございましょう」

「さる譜代大名家の殿様が京都所司代を務められました」

麻子の話は大きく転じたかに見えた。

「京に入られた折、殿様は四十前のことにございましたそうな。その折、一人の京女と知り合われ、側室とされましたんや。五摂家の一、九条家の娘御でございましてな、年の離れたお二人は相思相愛の日々を京で過ごされたんどす。さりながらかような間柄には、いつかは別れの時がきます。所司代をお務めの殿様が病により江戸に戻られることになりましたんや。女子はんは殿様に従い、江戸に下られました。その女子はんの献身の介護で殿様の病は快復して、老中に命じられたのです。それでな、九条家の娘はんも江戸に残られたそうな」

「ほうほう。さような奇特なお話がございますので。肖《あやか》りたいものでございますな」

「殿様は以前にも増してご健在、老中職を務め上げられました。なんとも仲睦《むつ》まじいことです。その九条の息女の文女《あやめ》様がただ今京に戻られておられるそうな」

麻子は所司代から老中に出世した大名の名を告げなかったが、九条文女とはっきりと口にした。

「総兵衛様の京都滞在となんぞ関わりがございましょうか」

「はて、その辺はお二人の気持ち次第やろか」

「九条家の息女はまた江戸にお戻りでございますな」

戻られますと応《こた》えた麻子が、

「必ず総兵衛様の行く先には従うておいでやと思います」

と言い足した。

「この九条家と五摂家の一、近衛家とは決して仲がようおへんのや」

光蔵の背筋にびりびりとした雷のような衝撃が走った。しばし瞑想《めいそう》した光蔵は麻子に許しを乞《こ》うた。

「麻子様、この話、京の総兵衛様に伝えてようございますか」

「伝えてもかましまへん。ただわては、わざわざ知らせんでもお二人がどこぞで自然にな、会われるような気がしますけどな」

と麻子が呟いた。


光蔵は根岸からの帰り道、黙然と考えながら富沢町への道を辿《たど》っていた。

麻子様は、

「影様」

の正体を告げているのではないか。それ以外に考えられることがあろうか。

当代の将軍家斉《いえなり》の正室は薩摩島津家の出であった。すなわち五摂家近衛家の養女として家斉の正室に上がった茂姫《しげひめ》こと寔子《ただこ》だ。その薩摩の島津家と密《ひそ》かな盟約を結んでいたのが、前の影、本郷丹後守康秀《ほんごうたんごのかみやすひで》であった。

外様大名薩摩家と盟約を結んだ影の本郷康秀を、総兵衛らが日光の奥の院で誅殺《ちゅうさつ》した。

新たなる影様が鳶沢一族の頭領総兵衛勝臣《かつおみ》の前に姿を見せたのは、川越仙波《せんば》東照大権現《だいごんげん》宮においてであった。そして、なんと影様は、

「十二単《ひとえ》におすべらかし」

の女人であった。

もし最前麻子が話した九条文女が影様ならば、すべてが得心のいくことになる。影様は、幕府にも朝廷にも勢力を広げんと布石をあちらこちらに打ち始めた島津重豪《しげひで》の、

「牽制方《けんせい》」

として幕府と朝廷のだれかが密かに手を打った結果ではないか。

光蔵が金杉村から下谷金杉上町へと出ようと、安乗寺と御門主屋敷の間に差し掛かったとき、空駕籠《からかご》が光蔵を追い抜いていこうとした。が、いきなり光蔵の傍らで止まり、

「どこぞの番頭さん、戻り駕籠だ。乗ってくれませんかね。安くしとくぜ」

と後棒が声をかけた。

はっ、と我に返って正気に戻った光蔵が、

「富沢町まで行ってくれますか」

と問い返した。

「へえへえ、富沢町ね、ようございますよ」

と駕籠かきが肩から棒を下ろした。

そのとき、

「大番頭さん、迎えに参りましたよ」

と手代見習いの天松が甲斐犬《かいけん》の信玄の手綱を引いて、寺町に入ってきた。

「おや、天松ですか。空駕籠に乗っていこうと考えたところですよ」

信玄が駕籠かきを睨《にら》んで前脚を開き、姿勢を低くして身構えると、

「ううっ」

と唸《うな》った。

「冗談じゃねえ、わずか二朱の手間賃で犬に大事な足に噛《か》みつかれてたまるか」

と捨て台詞《ぜりふ》を残した駕籠かきがさっさと下谷金杉上町へと走り去っていった。

「ようやった、信玄」

天松が猫の九輔が世話をする甲斐犬兄弟の一匹を褒めた。

「なんですね、駕籠を逃しましたよ」

「大番頭さん、なんぞ考え事をして歩くのもいいですが、あの駕籠屋、だれかに二朱で大番頭さんをどこぞに連れ込もうと雇われた連中ですよ。それでもいいんでございますか」

「なんとな、あれは私を拐そうとした駕籠屋ですか」

「駕籠屋の後ろには怪しげな連中が控えていたんです、大番頭さんを拐そうとしたんですよ。さあ、人通りの少ない寺町なんぞにいないで、下谷広小路に出ましょうよ。そしたら駕籠なんていくらも見つかりますからね」

「手代見習いさんに命を助けられましたかな。今日はなんとも不思議な日でございますよ」

と独り言《ひとりごと》ちた光蔵が、

「信玄、戻ったら格別に美味《おい》しいご飯を上げますからな」

と呼びかけ、甲斐犬の綱を引いた天松と並んで、富沢町へと歩き出した。

三

この日、池辺三五郎の行動を見張るように命じられた手代の九輔が富沢町の大黒屋に戻って来たのは、五つ（午後八時頃）過ぎであった。

即刻、光蔵のもとに報告に上がった九輔は、寒さに顔が引きつっていた。だが、同時になにか上気した表情にも見られた。

二人が会ったのは店裏座敷《たなうら》だ。そこには火鉢に炭火が熾《おこ》り、九輔の寒さの顔がわずかに和んだ。

「遅くまでご苦労でしたな、火鉢の傍に寄りなされ。そなたがかような刻限まで戻ってこられなかったにはなんぞ曰《いわ》くがありそうな」

「いかにもございます」

九輔が鼻を蠢《うごめ》かし、その帰店の知らせを受けたおりんが茶を淹《い》れて運んできた。

「九輔さん、お腹《なか》も空いていられましょうが、まずお茶で我慢して下さいな」

「有り難うございます」

おりん厚意の茶で喉《のど》を潤《うるお》した九輔が、

「無役に落とされた池辺同心が八丁堀の役宅を出たのは日が暮れてからのことでございました。あやつ、いろいろと悪知恵を絞って考えたようで、なんとも不思議な動きにございました」

「ほう、それはまた」

「役宅を出たあやつ、布に包んだ筒のようなものを両手に抱えて、八丁堀近くの質屋加賀屋南左衛門方に持ち込みました。直ぐに手ぶらで出てきますと楓川《かえでがわ》を渡り、こんどは正木町のなんでも屋の古道具店に立ち寄り、四半刻《しはんとき》（三十分）もしないうちに最前質屋に持ち込んだと同じような大きさの筒のようなものを布に包んで出てきました。この古道具屋、決して町奉行所の受けのよい店ではございません。ともあれ、池辺はその足で八丁堀の役宅に戻ったのでございます。私はもはや今夜の外出はあるまいと判断し、加賀屋方と正木町の古道具屋に立ち寄って、池辺がなにをなしたか確かめて参りました」

「南町同心が質屋や古道具屋だなんて、どういうことかしら」

その場に残ったおりんが呟《つぶや》き、光蔵がしばし考えていたが、

「質屋に持ち込んだのは釣竿《つりざお》ですかな」

と糾《ただ》した。

「大番頭さん、いかにもさようです。ただし十五本もの釣竿を質草にして、借りた金子はわずか二分でございました。さらになんでも屋の古道具屋で求めたのも同じ数の十五本の古釣竿でございました。買値は最前質入れした二分でございました」

「あら、どういうことでございましょうな」

とおりんが言い、ご苦労でした。台所に下がり、夕餉《ゆうげ》を急ぎ食しなされ」

「九輔さんや、ご苦労でした。台所に下がり、夕餉を急ぎ食しなされ」

「なんぞ新たな御用でございますか」

「へえ、私といっしょに加賀屋さんに伺いますでな」

「いささか私の調べの突っ込みが足りませんでしたか」

と九輔が不安な顔をした。

「いえ、そうではありません。事情を知らぬ者の探索としては十分な手柄ですよ。これから私といっしょに仕上げに行くのです」

と光蔵が立ち上がり、

「おりん、九輔が御膳《ごぜん》を食べる間に着替えをしてきます」

と自らの部屋に下がった。

その夜、深夜に大黒屋の船隠しから密《ひそ》かに一艘《そう》の船が入堀に出た。光蔵と九輔、それに飼犬の信玄を連れた天松が乗り込み、船頭を大黒屋の荷運び頭の坊主の権造が務め、入堀の栄橋から大川へと出ると、船は直ぐに日本橋川に向けて南西へと曲がった。

光蔵ら一行が富沢町の大黒屋の船隠しに戻ってきたのは深夜の九つ半（午前一時頃）を過ぎていた。

次の朝、南町奉行根岸鎮衛《やすもり》の内与力、田之内泰蔵に同心の池辺三五郎が面会を求めて許された。

奉行の根岸は登城の刻限で、南町の奥を田之内が仕切っていた。

そんな内与力の前に現われた池辺の顔は寝不足か、疲労と緊張が見られた。

面会に応じた根岸の懐《ふところがたな》刀の内与力がじろりと池辺三五郎を見て、

「無役には慣れたか」

と聞いた。

「いいえ」

と不満顔で応じた池辺に、田之内が、

「なんぞ用か」

と問うた。

すると池辺三五郎は無言のままに大風呂敷《おおぶろしき》に包まれた長さ二尺四、五寸（約七五センチ）ほど、径七、八寸（約二四センチ）の円筒状のものを田之内の前にそおっと押し出し、

「お納め下され」

と低頭した。

「なんの真似《まね》か」

「いえ、それは」

大黒屋の大番頭光蔵は、田之内が黙って受け取ると言ったはずだ。それなのに惚《とぼ》け顔の田之内が問い質《ただ》したのだ。

（話が違うではないか）

と思いつつも応《こた》えていた。

「釣竿にございます」

「おうおう、そなた、釣りが道楽だったな。なんでも釣り上手じゃが、竿の手入れや加工も器用に熟《こな》すと同輩が噂《うわさ》しておるのを聞いたことがある」

釣りに行くのは八丁堀の同輩が承知していた。としても竿の手入れや加工をすることを知る者はいないはずだが、と池辺は首を捻《ひね》り、

（そうか、大黒屋の大番頭が入れ知恵したか）

と考えついた。ということは光蔵が、

（おれのことをとことん知り尽くしているのではないか）

と思い至り、背筋に寒気が奔《はし》った。

となれば眼前の古狸《ふるだぬき》を丸め込むしか、池辺三五郎が南町奉行所で生き残る道はない。

「釣り道楽も海釣りの磯《いそ》釣り、船釣り、さらには渓流釣りとあれこれあるようだが、道楽も道具に凝り出すと際限ないというでな。わしに自慢しとうて、持

参したか」

田之内泰蔵のとぼけぶりは南町で知れ渡っていた。ツボを外した問いについうっかりと老練な与力同心が反論すると手ひどい反撃が返ってくると聞いたことがあった。だが、池辺三五郎はこれまで田之内と一対一で直《ちょく》に話をすることなどなかった。

「いえ、ただただお納め頂きたく存じます」

「なに、好きで集めた釣竿をこのわしに進呈すると申すか。わしは釣り道楽も釣竿集めの趣味もない、要らぬ」

こんどはにべもなく受取りを拒んだ。

「いえ、来春の古着大市の品に加えて頂く品にございます」

「おうおう、そうであったか。来春、うちが出す盗人《ぬすっと》めらからの押収《おうしゅう》品に加えてそなたの釣竿も売立てにして、その売上金を奉行所の探索の費えにせよと申すか」

「いかにもさようにございます」

「奇特にして殊勝な心掛けである、町方役人の鑑《かがみ》じゃな。して、その方、魂胆があって大事な釣竿を手放すというか」

「魂胆とはいささか言葉が」

「過ぎるか」

「出来ますことなれば、なんぞ役付きに戻して頂きたく存じます」

池辺が低い姿勢のままに畏《かしこ》まり、顔だけ上目遣いに上げ、田之内の顔を見た。

その上目遣いを睨み返した田之内が、

「そなた、行方を絶った土井権之丞の腰巾着《こしぎんちゃく》であったな」

「腰巾着とは情けないお言葉にございます」

「有体に申さば道楽で集めた竿を奉行所に提供するゆえ、役に戻して欲しいという願いであろうが。それがそなたの存念であろうが、違うか」

「忌憚《きたん》なく申せば」

「考えてもよい」

とのらりくらりと返答していた田之内が即答し、

「釣竿を見てみよう。というても、わしは、魚なんぞが餌《えさ》に食らいつくのを気長に待つ釣りは知らぬ。よき道具かどうかの見極めもつかぬ」

「包みを開けてようございますか」

「点検するのだ、開けよ」

はっ、と答えた池辺が、

(この分なればうまくいく)

と腹中でにんまりしながら、大風呂敷を解いた。すると解かれた大風呂敷にはさらに袋に入った釣竿が何本もあった。

「たかが釣竿、えらく厳重じゃな」

「田之内様、竿勘三代目仁五郎は釣竿造りでは名人上手の職人にございまして、釣り人はみな竿勘三代目の竿で鮎《あゆ》を釣りあげるのを生涯の夢としておるほどの逸品にございます」

「ほうほう、釣竿造りにも名人上手がおるか」

「おります」

と応じた池辺が紫色の布で作られた釣竿入れの紐《ひも》をほどき、飴色《あめいろ》に光る竹竿を慎重な手付きで取り出した。そして、長さ一尺七、八寸(五〇センチ余)、大小八、九本の竿部分を次々に手慣れた動作で継いでいった。すると長さ二間

（約三・六メートル）余の見事な継竿が出来上がり、内与力の御用部屋から中庭へと竿の先端が突き出された。

「なんとも見事な一品じゃな」

「田之内様、どうかお改めを」

と願った。

池辺三五郎が徹夜して入念に仕上げた、

「三代目竿勘仁五郎」

の竿だった。

「どれどれ、おお、なんとも握った感触がよいわ。さすがは名人上手よのう」

と言いながら、田之内が軽く振った。

「うーむ」

「どうか為《な》されましたか」

「池辺、かような名人上手の竿となれば世間では高値で取引きされような」

「なにしろ竿勘三代目仁五郎でございます。ほれ、手もとに三代目竿勘と銘入りでございましょう。巷《ちまた》で購《あがな》えばまず何十両もの品物でございます」

池辺三五郎は道楽の釣竿のうんちく話につい力が入り、自ら置かれた立場を忘れた。

「町奉行所同心はおよそ三十俵二人扶持《ぶち》、そなたには市中取締諸色掛の役料が九両二分ほど加わっていたな。その他出入りの店から盆暮れになにがしかの付け届けがあると聞いた。それにしても一本何十両もの釣竿をいかにして購《あがの》うたな、いささか不審ではないか」

「えっ、はい。そ、それは釣竿道楽の父の代よりのもの、それがしが買い求めたのはわずか数本でございます。それも竿勘の釣竿を収集する好事家《こうずか》が、それがしの俸給を知って、世間の相場より安く譲ってくれたものにございます」

あれこれと思いつくままに虚言を弄《ろう》した。

「さようか、それにしても大層な道具かな」

と呟《つぶや》いた田之内が手にしていた鮎釣り竿をびんびんと振った。すると継ぎ目あたりがぎしぎしと軋《きし》んで鳴った。

「た、田之内様、竿勘の竿をさように乱暴に扱われてはなりませぬ。来春の古着大市に傷物では値が付きませぬ」

と慌《あわ》ててみせた。

「最前からこの釣竿がわしに訴えてきおる」

「なにを訴えると申されるのでございますな」

「われは竿勘三代目作などではない。安物竿に池辺三五郎なる道楽者が手を加えたものだとな」

「た、田之内様、親父の代から二代でこつこつと集めた竿勘の作、なんということを申されますか。それがし、つい先ごろお役を免職になりましたゆえ、わが家でなによりも大事な道具をかように南町奉行の探索の費えにと差し出したにも拘《かか》わらず、さようなお言葉、上役とは申せ、いささか情けのうございます、無礼ではございませんか」

「さようか」

と応じた田之内が手にしていた釣竿をぽーいと庭に投げ出した。

「な、なんという所業、いくらなんでも許されませぬ」

「池辺三五郎、とくと聞け。わしもつい先ごろ竿勘三代目という竿をな、十五本ほど手に入れた。それと比べてもな、どうもそなたの竿勘三代目の作は軽々しいわ」

（何事が起ったのか）

池辺三五郎は返す言葉を失った。

すうっ
と御用部屋と隣座敷を隔てる襖《ふすま》が左右に開かれた。するとそこに大黒屋の大番頭光蔵がずらりと継竿を並べて、その一本を手にして、庭を川の流れに見立てて釣りの真似をしていた。

「み、光蔵」

「おまえ様に呼び捨てにされる謂《いわ》れはございませんがな」

とじろりと険しい視線を池辺三五郎に移した。

池辺は次の間を占拠した十五本の釣竿が一瞬にして、だれのものか分かった。

（ど、どうなっておるのだ）

池辺の頭は真っ白になった。

「池辺様、確かに本物の竿勘三代目仁五郎親方の仕事は、見事な出来でございますな。この道具なれば釣り道楽でのうても釣りの真似事がしとうなります。

最前、田之内様相手に講釈をなされるのを聞かせてもらいましたが、竿勘三代目の偽作の釣竿とは遠目にも違いますな」

「そ、それをどこで」

「八丁堀近くで手に入れました」

「そ、それはおれの釣竿じゃぞ」

「となるとおまえ様の前にある釣竿はなんでございますな」

光蔵の語調が険しくなった。

「えっ、こ、これは」

「昨日、私がなんと申しましたな。土井様の下で不正に得た金子で集めた名竿《めいかん》をすべて黙って内与力田之内様に差し出しなされと、おまえ様にそう忠言致しましたな」

「ゆえにこうして」

「黙らっしゃい。おまえ様にもう一度立ち直りの機会をと田之内様にお願い申し、おまえ様に忠言した私の言葉をようも反故《ほご》にしたばかりか、姑息《こそく》な手を使って田之内様を騙《だま》されようとなされましたな」

「ゆえにこうして十五本の釣竿を」

「いつまで同じ言葉で抗弁なされるつもりですな。日が暮れて役宅を出られたおまえ様は、質屋加賀屋南左衛門方を訪ね、これらの竿勘三代目の名竿十五本をたったの二分で質入れなされた。その足で訪ねた先が、なんでも屋と世間で知られた古道具屋だ。おまえ様は、この古道具屋の不正なる商いの弱みに付け込んで、予《かね》てより所蔵する十五本の竿勘の竿の偽物《にせもの》を市場などで探させていた。それら二束三文の十五本を役宅に持ち帰り、最後の仕上げを徹夜でなされましたか。その上で田之内様のもとへと運んでこられた。私の言葉に間違いがございますか。加賀屋も、盗品を扱ったことをおまえ様に知られて弱みを握られていた古道具屋も、おまえ様の昨夜の所業を認めておりますぞ」

と光蔵が言い切った。

「あ、嗚呼《ああ》」

池辺三五郎が絶望の悲鳴を上げた。

「池辺三五郎、さような小手先技でわしを騙せると思うてか」

「か、返せ。おれの釣竿じゃ」

よろよろと池辺三五郎が立ち上がった。

そのとき、襖の陰に控えていた南町奉行所の剣の使い手、一撃無楽流の居合いの達人沢村伝兵衛がその前に立ち塞《ふさ》がった。

ぎょっ
として驚いた池辺が身を翻《ひるがえ》して廊下に飛び出ると逃げ出した。

「よろしいので」

と沢村が田之内に聞いた。

「あやつを摑《つか》まえて小伝馬町の牢《ろう》屋敷に放り込んでみよ。町奉行所同心と身許《みもと》が知れたとき、どのような酷《むご》い仕打ちを受けるか」

「内与力様、最前からそれがしが耳にしたことが真《まこと》の話なれば自業自得、あやつのさだめにございます」

「沢村、あやつを見逃したのは大黒屋の大番頭どのの指図でな。まだ使い道があるというのだ」

「ほう、使い道がございましたか」

「沢村様のように無役でも慎ましやかな暮らしで、陰日向《かげひなた》のないご奉公の方もおられれば、あのように腐り切った役人も少なからずおられます。格別に奉行所が手を汚して始末する要はございますまい、いずれ自滅します。その前に一つだけ、あのお方の動きを確かめておきたいのでございますよ」

と平然と答える光蔵の言葉を聞いて、沢村伝兵衛の背筋が寒くなった。

これまで沢村伝兵衛と大黒屋の間柄は決して良好とは言い難かった。それどころか池辺三五郎と同じような南町の蛆虫《うじむし》同心が己だった。

「富沢町の大黒屋の大番頭は恐ろしい古狸《ふるだぬき》と知ってはおったが、いかにもさようであったな。敵には廻したくないものよ」

「沢村様、うちと沢村様が敵となるなどあるわけもございません。近々富沢町でお会いすることになりそうにございますな」

うむと頷《うなず》き、役目を果たした沢伝が御用部屋から消えた。

「ふうっ」

と田之内が大きな息を吐いた。

「田之内様、なかなかの役者にございますな」

「そのほうの足元にも寄れぬということがよう分かった。沢伝ではないが、真に恐ろしいのは富沢町の大黒屋だ」

ふっふっふと古狸と古狐《ふるぎつね》の二人が顔を見合わせ笑い合った。

光蔵が丁寧に竿勘三代目の名竿の継ぎ手を抜いて、袋に詰めた。

「私も釣りにも釣竿にも詳しくはございません。されど竿勘三代目の名声は承知しております。来春の古着大市に釣り道楽、釣竿収集家を呼んで一本一本を入れ札にすれば、意外と高値がつくやもしれませぬ」

「あやつ、一本が何十両もするようなことをいうておった。となると二、三百両にはなりそうか」

「入れ札なればその場の雰囲気次第、まずその倍の値はつきましょうな」

「なにっ、五百両にもなるものか」

「私が加賀屋の番頭さんと話したところによれば、竿勘三代目の全盛期の作竿なれば、一本百両は下らぬとか。もはや三代目は四代目を育てることに専念し、竿造りはやらぬそうで、それだけに値が上がっておるそうです」

「市中取締諸色掛与力の土井権之丞とその下役池辺ら、職を追われて南町にいささか貢献しておるではないか」

「かようなことは本来あってはならぬことにございましょう」

「いかにもいかにも」

と応じた田之内が、

「これらの偽竿勘はどうするな」

「また悪いことを考える人間が出てこぬとも限りませぬ。十五本すべて奉行所の風呂釜《ふろがま》の焚《た》き木として燃やし、この世から消すのがよかろうかと思われます」

「安物の竿でも釣りくらいできようものを」

「いえ、竿勘の偽物をこの世に残してはなりませぬ」

と光蔵が言い切り、

「そなた、血迷うた池辺三五郎がなにをなすことを期待しておるのだ」

「さあて、こればかりは当人しか分りませぬ。ですが、どこに参られようとぴたりと尾行がついておりますよ」

「沢伝が洩《も》らしたように数寄屋橋よりも富沢町が真に怖いわ」

「沢伝様を無役のままでおかれるおつもりにございますか」

「それはお奉行が決めることよ」

「ですが、ご忠言なさるのは田之内様」

「ただ今空きがあるのは、市中取締諸色掛同心かのう」

「沢村様は清廉《せいれん》潔白のお方ではございませんでした、そのことは私もとくと存じております。ですが本来、奉行所同心は悪人を相手に命を張って御用を務める町方にございます。世間の裏も表も承知した同心は使い方次第では、南町のためになる働きを致しましょう。悪い人選ではございますまい」

「聞きおく」

ふっふっふ
二人の老獪《ろうかい》な狸と狐が笑い合った。

南町奉行所の内与力田之内泰蔵の御用部屋を飛び出した池辺三五郎は、数寄屋橋を走り渡ると町屋に入り、御堀に添って山城河岸《がし》に向かい、山下御門を渡って、再び大名屋敷が軒を連ねる武家地に入ると、陸奥《むつ》白河藩上屋敷の南隣にある薩摩藩上屋敷になりふり構わず駈《か》け込んだ。

池辺三五郎は事前に島津と話し合いがついていたのか。

南町奉行所の前で注視していた猫の九輔らは、この大胆な動きにいささか翻《ほん》弄《ろう》され、阻止できなかった。そこで池辺が島津家を出てくるのを待つしかなかった。

薩摩藩は池辺の上役の土井権之丞と密約を交わし、大黒屋潰《つぶ》しに走っていた。だが、土井が行方を絶った（明らかに大黒屋一派、すなわち鳶沢一族によって始末されたと思われた）今、その配下の池辺三五郎などもはや用なしと思われていたはずだった。

だが、池辺は光蔵らの知らないところで薩摩と連絡《つなぎ》をとっていたのか、上屋敷に救いを求めたのだ。

このことは光蔵らにも推測されないことではなかった。

南町奉行所での話次第では池辺三五郎が八丁堀に戻り、当座のことを家族と話し合ったのちに役宅を出て、身を隠すと考えていた。

池辺三五郎は老いた母親を役宅に残したまま、薩摩藩上屋敷に飛び込んだのだ。これは予測外の行動であった。

九輔らはその虚を突かれた。ともあれ大名屋敷が連なる御城近くの白昼のことだ。池辺三五郎の行動をただ見守るしかなかった。

このことは直ちに富沢町に知らされ、光蔵は、助勢として四番番頭の重吉に手代見習いの天松らを乗せた舟を土橋につけさせ見張りの数を増やして、池辺三五郎が薩摩藩上屋敷から出てくるのを待つことになった。

四

その日の昼下り、薩摩藩上屋敷から乗り物が出た。

九輔と天松がこの乗り物のあとを追うと柳橋の料理茶屋一八を訪れた。女将《おかみ》に迎えられ、一八の門前で乗り物を下りた島津家の家臣らしい姿を二人は確かめた。乗り物の主はむろん池辺三五郎ではない。また乗り物に従った家臣の中に池辺三五郎が紛れている風もない。

天松は九輔と相談し、神田川に面した料理茶屋の庭から床下に潜り込み、この島津家の家臣が御納戸《おなんど》組組頭の広瀬満右衛門《みつえもん》ということが分かった。また広

瀬をこの料理茶屋に招いたのは室町の薩摩藩御用達畳職、備前屋の番頭という
ことが判明した。

薩摩藩上屋敷では師走《しわす》の畳替えが無事に終わり、担当たる広瀬を労《ねぎら》うための宴席を備前屋が設けたことが座敷からの会話で推測できた。

この日は広瀬の外にも薩摩屋敷から乗り物がしばしば出入りし、大黒屋の見張りを攪乱《かくらん》した。

それらはすべてその日の内に富沢町に知らされた。

大黒屋では大番頭の光蔵、二番番頭の参次郎が見張りの報告を受けて、改めて状況を分析した。

「正直、南町奉行所を出た池辺三五郎がそのまま薩摩藩上屋敷に飛び込むとは考えもしませんでした」

光蔵が憮然《ぶぜん》と言ったものだ。

「大番頭さん、あやつは薩摩に逃げ込んで売り込むだけの手土産をもっておったのでしょうか」

「それです。土井亡《な》きあと、もはや池辺は死んだも同然、あやつ一人の考えで

動くとは思いもしませんでした。ともかく、駈《か》け込んだ。ということは薩摩が関心を示すなにかを携えていた、と考えたほうがいい」

「この富沢町に関わることしかありますまい」

光蔵の言葉に頷いた参次郎が呟《つぶや》きで応《こた》え、しばし思案に落ち、

「池辺はうちのことをどの程度知っておるのでしょうか」

と自問するように言った。

「市中取締諸色掛同心を長年務めてきたのです、大黒屋の古着商いについてはそれなりに承知でしょう。ですが、薩摩が関心を持つほどのものでもない。薩摩が関心を持つのはわれらの裏の貌《かお》と鳶沢一族が担《にな》う異国交易でしょうな。ただそのことを池辺三五郎が知るはずもない。またたとえばこの富沢町で古着屋仲間から話を集めていたとしても大したものではありますまい。風聞程度のことは薩摩も百も承知のことです」

「いかにもさようでございましょうな」

と無意識に返事をした参次郎が、

「大番頭さん、古着大市を上々吉にしてのけた富沢町大黒屋の商いは盤石にご

ざいます、南北両奉行所とも円滑に話が通じるようになったことが大きゅうございます。一見どこにも隙《すき》は見当たりません。ですが、ただ今の大黒屋の弱みは、主《あるじ》が不在にしておられ、また一番番頭の信一郎さん他、かなりの人数が異国交易に出て、本丸たる富沢町が極めて手薄になっておることです」

「いかにもさよう、鳶沢一族は池城《いけぐすく》一族に今坂一族を加え、所帯は大きくなっています。ですが、武と商を両輪とする鳶沢一族の戦力となる者たちは船に乗り込み、異郷生まれの今坂一族は未《ま》だ江戸で戦力にはなりません、富沢町で働くにはあと数年の時を要しましょう。そなたの指摘は認めます」

「大番頭さん、私が薩摩の立場ならばこの機会を逃すことなくイマサカ号、大黒丸が戻ってくる前に大黒屋を潰しにかかる。さすればイマサカ号、大黒丸は戻る先が無くなると薩摩が考えたとしたらどうでございますな、抜け荷交易からうちが消えるのは薩摩にとって最大の望みの一つでございましょう。先の海戦敗北の恨みを晴らすことでもある。薩摩の仇《かたき》を江戸で討つことになります」

「二番番頭さん、そのことは私も重々承知です。ただそれに池辺三五郎の薩摩屋敷駆け込みがどう関わってきますのか」

「もし池辺三五郎がうちの弱みをなんぞ握っていたら」

「最前うちの陣容が薄いと指摘しましたな、その他にまだ穴がありますか。これまでもそのことを承知で考えうるかぎりの警戒は怠っておりませんぞ」

「薩摩が見栄《みえ》も外聞もなく牙《きば》を剝《む》いたら、ただ今のうちの陣容では守りきることができますまい」

「将軍様のお膝元《ひざもと》の江戸ですぞ。いくら西国の雄藩とてこの江戸でそう大胆なことはできますまい」

「薩摩にはうちに百年の恨みつらみがございます。その上、島津重豪様は朝廷にも手を差し伸べ、将軍家斉様の正室に娘の寔子様を送り込んでいろいろ動いておられる。この機を逃さず形振《なりふ》り構わず富沢町を乗っ取ろうと考えられたらどうでございますな」

「薩摩藩が古着商を肩代わりしますか。幕府がゆるされますまい」

「代わりを立てればよいことです。百年前、六代目の時代に江川何某《なにがし》がうちに代わって惣代《そうだい》に就いたことがありました」

「いかにもさようですが」

　と応じた光蔵が瞑想《めいそう》し、

「薩摩は、うちの裏の貌を承知しておりますでな。日光では、影の本郷康秀が始末されたところを密《ひそ》かに見ていたと思える」

「薩摩としては、鳶沢一族の力が三分《さんぶん》されておるこの機会に富沢町の乗っ取りを図るのは大きな勝機です。莫大《ばくだい》な利得が転がり込む」

「そこまで薩摩が腹を決めましたか」

「そう想定して備えることが肝要ではございませぬか」

「池辺三五郎が薩摩に売り込む話とはなんですな」

　参次郎の話は迂遠《うえん》だった。ゆえに答えを催促した。

「うちの敷地内への進入路の一つでも池辺三五郎が承知していたとしたら、どうでございましょうか」

　と参次郎が応えた。

「船隠しですか」

「船隠しへの隠し水路を池辺が承知していることはありますまい、町方同心の眼は常に地べたからです、ゆえに私は隠し水路ではないとみました。とはいえ、大黒屋を正面攻撃で薩摩がひた押ししてくるとは思えません。攻略に何日もあるいは何か月もかかりましょう。それだけの備えはしております。ですが、密やかに敷地の中に薩摩が入り込んできたとしたら、うちは忽《たちま》ち劣勢に回ることになる」

「そなた、うちの隠し出店からの抜け通路を言うておるか」

「はい」

富沢町の角地に二十五間（約四五メートル）四方の地所を家康から拝領し、百年をかけて武と商の本拠地を造り上げた鳶沢一族は、新たなる次の百年で、富沢町、高砂町、弥生町に古着屋の小店三軒、さらには三光新道裏と長谷川町の裏長屋へと通じる地下の抜け通路を設けていた。

三軒の古着屋は、一見大黒屋と縁戚《えんせき》でもないように振舞っていたが、主も家族も奉公人も鳶沢一族であり、二軒の裏長屋は大黒屋の家作だった。

「ううーん」

と唸《うな》った光蔵が、

「そなた、どこじゃと思いなさる」

「出店三軒ではございますまい。なにか訝《いぶか》しいことがあれば必ずやだれかが気付くはずです」

「それは長屋とて同じではないか」

「はい。されど三光新道のうちの家作三棟には鳶沢一族ではない者も住いさせております。そのような者が何も知らずに、大黒屋の奉公人が時に空き家に出入りしたりするなどと世間で洩《も》らすこともありましょう。池辺三五郎がそのことを小耳に挟んでいたらどうなりましょうか」

参次郎の言葉を吟味した光蔵が意を決したように命じた。

「二番番頭さん、そなたが長屋を見廻る体で差配の治助爺《じい》に会《お》うて見なされ。三光新道にあたりがなければ長谷川町の長屋に回りなされ」

光蔵の命に参次郎が早速、三光新道に出かけていった。

参次郎は差配の治助爺を訪ねる前に、いなり床に立ち寄った。もはやいなり床は店仕舞の刻限で白兵衛親方が新弟子に剃刀《かみそり》の研ぎ方を教えていた。人の気配を感じたか、親方が顔も上げず、

「もう店仕舞だよ、明日にしてくんな」

と言い放った。

「そうじゃない、親方。通りかかったので、挨拶《あいさつ》にと思っただけですよ。頭は大晦日《おおみそか》の昼前にいつものように願います」

「なんだい、大黒屋の二番番頭さんか」

と参次郎の顔色をみた白兵衛が、

「小僧、おれが教えた通りに刃を寝かせて丁寧に研いでみな。おれが見てなくとも剃刀の刃と砥石《といし》がおめえの根性を教えてくれるからな」

と注意を残し、参次郎の立つ店前に出てきた。

「大黒屋の番頭さんがただの師走の挨拶とは思えない。聞きたいことがあればなんでもずばりと聞きな。うちは大黒屋とは親戚付き合いと思っているからな」

「親方、この界隈《かいわい》に市中取締諸色掛の池辺三五郎様が聞き耳立ててなんぞ聞きにきたことはございませんか」

「あの嫌な同心かえ。始終面《つら》を出してはなにかかと探りを入れているがね、だれも本気で応える住人はいねえよ。そりゃそうと池辺三五郎と大番頭さんの勝負、おめえさんに見せたかったね。あの池辺が光蔵さんの貫禄《かんろく》にまるで形無しだ」

白兵衛が池辺三五郎と光蔵が小上がりで対決した様子を語った。

「そんなことがございましたか」

「そういえば池辺が大番頭さんからがつんと食らわされる二、三日前に来てよ、なんだか珍しく神輿《みこし》を据えていったことがあった」

「その折、客の中にうちの家作の者はおりませんでしたか」

「大黒屋の家作の住人ね、待ちねえ。近頃ぼけてきた筆結《ふでゆい》の爺さんがいたぜ。もそもそと聞かれないことを喋《しゃべ》くる爺さんだ」

筆結は筆師ともいい、居職《いじょく》だ。

「音爺ですか」

「おお、その音爺よ。待てよ、爺さんと池辺三五郎がほぼ前後して店を出ていったな」

「親方、助かった。このことはしばらくだれにも内緒にして下さいな」

「わざわざ念押すこともねえよ、この界隈は大黒屋さんで商いをさせてもらっているようなものだ」

と白兵衛親方が参次郎に答え、

「小僧、どうれ、おめえの仕事ぶりを見せてみろ」

との言葉を背に参次郎は大黒屋が所有する長屋に向かった。

大名家が連なる御城近くで見張るのはなんとも難しい。それでも大黒屋では二艘《そう》の船を出して、気長に池辺三五郎が姿を現すのを待った。

その日の夕暮れ、春間近の江戸に厳冬を思わせる雪混じりの寒風が吹き荒れた。

五つ半（午後九時頃）の刻限、薩摩藩上屋敷の通用口から塗笠《ぬりがさ》、巻羽織に着流しの影が現われた。

「九輔、池辺三五郎か」

と四番番頭の重吉が尋ねた。

屋根船の中で雪を避けて、灯りも灯さずに見張っていたのだ。

「池辺三五郎によう似ております。されど屋敷に駈け込んだ折は塗笠など被《かぶ》っておりませんでした」

町奉行所の同心が塗笠を使うことはない、当然のことだ。

「薩摩が池辺の面を隠すために貸し与えたとは考えられませんか」

その影は幸橋を渡り、御堀に添って細く延びる町屋を抜けて、越後新発田《しばた》藩上屋敷の塀に沿って広小路通りに入って行った。その先は愛宕下《あたごした》大名小路だ。

雪が舞う大名小路を常夜灯がうっすらと照らしていた。

塗笠をかぶった巻羽織が雪の降り具合を確かめるつもりか顔を上げた。その顔を向こうから商いの帰りか、肩に荷を担《かつ》いだ手代が覗《のぞ》いて足早にすれ違った。

（薩摩め、あれこれと手を使い、なんぞ企ておるぞ）

と胸中で呟《つぶや》いた九輔は土橋に止めた屋根船へと戻っていった。

新堀川が江戸湾へと流れ込む河口近くの南側、芝新堀に、島津淡路守《あわじのかみ》からの借地を含めて広大な薩摩本藩島津家の中屋敷が広がっていた。

深夜、薩摩藩上屋敷からこの中屋敷に乗り物が入った。乗り物の主は江戸留守居役の東郷清唯《きよただ》だ。

富沢町界隈に石町《こくちょう》の鐘撞《かねつ》き堂から九つ（深夜零時）の時鐘が響いてきた。

雪は深々と降り続き、江戸の町をうっすらと覆《おお》うばかりになっていた。

鳶沢一族の治助爺が差配を務める大黒屋の長屋に近付く影が二つあった。塗笠に蓑《みの》で雪を避けた二人は、木戸を潜《くぐ》ると迷うことなくいちばん奥の二階長屋に向かった。

裏庭に面した角長屋の前で足を止めた二人は、軒下で蓑の雪を払い、一人が腰高障子に手をかけて持ち上げようとしたが、おや、という様子で横手に引いた。すると障子戸が音もなく滑り、二人は一瞬顔を見合わせると、敷居を跨《また》いだ。

暗がりで蓑と笠を脱ぎ、上がり框《がまち》に腰を下ろすと足駄と足袋もとった。そして、雪に濡《ぬ》れた足を手拭《てぬぐ》いでこするように拭うと懐《ふところ》に用意してきた新たな足袋を履いて一息ついた。

板の間に行灯《あんどん》があって火打石も用意されていることを承知の一人が、寒さにかじかむ手で灯りを灯し、畳の間に入った。もはや南町奉行所の無役同心ですらなくなった池辺三五郎だ。

あの日、南町奉行所を飛び出した池辺は薩摩藩上屋敷が近くにあることを思い出し、咄嗟《とっさ》に飛び込んで、留守居役東郷清唯の名を出して面会を求めた。

「町方同心のようじゃが、留守居役を承知か」

「以前に南町奉行所市中取締諸色掛与力土井権之丞の使者として面談しており申す。火急な要件にござる、お取次ぎを」

池辺の必死の形相が功を奏したか、供待ち部屋に案内された。が、一刻《とき》（二時間）ほど放置されたあと、

「留守居役は多忙にござる。それがしが代わってそなたの要件を聞く」

と二十五、六の若い家臣が応対した。

「いえ、東郷様に直にお話し申しあげたい」

と粘ってみたが、

「まずそれがしにそなたの要件を申されよ」

「そなた様は」

「留守居役東郷清唯様の支配下石橋茂太夫《しげだゆう》である。いわばなんでも屋の雑用方

だ」

とあっけらかんとして応《こた》えた。

「話せませんな」

「それがしの身分低きをもって話せぬか。ならば辞去なされよ」

と石橋は、あっさりと突っぱねた。池辺は考えた末に、

「富沢町の大黒屋の一件にござる」

「ほう、古着屋の大黒屋な。それで」

「これ以上は」

「話せぬか。ならばやっぱりお引き取りを願おう」

と石橋はにべもない。

若い割には駆け引きを心得ていた。

「大黒屋一統に追われておりますればこの屋敷の外には出られませぬ」

「ふうーん、薩摩藩にはそなたを匿《かくま》う仔細《しさい》などなかろう」

「そなた様はご存じないだけのこと、それがしの上司南町奉行所与力土井権之丞とそれがしはすでに薩摩のために影働きして参った。東郷様にお訊《たず》ねあれ」

池辺三五郎は粘りに粘った。

承知している話は、大黒屋の所有する家作の一軒から大黒屋に通じる隠し通路があるらしいということだけだ。筆結の爺から得た話を生かして、一か八か薩摩の庇護《ひご》の下に入る、池辺が咄嗟に考えたことだった。

池辺と石橋茂太夫の押し問答は一晩中繰り返され、結局、石橋と池辺でその抜け通路を確かめた上で、留守居役東郷清唯との面会が叶《かな》うことになった。

その翌晩のことだ。

池辺と石橋の二人が三光新道裏の大黒屋の長屋に潜入したところだ。

二階への階段下に三尺四方の板敷があったが、なぜか板敷の端がずれていた。蓋《ふた》を持ち上げると、乾いた空気が二人の侵入者の顔にあたった。

行灯の灯りで確かめると二間（約三・六メートル）ほど掘り下げられ、梯子段《はしごだん》が地下へと延びていた。

「ほれ、それがしは虚言など申しておりませぬ。長屋に地下への梯子段があるのはおかしい」

「麹菌《こうじきん》でも育てていないか」

「古着屋の長屋の地下ですぞ」

池辺が苛立《いらだ》った。

「まあ、おかしいな」

石橋がようやく池辺の言葉を信じた様子があった。

「石橋どの、お先に」

「おぬしの命が掛かっておる話ではないか。生死の瀬戸際《せとぎわ》じゃぞ。池辺三五郎どの、先に行け」

互いに譲り合った末に池辺が行灯を片手に梯子段に足を下ろした。

東郷の雑用方と自称した石橋は江戸藩邸育ちか、薩摩訛《なま》りはあまり感じられなかった。

雪が降る外よりも暖かい空気が地下から流れていた。

梯子段を下りたところは一間四方の石畳敷きの床でそこから四尺（約一・二メートル）幅の抜け通路が闇《やみ》へと延びている。

「確かに大黒屋の敷地へと通じる道じゃ。かような仕掛けが江戸の町の下にあったか」

石橋も驚きを禁じ得なかった。

二人は行灯の灯りを頼りに進み始めた。

高さ一間ほどの通路は左右と天井に丸太が組まれて厚板で補強され、土砂崩れを防いでいた。池辺三五郎の持つ行灯の灯りが石畳敷きであることを浮かび上がらせた。

「こりゃ、かなり前に造られたものですぞ」

「大黒屋は聞きしに勝るタマじゃな」

「石橋どの、屋敷に注進して直ぐにも手勢を入れたほうがよくありませんか」

「この通路がどこに延びておるか確かめねば、東郷様に報告出来るものか」

東郷清唯が中屋敷で報告を待っていることを池辺には伝えてない。

「ただ今この通路を承知なのはわれら二人だけですな」

「相手は白河夜船で眠り込んでおる。池辺三五郎どの、おぬしが薩摩《うち》で生きていけるかどうか、この一件に掛っておるのだ。文句など言わず進め」

と石橋が命じた。

だが、池辺は直ぐに動かなかった。

大黒屋の恐ろしさを池辺三五郎は身に沁《し》みて承知していた。上役の土井権之丞が行方を絶っていた。もはや生きていないことを確信していた。

しばしその場に立ち竦《すく》んでいたが、石橋茂太夫に背中を押され、抜け通路をしぶしぶ進み始めた。

真っ直ぐに一丁（一〇〇メートル余）ほど進み、通路は右に左に曲がった末に一間四方の踊り場に出た。壁も床もしっかりとした石組みで厚板の扉が嵌《は》め込まれていた。

池辺が振り返ると、石橋は顎《あご》を振って扉を開けよと命じた。

池辺が手をかけると、すうっと開き、頑丈に普《ふ》請《しん》された地下城塞《じょうさい》のような場所に辿《たど》りついたことが分かった。

ぼんやりとした灯りがいくつか見えた。なんともしっかりとした石組み、太い梁《はり》の造作だった。

「驚いたぜ、こりゃ城だ、地下城塞だ」

石橋が思わず洩《も》らし、池辺は慌《あわ》てて手にした行灯の灯りを吹き消した。

「入ってみよ」

と石橋が囁《ささや》き、池辺は身を入れた。

石垣の曲輪《くるわ》を灯りに誘われるように進むと、船隠しが地下に広がって見えた。

そして、いかにも船足が速そうな小型帆船や和船が三艘舫《そうもや》われていた。

「な、なんとなんと」

と石橋が呟き、

「魂消《たまげ》ることばかりよ」

とさらに言い足した。

「もはや大黒屋の敷地に潜入しておることは明らかです。引きかえしませぬか。二人だけで動くのは危ない。命あっての物種だ」

「いや、面白くなった。せめて灯りが点《とも》る場を覗いていこう」

石橋が灯りに吸い寄せられるように進み、池辺も致し方なく従った。

「石橋どの、そこもと、剣術に自信がおありか」

「新陰流を習うた程度で剣術はさっぱりじゃ」

と笑って答えた石橋だが、薩摩藩江戸屋敷で五指に入る新陰流の遣い手だった。

「それはいかん。そこもとは大黒屋の恐ろしさをご存じない。直ぐに引き返しましょうぞ」

池辺の言葉ににたりと笑った石橋が懐に手を突っ込み、

「琉球で手に入れたという異人の短筒がわが懐にある。こいつなれば百発百中自信があっど」

とわざと薩摩訛りで石橋が応えて、ちらりと飛び道具を見せ、また仕舞った。

石橋は、地下の抜け通路が大いに薩摩藩に利することを察していた。それだけになんとしても確実な情報を東郷清唯に届けねばならなかった。

この普請は昨日今日のものではない。江戸城と城下が出来た混乱に乗じて造られたものだ。それだけに大黒屋の地下城塞の規模は想像を超えて大きかった。

「致し方ない。ちらりと覗くだけですぞ」

石橋に念を押した池辺は石積みの曲輪の先に進むと、板敷の廊下があらわれ、板戸の隙間《すきま》から灯りが洩れているのが見えた。

石橋が板戸に手をかけ、引き開けた。すると道場のように厚板が張られた広間が現われ、一角には高床があってだれやらの木像が二体に南蛮具足が飾られ、

神棚の傍らには、

「南無《なむ》八幡大菩薩《はちまんだいぼさつ》」

の掛け軸がおぼろに見えた。

「大黒屋の裏の貌《かお》がここにある。あやつらの本丸じゃ」

石橋茂太夫の声が興奮し、

「戻ったほうがいい」

池辺の声が切迫して、連れの袖《そで》を引いた。

そのとき、大広間の見所下に黙然と座す影が声を発した。その一角は暗がりゆえに二人は気付かなかった。

「ようこそお出《い》でなされました」

大番頭光蔵の声だと池辺三五郎は察した。

「池辺三五郎、連れはどなたかな」

「薩摩藩家中石橋茂太夫。そのほうは」

と当人が応えた。

「石橋様、大黒屋の大番頭光蔵にございますよ。この世には触れてはならぬことがございます」

といつもより低い声が警告を発した。

「抜け地下通路を備えた大黒屋の正体がこれか」

「まあ、さようです。そなた様はこれまで薩摩と鳶沢一族の死闘に立ち合《お》うたことがないようですな」

「まあな」

「留守居役東郷様に命じられましたか」

「それがし、東郷様がわが母に生ませた子でな、つまりは妾腹《めかけばら》じゃ。ひっそりと隠れておらぬと薩摩家中で生きてはいけぬのだ。それがこたび、父が珍しくかような御用を命じられた」

薩摩生まれの家臣とは肌合が違うようで、この言葉遣いから江戸育ちであることが察せられた。

「それはまた正直なお方、あの世に送るにはいささか惜しいお人柄とお見受け致します。なんとか生きていかれる途《みち》はないものか」

と光蔵の言葉はあくまで平静だった。

「抜かせ」

「石橋様、逃げますぞ」

動揺した池辺三五郎が広間から廊下に飛び出し、抜け通路の出口に走った。

石橋はその様子を見ていた。

池辺がわずかに開いた扉に手をかけたとき、
きいーん
と硬質な音が響いて、池辺の背に短矢が突き刺さり、厚板の扉にがたんと音を立てて縫い付けた。

射手は石橋のところから見えなかった。

「池辺三五郎にはこれまでも何度か情けを掛けて延命させました。私どもの秘密を知った者の末路はかような仕儀に相なります」

「それがしもあの者と同じ道を辿るというか」

「致し方ございません」

ふうーん、と鼻で返事をした石橋茂太夫が、

「大黒屋の敷地内に無策にも侵入したわれらが悪い。それがしも薩摩家臣の端

くれ、大黒屋と薩摩藩の間には百年の因縁があることも承知しておる。一つ、願いがある」

「なんでございますな」

「池辺を射殺した相手と勝負がしたい」

「ほう、弩《ど》と勝負をなさる。そなた様の得物はなんでございますな」

石橋茂太夫が懐《ふところ》から南蛮短筒を出すと光蔵に見せた。

短筒の銃把から銃身まで金の象眼が施されて高貴な者の持ち物であることが一目で知れた。

「フランス国のニコラ・ノエル・ブテなる銃職人が造った決闘用のフリントロック式短筒の一挺《ちょう》だ。これで弩なる飛び道具に応対しよう」

光蔵が板戸の向うを見た。

石橋が初めて見る弩を携帯した二番番頭の参次郎がゆっくりと入ってきて、石橋茂太夫に会釈《えしゃく》をした。

すでに弩には新たな矢が装着されていた。

「それがしが勝ちを得た場合でも大黒屋の者に殺されるか」

石橋はあちらこちらに大黒屋の面々が潜んでいることをすでに承知していた。池辺の言葉にのり過ぎたばかりに大黒屋の奸計《かんけい》に落ちたのだ。

「石橋様、鳶沢一族は神君家康様以来の隠れ旗本にございますでな、武士の矜《きょう》持《じ》と自負がございます。そなた様が参次郎に勝ちを得た場合は、富沢町からご勝手に立ち去りなされませ。十代目総兵衛様の名にかけて、この光蔵がお約束致します」

その言葉を聞いた石橋茂太夫が、

「相手にとって不足なし」

鳶沢一族の神棚のある見所から反対側につかつかと歩んでいった石橋がくるりと向きを変えた。

すでに参次郎は初代鳶沢総兵衛成元《なるもと》と六代目総兵衛勝頼の木像を背にして、石橋と相対していた。

間合いは十二、三間（約二一メートル）ほど。

石橋茂太夫が外す筈《はず》のない距離だ。

「お相手仕《つかまつ》る」

と参次郎が石橋に言い、弩を構えた。

「そなたらのことをもそっと早くに知るべきであった。妾腹《しょうふく》の子には薩摩は冷たいでな」

と呟《つぶや》いた石橋茂太夫が半身に構え、右手をすっと伸ばした。

互いが構え合うこと寸毫《すんごう》、石橋のフリントロック式短筒の引き金に指がかかり、絞り込まれると打ち金が落ちて発射装置が作動した。

同時に参次郎が弩の引き金に力をわずかに掛けると板ばねがぴーんと弾《はじ》けて弦《つる》が鳴り、短矢が放たれた。

ほぼ同時に銃声と弦音が重なった。

銃弾が銃口を出る直前、短矢が石橋茂太夫の胸に突き立ち、体ごと後ろに吹き飛ばしていた。放たれた銃弾は天井にあたり、無益にも孔《あな》を開けた。

しばし沈黙のあと、

「薩摩っぽらしからぬさっぱりとしたご気性の方でしたな」

光蔵がぽつんと呟き、参次郎が、

「二つの骸《むくろ》、夜のうちに始末します」

と応じた。

板戸の向うに控えていた鳶沢一族の面々が姿を見せて池辺三五郎、石橋茂太夫の骸が船隠しに運ばれていった。

東郷清唯は芝新堀の薩摩藩中屋敷で夜明けを迎え、

「おのれ、大黒屋め」

と言葉を吐き出し、愛妾に生ませた子、石橋茂太夫の死を確信した。

第三章　総兵衛、洛中《らくちゅう》を奔《はし》る

一

夜明け前、総兵衛は坊城《ぼうじょう》家の毘沙門天《びしゃもんてん》を祀《まつ》った御堂に入った。

南国に生まれ育ったグェン・ヴァン・キには、体の芯《しん》まで凍りつかせるような京の底冷えだった。このような寒さは江戸では感じたことのない、初めての経験だった。

グェン・ヴァン・キは大黒屋《だいこくや》総兵衛、いや、鳶沢《とびさわ》一族を率いる総兵衛勝臣《かつおみ》へと変身したとき、安南《アンナン》での過去の記憶も感覚も捨て、新しい土地に心身共に同化しようと決意し、実践してきた。

江戸では諸々《もろもろ》戸惑いが生じて感じ方や行動に異和を覚え、順化に遅滞があったにしても、それなりに暮らしに溶け込むことができた。それはかの地で生まれたときから、父母を始め、今坂の血を引く一族がグェン・ヴァン・キに和人の心を忘れぬように言葉や仕来《しきた》りを教え込んでくれた賜物《たまもの》であった。

だが、京は違った。この地の寒さもさりながら総兵衛を最も困惑させたのは、これまで通じ得た霊感が封じられるのを感じたことだった。

長く王城の地であった京は、幾多の戦乱と政争を繰り返し、そのたびに多くの人々の血が流れ、傷つき斃《たお》れていった者たちの霊魂が数多《あまた》さ迷って、総兵衛が一つの想念に集中することを阻《はば》んでいた。

桜子《さくらこ》が消えた日以来、幾たびもその在《あ》り処《か》を探ろうと思念を集中しようとしたが、怨念《おんねん》に満ちた霊魂の群れが邪魔をした。

総兵衛はイマサカ号に同乗し、南国での交易を続けているはずの唐人卜師《ぼくし》の林梅香《はやしばいこう》をたびたび呼んだ。だが、総兵衛の想《おも》いは京の地の外へは届かなかった。この朝も林師の霊感を借り受けんと呼びかけたが、総兵衛の願いは聞き入れられることはなかった。

総兵衛はいったん師への呼びかけをやめ、体内に流れる血に狙《ねら》いを変えて、助けを求めてみた。だが、こちらも反応は鈍かった。

しかし、総兵衛は諦《あきら》めなかった、諦めるわけにはいかなかった。最愛の女《ひと》が囚《とら》われの身に落ちたのだ。結跏趺坐《けっかふざ》をした総兵衛は、無心に異郷の地に眠る先祖の今坂一族へと思念を送り続けた。

そんな総兵衛の姿を毘沙門天が見下ろしていた。

毘沙門天は、四天王、十二天の一つだ。須弥山《しゅみせん》の北側に棲《す》み、夜叉《やしゃ》、羅刹《らせつ》を率いる武神であり、北方を守護し、財宝を護《まも》る神であった。

総兵衛はこの御堂で思念に集中しようとして公望《きんもち》に籠《こも》ることを願った。

「総兵衛はんがうちの御堂にお籠りしたいといわはりますか。甲冑《かっちゅう》をつけ、片手に宝塔、もう一方に矛を持った毘沙門天様は武将でもございます。あの憤怒《ふんぬ》の形相におすがりするのんも悪い考えやおへん」

と許してくれた。

どれほど刻《とき》が流れたか。ふうっ、と総兵衛の脳裏になにか像が浮かんだ。五代前の先祖、今坂理右衛門、グェン・ヴァン・ファンの姿だった。この理右衛門こそ、異郷の海に流された六代目総兵衛勝頼《かつより》を助けた人物だった。

（ご先祖様、今坂理右衛門様、お助けくだされ）

（グェン・ヴァン・キ、なにを求めるや）

（一人の女性《にょしょう》の行方を捜してくだされ）

（そなたにとって無二の女子《おなご》か）

（生涯をかけて苦楽をともにすると誓った女子にございます）

（名はなんという）

（坊城桜子様にございます）

おぼろな影が薄れかけた。だが、しばらくすると思念が力強さを増したかおぼろな像が鮮明になりかかった。いずことも知れぬかなたから京の地に向って霊力が点滅しつつ送り続けられたが、遂《つい》に、

（グェン・ヴァン・キ、だめじゃ。わが思念を妨げる者が数多いる）

という無音の言葉が届いたあと、今坂理右衛門の姿は時空のかなたへと消えていった。

総兵衛は京はやはり特異な結界のある地なのだと思った。このうえは現世に

生きる者たちが探索する情報が届くのを待つしかないか。

桜子のためならばこの身を削ってもよいと総兵衛はわが心に誓っていた。

毘沙門天堂の中に夜明けの寒気が忍び込んできた。

その瞬間、総兵衛の脳裏になにかが動いた。

(総兵衛様)

と呼びかける声は唐人卜師の林梅香だった。

(おお、師よ)

(総兵衛様の陥った危難、われは承知でございましたがな、京の地にはわが思念が届きませぬ。どこぞに京に立ち入れる時の隙間《すきま》はなきか、あれこれと工夫しましたが、京の霊魂の壁に阻まれてきました。ところがつい最前今坂理右衛門様の京へと向けられた思念に援《たす》けられ、恨みを抱いて亡《な》くなった霊魂の壁を突き破ることができました。総兵衛様、ようも辛抱なされましたな)

林梅香師の声は遠く微《かす》かだが、しっかりと総兵衛の脳裏に想念となって届いた。

(ありがたや、師よ)

（桜子様は攫《さら》われた地より東に向かった山中、大きな湖を見下ろす峠近くの廃《すた》れた砦《とりで》の如《ごと》き場所に匿《かくま》われておられます。しかし、しかとはわが想念は結びませぬ。かたわらにもう一人女子が従っておりますな）

（鳶沢村から従ってきた一族の娘じゃ。師よ、今少しなんぞ目印になる山か神社仏閣はないか）

問に応じる林師の声が遠のいていった。が、林梅香師が必死の想いで総兵衛に訴える言の葉が途切れ途切れになんとか届いた。

（あ、あみだみねの……）

林梅香師の声が掻《か》き消えた。

「師よ、かならずやそなたが命を掛けて送りきた想念、生かしてみせる」

と声に出して感謝の気持ちを表した総兵衛は、何日も飲み食いせずに猛稽古《げいこ》をなした後のように心身がくたくたに疲れ切っていた。

総兵衛は改めて寒さに五体を曝《さら》して無念夢想の座禅に入った。頭からすべての想念は捨てた。

無。

何も考えることなく、最後の力を振り絞って無心の境地に身をおいた。

この朝、総兵衛が毘沙門天御堂を出てきたのはいつもより一刻（二時間）ほど遅い刻限だった。

田之助が、陰吉《かげよし》が、満宗《みつむね》が、次郎、三郎の兄弟が、助太郎が、そして、だいなごんが案じる顔があった。一同が、お籠りの間に頬が削《そ》げ落ちた総兵衛を出迎えた。

「何事にございますな」

柘植《つげ》満宗が問うた。

「案じるな」

と告げた総兵衛が、

「ようやく事が動く」

と言い切った。

「事が動くとは、桜子様は無事にございましょうな」

「無事じゃ、しげもな」

「ならば救出に走りましょうぞ」

田之助が勢いこんだ。

「本日のうちに必ずや動き出す。われらが動くのはそれからじゃ。早走り、満宗らと諮《はか》り、戦仕度をしておけ」

「はっ」

「総兵衛様はどうなされますな」

「まず坊城公望様にお会いする。さらに茶屋清方様を訪ねる。供は北郷陰吉、だいなごんの二人」

と総兵衛が言い切った。

田之助らは、はっと受けた。

この数日の言動とは違う総兵衛の決然たる口調に確かな手応《てごた》えを感じとっていた。

「畏《かしこ》まって候《そうろう》」

田之助が一同を代表して返事をした。

総兵衛は朝餉《あさげ》を食したあと、坊城公望と会った。

「京外れの東の山中に阿弥陀峰《あみだみね》なる山がございましょうか」

「ほう、阿弥陀ヶ峰な、古くは鳥辺山と呼ばれてましたんや、東山三十六峰の一つどすがな。洛中からはいささか東南やけどな」

「京に来て東山三十六峰なる言葉をよう耳にします。京の東に連なる峰々が三十六あるということにございましょうか」

総兵衛は改めて尋ねた。

「京の人間はしょうもないことを飾り立てて言います。延暦寺のある比叡山《ひえいざん》に始まり、茶屋家の別邸がある瓜生山《うりゅうやま》、吉田山、大文字山で知られる如意ヶ嶽《にょいたけ》、粟田山《あわたやま》に知恩院裏手の華頂山《かちょうざん》、円山、霊山《りょうせん》、鳥辺山と続いて清水寺の清水山、そして、総兵衛はんの尋ねられた阿弥陀ヶ峰がありますんや。さらに今熊野山、恵日山《えにちやま》、最後が伏見稲荷のある稲荷山までのでこぼこを東山三十六峰と呼ぶんどす」

「阿弥陀ヶ峰は東山三十六峰の一つにございましたか」

「いかにもさようどす」

「険しい山にございましょうか」

「総兵衛はん、見たらわかるやろ。大した高さはありまへん、どの峰もな。阿弥陀ヶ峰で海面からせいぜい七百尺（約二一〇メートル）あるかなしか、そんなものや。山というほど大仰なものやおへん。古《いにしえ》、この峰に阿弥陀堂があったそうな、ゆえに阿弥陀ヶ峰と呼ばれるようになったんどす。いま申しましたが高い山やおへん。けどな、洛中を見下ろす地形から、戦のたびに取り合いになる場所どす。この山に慶長四年、豊臣秀吉を祀《まつ》った豊国廟《びょう》がありましてな、豊国山とも里人に呼ばれてます」

「その峰に廃れた砦がございましょうか」

「ほう、ようご存じやな。阿弥陀ヶ峰下に通る街道は、古くは苦集滅路《くずめじ》とか久々目路とか呼ばれていた峠道どす。ただ今では山科《やましな》と洛中を結ぶ大事な道の一つどしてな、渋谷越《しぶたにごえ》とか渋谷街道と呼ばれてますんや。この界隈《かいわい》はな、昔から土豪の今村一族が押さえて、往来する旅人やら京に運び込まれる物になにがしかの銭をかけて集めていたそうな。また、天文年間には、京の町衆が主な法《ほっ》華《け》一揆《いっき》衆と山科本願寺を拠点としていた一向一揆衆がぶつかって争いましたんやが、その折、負けた一向一揆衆が立て籠ったのが阿弥陀ヶ峰に築かれた山城にございました。総兵衛はんの申されるとおり、山城の跡がたしかにございます」

「はて、ただ今どうなっておりましょうかな」

公望は昔の出来事は承知だったが、ただ今どうなっているかは知らない様子だった。

「江戸に徳川はんの幕府が出来《しゅったい》する以前に廃城になっておりまっさかい、石垣やら曲輪《くるわ》が残っておるだけと聞いたことがあります」

「曲輪とはなんでございますな」

総兵衛は今坂一族を率いる頭領として育てられた。両親や爺様《じじ》から和人の心を忘れぬようにと和語やら仕来《しき》りやらを厳しく習わされたが、異郷育ちの若者には馴染《なじみ》のない言葉が出てきた。

くるわとは遊里の意味ではなかったか。

「曲輪どすかいな。砦や城の出入り口に石垣やら土塁を築き、敵方が侵入しても直ぐに本丸に入りこめんようにしたものどすがな。古い街道筋の宿場にも曲輪が残っておるところがございます」

「一つ勉強させてもらいました」

「総兵衛はん、この阿弥陀ヶ峰の城跡になにがございますのんや」

「桜子様としげが囚《とら》われておると思われます」

「なんやて、あのような辺鄙《へんぴ》な廃れ城に桜子としげが囚われの身やなんて、だれが調べたんどす。茶屋清方はんどすか」

「いいえ、毘沙門天御堂に籠《こも》ったお蔭《かげ》で啓示がございましたので」

「毘沙門天様のお告げどすか、真《まこと》のこっちゃろか。いえな、決して総兵衛はんを疑ったわけやおへんのやが」

と坊城公望が呟《つぶや》いた。

総兵衛は公望の早とちりをそのままにしておいた。いや、林老師の言葉を総兵衛に伝えたのは毘沙門天の助けがあったればこそだ、と総兵衛は思い直した。

「まず間違いなきことにございます」

「錦市場《にしきいちば》に現われた得体の知れん坊主《ぼうず》どもが阿弥陀ヶ峰の城跡におりますんか。京は古から戦に明け暮れて多くの人がこの世に未練を残してな、亡くなられた地どす。洛中《らくちゅう》をさ迷う霊がよういたずらをするんどす」

総兵衛は坊城公望の言葉に頷《うなず》きつつも、

「得心ののちに動きます」

と答えていた。

「直ぐには桜子としげさんを奪い返しに行かれまへんのやな、総兵衛はん」

「動くとしたら日が落ちてのちのことです」

「阿弥陀ヶ峰の城跡に夜に登りはるんどすか。険しゅうはおへんけどなかなか大変や。それに総兵衛はんの手勢いうたら、薩摩《さつま》から転んだ陰吉はんを加えてもたったの七人やおへんか。わても加勢したいんやけど、公卿《くげ》は昔から力と金はおへん。ついでに年寄りや」

「ご案じめさるな、公望様」

「じゅらく屋さんとて商人や。頼りになるんは茶屋清方はんだけや、茶屋はんなら必ずや助けてくれはります」

「こたびのこと、桜子様としげの命がなにより大事にございます。茶屋清方様には伏して助勢をお願い申し上げるつもりでおります」

「総兵衛はん、桜子としげさんの命、頼みましたえ。そなたはんのお力と茶屋はんが頼りや。わては阿弥陀ヶ峰の山城跡にはよういかれへんと思います」

公望は重ねて言い、総兵衛は静かに頷いた。


だいなごんは、筵《むしろ》を背にかけた乞食《こじき》が坊城家の門前に立ったのを見ていた。

「乞食はん、この家は貧乏公卿《すかんぴん》やで、お貰《もら》いは他を当たりなはれ」

数日ですっかり京言葉に馴染んだだいなごんが乞食に言った。

「こぞうはん、だいなごんはん、陰吉の父《とっ》つぁんと話し合いたいんじゃがな」

「なに、だれだ、おめえは。ああ、薩摩の見張りの一人だな」

「大きな声を出すっとじゃなか、陰吉の親父《おやじ》はおるか」

「なんぞ用事か」

そこに当人の陰吉が出てきて、

「ゆだいくりの虎次どんではないか」

と言い、急ぎ門前から坊城家の敷地の中に引き込んだ。

「どうした、虎次どん」

「昨夜のうちに弐兵衛《にへえ》どんとおいが薩摩屋敷に呼ばれた」

「強脛《こわすね》の冠造《かんぞう》親父にか」

「じゃ」

「強脛はそなたらの傷のことを訝《いぶか》しく思うて問い質《ただ》さなかったか」

「鉄玉鎖《てつたまぐさり》で負うた痣《あざ》は稽古しちょる最中にしくじったと言い通した。なんとか強脛の親父も納得したようじゃ」

「総兵衛様のことはどういうた」

「ただ御堂にお籠りしたり、剣術の稽古をしたりしておると言うた」

「そいでよか。見たままに報告することじゃ」

「陰吉のお父つぁん、ないごて転んだ」

ふいにゆだいくりの虎次が話題を変えた。

「おいと弐兵衛は捉《つか》まった」

「おお、ざまんなか話じゃ」

「しはじた罪ば負うたか」

「強脛の親父に喋《しゃべ》りがなもんか。命がすっ飛ぶが」

と答えた虎次が、

「あん若衆は何者か」

「総兵衛様のことか。おはんが見てのとおりじゃ。おいは総兵衛様に惚《ほ》れもしたと。縄目を負うた転《ころ》び者《もん》を人並みに扱うてくれよる。薩摩の下士は、外城者《とじょうもん》は人じゃなか、犬畜生じゃ。総兵衛様とは大違いじゃっど」

ふーんと鼻で返事したゆだいくりが、

「あん女子《おなご》二人じゃが、今晩どこに移さるっとか」

「ないごてそげんことを言うか」

「預ってきた」

「なにをな」

「こいじゃ」

乞食のなりをしたゆだいくりの虎次は筵の下にぼろぼろの綿入を着ていたが、ふところからぼろ切れの包みを出して陰吉に見せた。

「こりゃ、なにか」

「そげなこつは知らん。強脛がこいをば坊城の門に投込めと命じた。おいは、あん若い主《あるじ》どんに直に渡したかとよ」

と虎次が陰吉の顔を正視して言った。しばし考えた陰吉は、

「ゆだいくり、奥へ通れ」

と虎次を総兵衛のいる離れ屋に連れていきながら、

「乞食の真似《まね》をせえと強脛が言うたか」

「いや、冠造どんはなんもいわん。薩摩屋敷の強脛の親父がおいにもうここを見張ることはなか、片付けてこいと命じた」

「見張り所を引き上ぐっとか」

「そげんこっじゃ」

陰吉は虎次を総兵衛の離れ屋の庭先に待たせ、

「総兵衛様、ゆだいくりの虎次が乞食姿で現れましたぞ」

障子が開き、総兵衛が、

「おお、虎次どの、また訪ねてくれたか」

と虎次の名を呼びながら微笑《ほほえ》みかけた。

虎次はその瞬間、

（分かったど）

と北郷の陰吉親父が転んだ理由を卒然と悟った。

陰吉は総兵衛の人柄に惚れたのだ。

（こん若衆、なかなかの人物じゃ）

陰吉は虎次がかようななりで坊城家に姿を見せた経緯《いきさつ》を総兵衛に語り聞かせ、最後に言い足した。

「総兵衛様、薩摩屋敷に呼ばれた虎次が坊城屋敷に投込めというて預ってきた品にありますそうな」

虎次が筵の下からぼろ切れに包まれたものを取り出し、布を解いて総兵衛に恭《うや》しく差し出した。

「それは」

柘植の郷を去る折に、つい最近亡《な》くなったおだいお婆《ばば》が桜子に贈った、黄楊《つげ》の飾り櫛《ぐし》だった。櫛には紙片が巻かれていた。

飾り櫛を桜子はおだいの分身のように大事にしていた。だが、そのおだいももはやこの世の人ではなかった。桜子がこのことを聞いたら、

（悲しむであろうな）

と総兵衛は考えながら、そっと使い込んだ飾り櫛に触れた。

この飾り櫛の意味するところは、はっきりとしていた。薩摩藩京屋敷の手中に桜子としげの身柄があることを初めて認めるあかしであった。

「虎次どの、この他に伝言はございませんので」

「総兵衛様」

と思わず陰吉を真似てか、ゆだいくりの虎次は呼びかけ、

「ゆだいくり、おはんの主ではなかぞ」

と北郷陰吉に叱《しか》られた。

「陰吉、叱るでない。虎次どのに好きなように話させよ」

「こいを公卿の屋敷に放り込めと命じられただけじゃった」

「虎次どの、薩摩屋敷から乞食姿でやってこられましたかな」

「うんにゃ、薩摩屋敷から出たときから、だいかにあとをばつけられちょるようでな、見張り所に戻ってこげんなりをしたとじゃ。そんで見張り所の裏手から抜け出た」

「そなたは薩摩藩の密偵。なのに薩摩は尾行をつけましたか」

「しかとは分かりもうさん」

総兵衛は、飾り櫛に巻かれた紙片を解いた。

薩摩からの伝言だった。

「今夜九つ（深夜零時頃）、北嶺《ほくれい》一本杉にて待つ。女子二人と総兵衛、北郷陰吉の身柄を交換す。来ざる時は女子二人の命は京の露と消えん」

「なにをばいうてきよりましたか」

「陰吉、そなたと私の体と引き換えに桜子様としげの身柄を渡すそうな」

「しゃああっ」

と奇声を発した陰吉に、

「陰吉、そなたが私に伴わば命はあるまい。そなたの意思次第にせよ」

「総兵衛様は行かれますか」

「参らねば桜子様のお命が危ない。参る」

「おいも行きもそ」

と陰吉が決然と言った。

「陰吉親父、なぶり殺しじゃっど、そいでん行っきゃっとな」

ゆだいくりの虎次が立場も忘れて転びもんの陰吉の身を案じた。

「そいでん、行たっきもんで」

陰吉の意思は変わりなかった。

二

この日、乞食姿のゆだいくりの虎次が坊城家を去ったあと、総兵衛は北郷陰吉だけを伴い、坊城家の裏口から抜け出ると、小川通出水《でみず》上ル、通称茶屋町の茶屋総本家を訪ね、待ち受けていた清方と即刻談義に入った。

総兵衛と北郷陰吉が坊城家に戻ってきたのは七つ(午後四時頃)過ぎのことであった。

だいなごんが出迎え、

「あれ、総兵衛様も陰吉親父もなりが変わっておるぞ」

「だいなごん、清方様から召し物を頂戴《ちょうだい》したのです。江戸からの道中で私どもの旅着はだいぶ傷《いた》んでいました。大坂の食いだおれ、京の着だおれというそうな。古着屋の主も召し物には気を遣うようにご注意を受けました」

というところに桜子奪還の仕度に入っていた早走りの田之助、柘植満宗、新羅《しらぎ》次郎、三郎兄弟、信楽《しがらき》助太郎らが朱雀大路《すざくおおじ》に戻ってきた。

「なんぞございましたか」

田之助が総兵衛にだいなごんとの会話を尋ねた。

「まず薩摩から私に連絡《つなぎ》が入った」

「呼び出しにございますか」

と柘植満宗の顔が緊張した。

「いかにもさよう。北嶺一本杉とは比叡山延暦寺参道の一本杉じゃそうな。この地に私と陰吉と二人で夜半九つに参れという命でな、桜子様としげの身柄と交換するというのだ」

「そのような薩摩の話を信じられましょうか」

鳶沢一族の傘下《さんか》に加わり、薩摩との戦いに参戦したばかりの柘植満宗が言い切った。田之助も、

「総兵衛様、事が動くと朝方申されたのはこのことにございましたか」

と念を押した。

「いかにもこのこともその一つじゃ」

「という他にもございますので」

「五つ（午後八時頃）の刻限、われらは動く」

「われらも同道するのですね」

「いや、陰吉と二人だけだ」

「それはなりませぬぞ。むざむざ自ら敵の手中に落ちることはございません。相手は大勢の陣容で周到な仕度のうえ総兵衛様を待ち受けております」

「満宗、桜子様としげの命が掛かったこのこと、総兵衛の命に従うてもらう。よいな」

総兵衛にきっぱりと念を押された田之助も満宗も首肯するしかない。総兵衛が反対に田之助に問うた。

「戦仕度は整うたか」

「動き易《やす》く闇《やみ》に紛れる黒衣の忍び衣ごときものを人数分買込み、鎖帷子《かたびら》、鉤《かぎ》の手の付いた麻縄やら松明《たいまつ》やら油やら、思いつくものはすべて買い揃《そろ》えました。弩《ど》三挺《ちょう》は私と三郎、助太郎がそれぞれ携帯致します。なんぞ他にございましょうか」

「いや、それでよい」

と答えた総兵衛は、

「しばし御堂に籠《こも》って瞑想《めいそう》致したい」

と六人の配下に言い残して、毘沙門天《びしゃもんてん》の御堂に独り入っていった。


江戸富沢町《とみざわちょう》。

師走《しわす》も押し詰まった夜四つ（午後十時頃）の頃合い、入堀に琉球《りゅうきゅう》型快速帆船が入ってきて、隠し水路から船隠しに入った。

この知らせを受けた大番頭の光蔵と二番番頭の参次郎が急ぎ船隠しに下りた。

するとおりんが十数人の精悍《せいかん》な顔立ちの面々を従えて、

「ただ今戻りました」

と挨拶《あいさつ》した。

出迎えた鳶沢一族の間に戸惑いがあった。

光蔵も参次郎も言葉を失った。

一族でもない男たちを鳶沢一族の江戸の本丸におりんはいきなり入れたのだ。

「おりん、こちらの方々はどなたかな」

光蔵は詰問《きつもん》した。そして、はっ、となにかに気付いたようで、もしやしたら
という複雑極まる感情がその顔に走った。

「長老光蔵様、柘植一族の頭領柘植宗部《そうぶ》様とご一統の方々にございます」

おりんはわざわざ総兵衛不在の富沢町を預かる光蔵に「長老」と鳶沢一族での身分を添えて言った。

「おお、加太《かぶと》峠で総兵衛様方を助けてくれた柘植一族の方々でありましたか。

この光蔵、旅先の総兵衛様より柘植ご一統に出会《でお》うた経緯《いきさつ》を認《したた》めた書状を受け取りました。まさかかようなかたちで、江戸に姿を見せられるとは努々《ゆめゆめ》思いもしなかったで、つい無礼な態度をお見せ致しました。柘植宗部様、よう富沢町

に参られた」

と応じつつも光蔵の言葉には未《ま》だ一抹《いちまつ》の不安が漂った。

なにしろ初めての出来事であった。

だが、一方で総兵衛が柘植一族を鳶沢一族に加えるとすでに認めた話だ。鳶沢一族の三長老の一人とはいえ、かような対面の場で異論は吐けるわけもなかった。

「参次郎、対面の仕度を」

と参次郎に含みを込めた言葉で命じた。

「柘植ご一統様、こちらへ」

「しからばご免」

琉球型快速帆船から下りた柘植宗部に十三人の一統が従った。そのうちの何人かには海を旅してきた疲れが顔にあった。

参次郎は光蔵の意図を直《す》ぐに察知した。

柘植一族の面々を鳶沢一族の本丸、地下大広間へと案内し、おりんの行動に得心が行かねばいかなる手立てを以《もっ》てしても殺害せよとその顔は命じていた。

それが留守を預かる光蔵の決意だった。

参次郎は一族の者たちに無言の命を発し、一族も意を察して仕度に入った。

鳶沢成元《なるもと》、勝頼の木像が安置された板の間に座した柘植宗部と一統を同道してきた経緯をおりんがまず述べ始めた。

おりんもまた光蔵の危惧《きぐ》を予測していたからだ。

一方、荷運び頭の坊主《ぼうず》の権造《ごんぞう》らは戦衣になりを変えて武器を携え、警戒に就いた。

権造らの耳に緊張したおりんの声が板戸越しに聞こえてきた。

「長老光蔵様に申し上げます。柘植衆は、私が鳶沢村に入った直後、総兵衛様が鳶沢村の安左衛門様に宛《あ》てられた書状を持参して、夜を徹して駆け付けて参られました。総兵衛様が柘植宗部様方と出会い、私ども鳶沢衆に加わった経緯は、京よりお戻りになった総兵衛様自らのお口から詳しくお聞き下さいまし。柘植衆は京にて坊城桜子様としげが薩摩の拐《かどわか》しに遭ったことを総兵衛様同行の田之助さんより書状にて知らされ、まず京への援軍として、宗部様の嫡男《ちゃくなん》満宗様ら五人を急派なされたのでございます」

「おお」

と機敏な対処に驚きと喜びの声を光蔵は思わず発していた。

おりんのこの説明にようやく光蔵の表情が和んだ。

広間の外、板戸越しに控えた鳶沢一族の面々の緊張も緩んだ。詳しい事情は分からぬにしても、

(おりんさんは、新たなる味方を連れてこられたらしい)

と判断がついたからだ。

おりんの言葉にも余裕が見えた。

「そのうえ、一族のうち三十余名の若衆を選抜なされて鳶沢村へと宗部様自ら率いて入られたのでございます」

「そうであったか」

光蔵が嘆息した。

「鳶沢村の長老安左衛門様と私は、判断に迷う事態に直面致しました。されどすべては総兵衛様が決断なされた結果の栢植一族の迅速な行動にございます。安左衛門様も私も最終的に有り難く受け入れるべきと判断致しました、それに

鳶沢一族も応《こた》えねばなりますまい。柘植一族の頭領宗部様を交え、安左衛門様と私の三人で改めて話し合った結果、半数を手薄になっている江戸へとお連れすべきとの考えで一致したのでございます。光蔵様、差し出がましい行為は幾重にもお詫《わ》び申します」

「おりん、ようようそなたが鳶沢一族の船隠しに船を入れた理由を得心致しました。総兵衛様が京行にて不在、また一番番頭の信一郎らを筆頭に異国交易に一族の精鋭百数十人を送り出し、富沢町はいかにも手薄です。その隙《すき》を薩摩が虎視《こし》眈々《たんたん》と狙《ねら》って富沢町にあれこれと手を伸ばしてきております、そのことはおりんも承知のこと。今の説明を聞いてこの光蔵、思いがけず援軍遠方より来《きた》るの感激に胸中でむせんでおります」

と応じた光蔵は最近の薩摩藩江戸藩邸の動きを伝えた。そして、

「おりん、なんともよい思案でありました」

と富沢町の表と裏の貌《かお》を預かる光蔵が安堵《あんど》の言葉を重ねてもらし、眼差しを柘植宗部に向けた。

「柘植宗部様、ようも迅速に京に援軍を送り込み、またさらには鳶沢村に駆け

付けてくれましたな。いかにも機敏なる判断、光蔵、さすがに伊賀衆の柘植一族と感服致しました。総兵衛様方の伊賀越えを助けられた柘植一族の末裔《まつえい》に、この江戸の地でただ今かようなかたちで出会うたのも古《いにしえ》からの縁《えにし》にございましょう。それにしても加太峠の陣屋から鳶沢村を経て、江戸までの旅、なんとも険しいことにございましたな。ご苦労でござった」

と宗部に述べた光蔵の言葉に応じて、二番番頭の参次郎が神棚からお神酒《みき》徳利を下ろすと、大ぶりの白地の酒器にお神酒を注ぎ、黙って光蔵に供した。

参次郎もまたおりんの決断に感嘆し、この行動を支持したのだ。

「参次郎、よう気付いた」

二番番頭の行為を認めた光蔵が、

「柘植宗部様、鳶沢一族と柘植一族が会した夜、頭領鳶沢総兵衛勝臣はご存じのように不在にござる。ゆえにわれら同志のかための杯にござる」

と言うと、一口付けたお神酒を柘植宗部に回した。

「かための杯、頂戴《ちょうだい》致す」

宗部が倣《なら》い、さらには十三人の配下、柘植七郎平ら若い面々へ巡り、おりん

へと渡った。おりんは、固めの神酒にかたちばかり口を付け、

「参次郎さん、呑《の》み納めて下さいまし」

と渡すと参次郎が万感の想《おも》いをこめて呑み干した。

ふうっ
と宗部が改めて安堵の吐息を洩《も》らした。

船旅にくたくたに疲れた宗部の脳裏には、柘植陣屋で総兵衛と神酒を呑み交わし、主従の誓いをなした光景が浮かんでいた。これで鳶沢一族の本丸を守る光蔵らとも契《ちぎ》りを結んだ。

(少しでも早く柘植衆を鳶沢一族に溶け込ませることだ)

宗部はそう胸の中で念じた。

おりんが広間から消え、板戸の向うの鳶沢一族の面々も警戒を解いて、地下から一階へと戻り、新たな命を待つことにした。

「宗部様、船道中いかがにございましたな」

光蔵が宗部に話柄《わへい》を変えて聞いた。

「長老どの、話をする前に柘植宗部お願いがござる」

「なんでございますな」

「われら柘植一族、鳶沢一族に加わることをただ今の仮かためで許されたばかりの新参者にござる。長老がそれがしを敬称で呼ぶのは可笑《おか》しゅうござろう。どうか宗部と呼び捨てにして下され」

神君家康の伊賀越えを助けたあと、柘植衆は家康が江戸に幕府を開いても時流に乗ろうとはせず、頑《かたく》なに伊賀加太峠で一族郎党二百人余が二百年にわたり逼塞《ひっそく》してきた。

だが、総兵衛に出会い、宗部の考えが変わった。

その神業とも思える剣術に触れ、表の顔の大黒屋総兵衛の他に裏の貌鳶沢総兵衛勝臣としての活躍があることを聞き知らされた。大黒屋、いや、鳶沢一族は大砲を積んだ大型帆船を所有し、遠く異国相手の交易まで行っていた。ゆえに西国の外様大名薩摩とぶつかることになったのだ。

柘植一族は先祖が神君伊賀越えの折、世に出るための身の処し方を適切に計っておれば、鳶沢一族といっしょに奉公が叶《かな》ったかもしれないのだ。

宗部はこれが柘植が世に出る最後の機会だと直感して、商と武に生きてきた鳶沢一族の頭領総兵衛勝臣に柘植衆の命運を託そうと考えたのだ。

「柘植宗部様は柘植衆の長《おさ》、それが鳶沢一族に加わり、一兵卒から修行をやり直すと申されるか」

「われら、この二百年余、世間と隔絶しながら伊賀加太峠で過ごして参りました。その間に鳶沢一族は江戸店《えどだな》、深浦《ふかうら》の船隠し、鳶沢村の国表と着々と一族の足がかりを固められ、商においては異国にまで船を出し、武においては薩摩と因縁の戦いを繰り返しておられると総兵衛様自ら語り聞かせてくれました。柘植が二百年の眠りを貪《むさぼ》っておるうちに代々の総兵衛様は、鳶沢一族に夢と希望を与え続けてこられた。

一方、われら柘植衆は時世に乗り遅れ、加太峠の野伏せりの上がりをかすめて生きてきただけの山人にござる。商いも知らぬ、船の操作も知らぬ。知らぬ尽くしの一族じゃが、武の魂は忘れておりませぬ。ゆえにこの柘植宗部、ご一統に伏して願い奉《たてまつ》る。一から出直しますゆえ、長老、宗部と呼び捨てにして下され」

と平伏して願った。

光蔵は宗部の意とするところを即座に悟った。

「宗部様、まず頭を上げて下され。そなた様が頭を下げる人物は総兵衛勝臣ご一人《いちにん》にござる」

「はっ」

と頭を宗部は上げた。

栢植衆の長が鳶沢一族の一臣下として誓いをたてたのだ。栢植衆の配下はそれを見倣うしかない、そのことを態度で宗部は配下の者たちに教えていた。

「表では宗部さん、裏では宗部どの、と総兵衛様が江戸にお戻りになるまで呼ばせてもらえませぬかな。そなた様や一族の処遇などは総兵衛様がお戻りになってから決められましょう」

光蔵は宗部がいくつか年上と察してこう願った。

しばし沈思した宗部が、

「京で坊城桜子様としげさんが拐しに遭わなければ、それがし、嫡子満宗を栢植の頭にして鳶沢村に送り込み、それがしは加太陣屋で隠居する心積もりでおりました。だが、それがし、直感にて老武者が役立つならばと、かように栢植七郎平らを引き連れて鳶沢村に馳《は》せ参じました。その鳶沢村でおりんさんに出会うたのも天がそれがしにしばらく鳶沢総兵衛様にご奉公せよと命じたのでございましょう」

「いかにもさようです」

光蔵が言ったところで大広間の外に人の気配がして、最前まで板戸の陰で武器を手に控えていた坊主の権造ら男衆《おとこし》やおりんたち女衆《おなごし》が膳《ぜん》と酒を運んできた。

「宗部様、鳶沢と柘植衆の対面の酒《ささ》、肴《さかな》にございます」

と柘植宗部の前に膳をおいて、権造ら男衆もその場に控えた。

女衆でその場に残ったのはおりんだけだ。

「おりんさん、恐縮至極、伊賀加太峠の山猿が江戸に出て驚くことばかりじゃ」

「宗部どの、今宵《こよい》までは客分扱いで少しばかり酒を酌《く》み交わし、気持ちを解《ほぐ》して下され」

光蔵が願い、おりんから大ぶりの杯に酒を受けた宗部が、

「いやはや長生きはするものじゃ。江戸の地で酒が飲めるとは」

と言いながら、姿勢を改めた。

「鳶沢一族の面々に申し上げます。われら伊賀加太峠の陣屋にてひっそりと二百余年の時を過ごしてきた柘植一族にござる。こたび、総兵衛様ご一行と出会い、われらに新たなる活路が開け申した。それがしを含め、老若男女《ろうにゃくなんにょ》二百数人の命を総兵衛様とご一族に捧《ささ》げ申す。明日より雑巾《ぞうきん》がけから始めますで、よしなにご指導下され」

と願い、参次郎ら鳶沢一族の面々もようやく顔が綻《ほころ》んだ。

「柘植衆、ようも江戸富沢町にお出《い》で下された」

光蔵が改めて応じ、その場にある鳶沢と柘植の二族の面々が杯を干した。

「長老どの、最前船道中について尋ねられましたな」

宗部が光蔵に思い出させた。

「おお、尋ねた当人が忘れておった。して、いかがでございましたな」

「鳶沢村でおりんさんに案内されて乗せられた帆船は、それがしの知る弁才船《べざいせん》とかたちが違《ちご》うておるなとだけ思うて乗り込みました。帆を何枚も上げて夜の海へと走り出したとき、柘植宗部、腰を抜かしましたぞ。帆船とはあのように早いものか、となな。それに夜の海をなんとも上手に操られるものよ、となな。どこをどう走っておるのか知りませぬが、それがし、途中で寝込んだというより、気を失いましてな。どれほどの刻限が過ぎたか、おりんさんに揺り起こされて目を覚ましますとな、魂消《たまげ》ました。静かな内海に、いえ、それがし最初は、異国に連れていかれたと思いました。静かな内海に大きな帆船が何隻《せき》も止まっておりました。その上、湊《みなと》は和国のそれではのうて、まるで異国じゃ。事実、異人もおられた」

「うちの船隠し、深浦でございますな」

「ありゃ、異国ですぞ。おりんさんの母上が和語を教える連中は、総兵衛様の一族の今坂家の血筋じゃそうな。いやはや、見るもの聞くもの、すべてに魂消たもんじゃ」

「宗部様、わしは総兵衛様方が柘植陣屋で話されたイマサカ号なる南蛮大帆船を見たかったぞ」

「七郎平、おぬしら、船酔いはせなんだか」

七郎平が困った顔で返答を渋り、

「ふっふっふ」

とおりんが笑った。

「七郎平さんら七、八人は船酔いはされませんでした。船が夜の駿河湾《するが》を横切り、豆州《ずしゅう》の石廊崎《いろうざき》を回り込んで、半島と大島の間を抜ける辺りから海がうねりましたゆえ、何人か気分を悪くされた方がおられました。されど、宗部様のようにうわ言をいうほどに倒れ込まれる方は一人もおられませんでした。こたび鳶沢村から深浦の船隠しを経て、富沢町まで来られた方々は、何度か沖に出ると船に慣れられましょう」

と言い切った。

「すると、前後不覚に気を失っておったのはそれがしだけか」

「宗部様、さすがに柘植宗部様は山人とは申せ、古強者《ふるつわもの》にございます。気を失い、難儀がすぎるのを待つことを体が承知しておられます」

「貶《けな》されたのか褒められたのか。ともあれ年寄におりんさんが気を遣《つこ》うてくれたことだけは確かじゃ」

「柘植の衆、山暮らしを海を相手に替えるには、それなりの日にちがかかる。

明日にもそなたら十三人をどこへ配置するか、宗部どの、決めましょうか」

「いかにも畏《かしこ》まりました」

と宗部が受けて、短いが濃密な二族融合の宴が終った。

この夜、柘植宗部ら十四人の新参者は、鳶沢一族の本丸、板の間に十四の枕《まくら》を並べて江戸の最初の夜を過ごすことになった。

三

瓜生山にある茶屋家の別邸を二つの影が出た。

従者と思える影が提灯《ちょうちん》をぶら下げ、夜に入りちらつき始めた雪に備える仕度で厳重に身を固めて、提灯の灯りが風に吹き消されぬように注意しながら、それでも早足で歩いていく。

もう一つの影は六尺（約一八二センチ）を超える背丈で笠《かさ》と蓑《みの》で雪を防ぎ、足元も武者草鞋《わらじ》で固めていた。

その二つの影は、単に、

「北嶺《ほくれい》」

とか、

「山」

と京人によって呼ばれる比叡山の一本杉に向かう総兵衛と陰吉の姿と思われた。

二人が茶屋家別邸を出てしばらくしたとき、裏口から六つの人影が出て、二つの影とは間をおいて従っていった。

二つの影がうっすらと積もった雪に刻んだ足跡は直ぐに降り続く雪によって消えていったが、六つの影は慌《あわ》てる様子もない。

なぜならば二つの影の行く先を承知していたからだ。

雪仕度で身を固めた無灯の面々は鳶沢一族、大黒屋の手代の早走りの田之助、柘植の郷から駆け付けた柘植満宗、新羅次郎、三郎の兄弟、信楽助太郎、それにだいなごんと思われた。

比叡山に向かう二組、八つの影は茶屋家を出て十丁（約一キロ）も進んだところで饅頭笠《まんじゅうがさ》に金剛杖を手にした多数の修行僧の一団に前後を囲まれていた。

だが、八つの影が足を緩める様子はない。ただ、坊城桜子としげをわが身に替えて救わんとする決意が総兵衛と北郷陰吉の体から漲《みなぎ》って溢《あふ》れていた。

二人が呼び出しを受けた、

「北嶺一本杉」

は延暦寺の境内にある大杉で、比叡山を繰り返し襲った戦乱や焼き討ちにも耐えた一本杉であった。

比叡山は京の北東に位置して海抜およそ二千八百尺(八四八メートル)の山だ。

この比叡山に建つ延暦寺は平安時代の初め、最澄《さいちょう》(七六七〜八二二)によって開山され日本天台宗の本山となった。

この比叡山延暦寺が宗派の域を超えて力を得たのは、最澄の没後にも数多《あまた》の名僧たちがみな比叡山に登り修行したことと深く関わっている。

比叡山延暦寺の中興の祖として知られる良源、源信、良忍ら、さらに浄土宗の開祖となる法然《ほうねん》、臨済宗の開祖となる栄西《えいさい》、曹洞《そうとう》宗の開祖の道元、浄土真宗の開祖親鸞《しんらん》、日蓮宗の開祖の日蓮など、和国を代表する宗教者たちを比叡山は数多輩出した。

一方、延暦寺は信仰の場を超えて現世的な力、すなわち武力をも自ら備えた。遠く平安時代、京にある朝廷が強い力を保持していたことがあった。そんな歴代の天皇の中でも白河天皇の力は絶大であった。応徳三年（一〇八六）に譲位したのちも上皇となり、初めて院政を敷いて、堀河、鳥羽、崇徳《すとく》天皇の三代四十三年にわたって実権を握った人物だ。

この白河天皇をして、

「賀茂川の水、双六《すごろく》の賽《さい》、山法師。これぞわが心にかなわぬもの」

と嘆かせた延暦寺の山法師であった。

京では山といえば比叡山を差し、山法師とは延暦寺の僧兵のことだ。延暦寺では意にそまぬことがあると山法師、僧兵たちが神輿《みこし》を担《かつ》いで京の町に下り、その相手に強訴《ごうそ》した。神と仏は同じ存在と考えられていた時代の話である。

十世紀末、延暦寺は奈良興福寺支配下にあった京の祇園《ぎおん》社を末社として支配下に収め、その後、祇園社は鴨川の西岸の広大な領域を、「境内」

として朝廷に認めさせ、「不入権」を確保した。延暦寺は祇園社を通じて、鴨川西岸を支配していたことになる。

信仰の布教、修行に携わる延暦寺がその強大な権威を保ち続け、朝廷に対抗するために必要としたのが、

「武力」

であった。そこで延暦寺では屈強な修行僧を鍛錬し、洛中《らくちゅう》への物資の流れを抑えて財力も蓄え、力と金を保持して、比叡山延暦寺を何ものにも侵されない、

「独立した地域、寺社勢力」

の構築に成功した。

その時代、延暦寺の僧兵の力は、奈良興福寺のそれと並び称され、

「南都北嶺」

と畏《おそ》れられていた。

かくて延暦寺の力は朝廷、公卿《くげ》をも凌《しの》ぎ、ついには武家との確執を生むことになった。

室町幕府の六代将軍足利義教《あしかがよしのり》は、将軍就位前は、義円と名乗り、天台座主《ざす》と

して比叡山の長でもあった。だが、将軍に就くために還俗《げんぞく》したあと、比叡山と対立することになった。

義教は将軍の権力の強化を目指したが比叡山の力を弱体化することは出来なかった。以後、武家と比叡山延暦寺は度重なる制圧と抵抗と和議を繰り返してきた。

だが、比叡山の絶対権力も衰えるときがきた。

戦国末期、織田信長の登場であった。

京を制圧した信長の前に朝倉義景《よしかげ》・浅井《あざい》長政の連合軍が立ち塞《ふさ》がり、この両者を延暦寺が応援して匿《かくま》った。延暦寺は反織田信長の意思を鮮明にしたことによって滅亡の危機に瀕《ひん》する。

延暦寺の僧兵集団四千人の力を恐れ、僧侶《そうりょ》から政治的、軍事的権力を武家に取り戻すことを決意した信長は、元亀《げんき》二年（一五七一）九月十二日、延暦寺を大軍をもって取り囲み、火を各所に放って焼き討ちを企てた。

この焼き討ちにより比叡山延暦寺の堂塔はことごとく炎上、灰燼《かいじん》に帰し、僧兵、僧侶、女子供を含む信徒らことごとくが殺された。

この比叡山焼き討ちの炎は洛中からも見え、傍若無人の信長の行為は、

「天魔の所為」

と呼ばれた。

だが、一代の英傑信長が本能寺で臣下の明智光秀に殺されたのち、武家の豊臣秀吉、徳川家康らは延暦寺側と和解し、各僧坊が彼らの力で再建されていった。

江戸に徳川幕府が開かれると、天海僧正により江戸の鬼門にあたる上野に鎮護のための東叡山寛永寺が建立《こんりゅう》され、天台宗の宗務は江戸に移された。

このような比叡山延暦寺の知識を総兵衛は茶屋清方から教えられた。

坊城桜子の飾り櫛《ぐし》と薩摩の伝言がゆだいくりの虎次によって届けられたとき、総兵衛は茶屋清方を訪ねて面会した。

その折、総兵衛が比叡山延暦寺とはどのようなところかと尋ねたとき、異国生まれの総兵衛に丁寧に説明した言葉だった。

「と致しますと天台宗の本山の宗務は寛永寺にあり、幕府とは密接な関わりを

保っておると考えてようございますな」

「いかにもさようです、総兵衛はん」

「桜子様を攫《さら》った托鉢《たくはつ》僧の一団は、その昔の延暦寺の僧兵の流れとは考えられませぬか」

「もはや延暦寺に山法師はおりませぬ。黒隠禅師開山廃闇寺《はいおんじ》などと饅頭笠に記す面々が延暦寺と関わりがある筈《はず》もございまへんな」

と言い切った。

京で長年徳川幕府の細作《さいさく》を務める茶屋家の当主の言葉だ、総兵衛は素直に信じられた。

「やはり薩摩の京屋敷がどこぞから連れてきた妖《あや》しげな者と違いますやろか」

頷《うなず》いた総兵衛は、

「延暦寺境内にある一本杉とはどのような場にございましょう」

と清方にさらに問うた。

「比叡山への山道に立つ老杉《おいすぎ》や。総兵衛はん、薩摩の密偵からの転びもんと二人で出かけてみなはれ、薩摩が素直に桜子はんらと交換に応じますかいな。飛び道具を揃《そろ》えて、ハチの巣にされますえ」

「とは申せ、私が行かずば桜子様のお命が危ない」

「脅しと違いますやろか。桜子様としげさんの行方さえ分かれば、どないにもなりますんやがな。今のままでは大事な総兵衛はんの血が流れるだけや。京のことなら、わてらも大抵わかるつもりなんやがな」

と清方が頭を捻《ひね》った。

しばし沈思した総兵衛が口を開いた。

「清方様、桜子様の居場所はつかめております」

「なんやて、どこにおられるんどす」

「薩摩が私を呼び出した延暦寺境内の一本杉でないことだけはたしか」

「総兵衛はん、詳しゅう話して下され。清方がいかようにも力をお貸ししますえ」

「お願い申します」

と総兵衛が頭を下げ、二人だけの密談は一刻余《ときよ》に及んだ。

その後、いったん坊城家に戻った総兵衛は、腹心の家来たちに桜子奪還の仕度を問うたあと、毘沙門天《びしゃもんてん》の御堂に籠《こも》った。

総兵衛がなにかを決意した表情で姿を見せ、早走りの田之助、柘植満宗ら手勢七人を従えて、坊城家を出た。

それが京の町に宵闇《よいやみ》が迫る、

「逢魔《おうま》が時」

であった。

総兵衛は門前まで見送った坊城公望に、

「坊城様、総兵衛、必ずや桜子様としげを無事に取り戻して明朝までには戻って参ります」

と告げ、

「お頼みします」

と公望が短く答えた。

八人の主従は速足で瓜生山の茶屋家別邸に向かった。その後を強脛の冠造と鬼口の弐兵衛、ゆだいくりの虎次がつけていった。

「弐兵衛どん、あいつら、策に墜《お》ちたど」

「ああ、たった八人でないがでくっか」

と話し合う二人を強脛の冠造がじろりと見据えた。だが、足の運びが落ちることはいささかもなかった。弐兵衛はなんとか喉《のど》から声を絞り出せるほどに鉄《てっ》玉鎖《たまぐさり》の打撃から回復していた。

「弐兵衛、ゆだいくり、おはんたちゃ、大黒屋の恐ろしさを知らん。甘くみっとじゃなか」

「へい、冠造どん」

とゆだいくりが応《こた》え、

「薩摩は総兵衛と娘ば交換するじゃろか」

と自問するように呟《つぶや》いた。

冠造は、ゆだいくりの虎次が自藩のことを薩摩と表現したことに違和を感じていた。

「弐兵衛、北郷の陰吉と同じようにあいに惚《ほ》れやったか」

「ないを言うとよ、冠造の父《とっ》つぁん」

「おいの眼はごまかせん。ないごて二人して怪我《けが》した」

「稽古《けいこ》でしはじたと言うたろが」

「そげんこつ、知らん」

と冠造が言い捨てると、

「よかか、今夜、転びもんがうち殺さるっで。よう見とけ」

「北郷の親父は死ぬとな」

「ああ、うち殺される。あん仲間もいっしょにな」

と答えた冠造が口を閉ざした。

総兵衛一行はいったん茶屋家別邸に入り、戦仕度を整え直した。

この刻限から雪が降り始めた。

そして、茶屋家の表門を二つの影が出た。さらに六人が裏口から出て続き、冠造が総兵衛と北郷陰吉とみられる二人に闇と雪に身を隠して従い、六人には鬼口の弐兵衛が従った。

茶屋家の瓜生山別邸近く残ったのは、ゆだいくりの虎次だけだ。

虎次はひっそり閑とした茶屋家別邸の裏口に回っていこうとした。すると、茶屋家の塀を乗り越えて、八つの影が忍び出て、京の方向へと走り出した。

「なんと最前の者たちは偽の大黒屋一行じゃ。どいが本物か分かっかよ」

と虎次が動き出そうとしたとき、八つの影のあとを饅頭笠《まんじゅうがさ》に金剛杖《こんごうづえ》の一団があとを追っていった。

そうか、薩摩藩は、この茶屋家別邸にも手勢をおいていたか。そう考えたゆだいくりの虎次は、二番目の総兵衛一行を追跡する饅頭笠の一団のあとを追うことにした。

だが、なにか考えがあってのことではない。

あの総兵衛が坊城桜子らの奪還にどのような手立てを見せるのか、わが眼で確かめたかった。ただそれだけのことだった。

二番目の総兵衛一行、饅頭笠の托鉢僧の一団のあとを虎次が追っていると、東山三十六峰から流れ込む細流に出た。流れの幅は二間（約三・六メートル）ほどだが、水深は三尺（約九〇センチ）ほどか、水量もあった。

この流れは茶屋家別邸の敷地を回遊して塀の下を抜け出てきたものだ。

茶屋家別邸の敷地に湧《わ》き出る水を加えた流れはさらに高野川へと合流し、最後には鴨川と名を変える。その流れに乗って細身の舟がすいっと姿を見せて、音もなく気配も消して下っていった。

細作茶屋家ならではの舟運であった。

舟には船頭二人が竿《さお》と櫓《ろ》を操り、なんとこちらにも総兵衛と北郷の陰吉の二人らしき影が胴ノ間に座していた。

大黒屋も薩摩も坊城桜子の拐《かどわか》しと奪還を巡って、あれこれと策を互いに巡らし合っていた。

高野川から鴨川へと出たとき、陰吉が煙管《きせる》で船縁《ふなべり》を叩《たた》くと、船底にへばり付いていた早走りの田之助ら六人が起き上がった。

そのとき、ゆだいくりの虎次は賀茂川と高野川が合流する今出川《いまでがわ》橋を望む民家の軒下で足を止めていた。

塀を乗り越えて姿を見せた八つの影が今出川橋の真ん中で足を止め、そのあとを追っていた饅頭笠の一団が橋の袂《たもと》でと、互いの行動を牽制《けんせい》し睨《にら》み合ったからだ。

二番目の総兵衛ら一行は、尾行の饅頭笠に気付いて、今出川橋で始末する気か。

虎次は戦いが望遠できるように今出川橋の下流の河岸《かし》道に身を移していった。

そのとき、すうっ、と鴨川の流れに細身の舟が姿を見せて下流へと向かった。

なんとこちらにも総兵衛と北郷の陰吉が乗っているではないか。三組目の総兵衛と陰吉親父だ。

（どげんしたことか）

ゆだいくりの虎次はなにが起ったか理解できなかった。だが、咄嗟《とっさ》に早舟を追って、鴨川の左岸の河岸道を走りだした。

（どこに行く気やろか）

娘二人は、比叡山延暦寺寺領の一本杉におるはずなのに総兵衛らはどこへ行く気か、と胸の中で考えながらひたすら流れに乗って下る舟を追って走り続けた。走りながら虎次は三組の総兵衛一行について考えを巡らした。

茶屋家別邸から最初に姿を見せた総兵衛と北郷陰吉が偽《にせ》ならばそのあと出てきた六人の配下も偽者だ。さらに茶屋家別邸の塀を乗り越えた二番手の総兵衛一行もほんものの総兵衛らではない。

(おいが追う総兵衛がほんもんじゃ、北郷の陰吉じゃ)

虎次の直感が教えていた。

だが、なんの確証もなかった。密偵の勘だけが頼りだった。それにこの総兵衛一行にだけは薩摩も従ってなかった。

(おいだけじゃっど)

流れを下る舟を追って死にもの狂いでいくつもの橋を潜《くぐ》った。前方に長さ六十一間(約一一〇メートル)幅三間(約五・四メートル)の有名な三条大橋が見えてきた。虎次は、

(どこずい行くとか、おいの足はもたん)

と考えながら霞《かす》む眼でただ体を動かしていた。さらに一つ二つ橋を潜ったところで舟が岸辺に、虎次が追う左岸へとすうっと寄ってきた。

長さ七十六間(約一三七メートル)、幅三間四尺の五条大橋だ。

橋下で舟が岸に乗り上げ止まると、総兵衛らが次々に河原に飛んだ。いつの間にか八人になっていた。

（間違いなか、ほんのこて、こん二人が大黒屋総兵衛と家来どもじゃ）

虎次は足を緩め、その場で総兵衛一行が仕度をするのを見た。

二人の家来が背に重そうな竹籠《たけかご》を負っていた。

総兵衛は武者草鞋《わらじ》に足を固め、菅笠《すげがさ》を被《かぶ》り、寒さから身を防ぐために綿入れを着込んでいた。そして、家来の一人から刀を受け取ると腰に差した。すると虎次の眼にも、商人から武人に変わったことが見てとれた。

（薩摩が手を焼く相手じゃ、油断すんな）

と己に言いきかせながら、

（おいはないしょっとか）

と自問した。

今出川橋の袂には薩摩に雇われた饅頭笠に金剛杖を持った托鉢《たくはつ》僧の一団がいて、橋の真ん中で立ち止った偽の総兵衛らに足止めされていた。あの折、

「こっちにも総兵衛がおっど」

と叫べばよかった。

だが、虎次は自らが見つけた三番手の総兵衛の行動を見定めようと追尾を始

めたのだ。それにしても、

（あん娘ごらは比叡山延暦寺境内の一本杉で助けを待っちょっとに。大黒屋総兵衛はない考えちょっとか）

虎次が頭を捻《ひね》る視線の先で一行は黙々と仕度をなすと河原から町屋に上がり、山科に向かう渋谷越《しぶたにごえ》へと歩き出した。

虎次は弾む息を鎮《しず》めながら一丁（約一〇〇メートル）ほど間をおいて追跡を始めた。

雪は路面にうっすらと積もっている程度だ。

総兵衛ら八人は黙々と山科への道を辿《たど》り、鴨川に流れ込む支流を土橋で渡ると、妙法院なる寺の山門を過ぎ、人里離れた山へと入っていった。

一行の足取りには全く迷いがない。まるであの娘がこの山の中にいるようではないか。

雪が深くなった。だが、前方をいく八人の足の運びに乱れはない。雪道に篠《しの》が生い茂り、樫《かし》の大木が覆《おお》い被《かぶ》さってきた。

このとき、阿弥陀ヶ峰の廃城へと案内するのは新羅次郎だった。総兵衛と柘植満宗に命じられ、密《ひそ》かに廃城への道を下調べしていたのだ。

北郷の陰吉の父つぁんが若い総兵衛に惚れた気持ちが虎次には察せられた。

薩摩は奸計《かんけい》を用いて一本杉に総兵衛と陰吉を呼び出したのだ。

だが、総兵衛はなんらかの手立てを得て、それが嘘《うそ》の呼び出しであることを見破ったのだ。

（娘たちはこちらに囚《とら》われちょる）

と虎次が確信した時、総兵衛が何事か命じた。すると総兵衛一人を残して七人の家来たちが山中深くに走り出した。

虎次は、総兵衛から目を放すまいと、異人の血を引くと薩摩屋敷で聞かされた若者に従った。

雪がまた深々《しんしん》と降り始めた。

虎次は手拭《てぬぐ》いで頬被《ほおかぶ》りをして雪を避けた。

不意に雪を被った樫林が途切れると、古びた野面積《のづらづ》みの石垣が行く手を塞《ふさ》いだ。

虎次は自分がどこにいるのか分らなかったが、石垣の向うに人の気配があることを密偵の勘は教えていた。

総兵衛と別れて、先行した北郷の陰吉らの姿は見えなかった。

独り決然と廃《すた》れた石垣の向うを目指す総兵衛の足の運びは変わらない。その全身から娘らを助け出すという決意が溢《あふ》れていた。

（おいもないかせんと）

ゆだいくりの虎次の口の端からゆだいが尾を引いて垂れていた。

虎次は、総兵衛が石垣と石垣の間の石段を上るのを見て、石垣の右手に回り込んだ。すると石垣が崩れかけたところがあって、虎次はその雪が積もった崩れかけの石を足がかりにして石垣を這《は》い上がった。

石垣の上に出た。

昔の山城の馬場跡か、雪の積もった広場にかなり大きな一軒家と厩《うまや》か納屋《なや》らしい破《や》れ家《や》二棟があって、どちらの藁屋根《わらやね》からかうっすらと煙を吐いていた。人がいるのだ。

黒隠禅師こと黒田闇左衛門《やみざえもん》ら一味は偽の修行僧として一年以上も前から阿弥陀ヶ峰の山城を根城にして住んでいた。一軒家は、廃闇寺とも一の陣屋とも呼ばれ、厩には饅頭笠の面々が住み暮らしていた。

総兵衛はこの山城に囚《とら》われの桜子たちがいることを承知し、薩摩の罠《わな》を外してこの地にやってきたのだ。

広場を取り囲む石垣のあちらこちらに総兵衛の配下三人が位置についていた。

虎次は三人が短い弓のような飛び道具、弩《ど》を構えていることを見てとった。

総兵衛が広場に入る前に足を止めた。

その時、煙を吐く藁葺《わらぶ》きの一の陣屋に動きがあった。

虎次は、広場の一角に突然姿を見せた北郷陰吉が一の陣屋の東側へと雪に紛れて忍び寄るのを見た。

四

比叡山延暦寺の一本杉界隈《かいわい》は阿弥陀ヶ峰の山城よりも激しく横殴りの雪が降りしきっていた。

一本杉の大枝から二本の綱が垂れて、雪の中に女二人が体を縛られて吊《つ》り下げられていた。

茶屋家別邸を最初に出た総兵衛と北郷陰吉の二人が一本杉を望む坂下に姿を見せた。

杉の大枝から吊られた女二人はぐったりとして生きているのか死んでいるのかさえ判別がつかなかった。

総兵衛と陰吉は足を止め、一本杉を眺め上げた。

何百年もの時を刻んできた老杉《おいすぎ》だった。

総兵衛が塗笠の縁を片手で摑《つか》んで顔を上げ、囚われ人を見た。顔は雪と寒さを防ぐために布ですっぽりと覆《おお》われていた。

従者の陰吉の菅笠にも雪が一寸（約三センチ）ほどつもり、こちらも布で顔が覆われていた。

二人の手には綿入れの手袋があった。

吊るされた娘二人を除いて無人だった一本杉下の雪原に人影がばらばらと現われた。

饅頭笠に金剛杖の托鉢僧ではなかった。

陣笠に油紙の合羽《かっぱ》や蓑《みの》を着込んだ面々は屋敷奉公の武士で、薩摩藩京屋敷の藩士たちと思われた。その数、およそ三十数人、鉄砲を携えた下士が数人混じっていた。すでに火縄も用意され、いつでも発射される構えにあった。

陣形を整えた武家集団の列を割って、一人の黒羽織に野袴《のばかま》の武士が姿を見せた。小者が番傘を差し掛けて雪を防いでいた。傘を持たされた小者は薩摩の密偵の鬼口の弐兵衛だった。そして、その背後に黒田闇左衛門がひっそりと控えていた。黒田は、江戸で名高い大黒屋総兵衛の力を知るために薩摩藩京屋敷目付に従っていた。

「よう参った、大黒屋総兵衛。いや、鳶沢総兵衛勝臣と呼んでおこうか」

「どなたにございますな」

と顔を布で覆った声はくぐもって聞えた。

「薩摩藩京屋敷目付伊集院監物《けんもつ》」

「伊集院様な、そなたとは伊賀の加太峠以来の因縁にございますな」

坂下の主従が一本杉へと再び歩み出した。

「桜子様としげのお命別状ございませぬか」

「いささか草臥《くたび》れておるが命に別状ない。よいな、その方の言動次第では、二人の命はない。さよう心得よ」

「おや、交換して頂ける約定ではございませんので」

総兵衛が言い、傍らの陰吉が両手に嵌《は》めていた手袋を脱ぐと、掌《てのひら》に保持していた十字手裏剣を指の間に持ち替えた。

「伊集院様、まずは一本杉から坊城桜子様としげを下ろして頂きましょうか」

「鳶沢総兵衛、面体を曝《さら》せ」

「いえ、桜子様としげを枝から下ろし、確かめるのが先にございます」

二人が言い合った。

「指図するのはわれらじゃ。江戸の古着屋風情《ふぜい》ではない」

「それがし、この一命にかえて呼び出しに応じたのでございます」

総兵衛の言葉はあくまで平静だ。

伊集院ら薩摩一統と総兵衛、陰吉主従の間には未《ま》だ十三、四間（二五メートル前後）の距離があり、雪が絶え間なく降り続いていた。

「鉄砲方」

と伊集院が呼びかけると鉄砲方二人が一本杉に高々と吊るされた娘二人に銃

口を向けた。残る一人は総兵衛に向けていた。雪が降る中での射撃だ、見通しが悪い。

「まあ、致し方ございませんな」

総兵衛が言い、顔を隠した布をゆっくりと剝《は》ぎ取った。

強盗提灯《がんどうぢょうちん》の灯りが差し向けられ、総兵衛の顔に光が当たった。

伊集院がしげしげと総兵衛の顔を確かめていたが、総兵衛の親ほどの年齢と見分けられた。

「おのれ、大黒屋総兵衛ではないな」

「いかにも大黒屋総兵衛様ではございませぬ、偽者《にせもの》でございますよ」

「なにやつか」

「茶屋家の十三代、茶屋清方におます。総兵衛様の代理でございましてな」

「おのれ、騙《だま》しおったな」

「なんの罪咎《つみとが》もない坊城桜子様としげはんを妖《あや》しげな偽坊主《ぼうず》を使《つこ》うて、拐《かどわか》したんは薩摩藩京屋敷どしたんか。この京を甘《あも》うみられたらあきまへんえ。伊集院はん」

茶屋清方が京言葉で吐き捨てた。

「町人風情が黙りおれ」

「へえ、いかにも茶屋は王城の地に根を生やした町衆どす。とはいえ、江戸とは徳川家康様の伊賀越え以来の密なる関わりもございます。薩摩はんのように禁裏御所も江戸もというような二股膏薬《ふたまたごうやく》はあきまへんな。この京では許されしまへんのや。伊集院監物はん、西国薩摩の田舎もんかて、それくらいの道理は分るんと違いますか」

「茶屋清方、その方の雑言、許せぬ」

「どないしはるつもりどす」

「大黒屋総兵衛と手を結んだというか」

「結ぶも結ばんもや、わてら茶屋家と今坂の両家は御朱印交易の時代からの知り合いにございましてな」

「茶屋清方、その方の代で茶屋家は潰《つぶ》れた」

と叫んだ伊集院が、

「あの二人を討ち殺せ」

と叫んだ。

薩摩藩京屋敷の面々が一斉に刀を抜き放ち、雪の原を走り始めた。

同時に鉄砲方が一本杉の囚われ人から銃口を茶屋清方と従者に向け直そうとした瞬間、無数の弓の弦音《つるおと》が重なって響き、鉄砲方三人の胸や腹に突き立ってその場に転がした。さらに二人に走り寄ろうとした薩摩藩士に矢が突き立ち、次々に倒されていった。それでも剣を立てて構えた薩摩藩士が必死の形相で茶屋清方に斬《き》りかかろうと最後の数間の間を詰めようとした。

だが、雪の壁の向こうに隠れた弓手は薩摩勢の何倍もの数がいると推測され、間断なく矢が放たれた。

それでも数人の薩摩藩士が茶屋清方に必死で走り寄り、間合いを詰めた。だが、最後の二間と迫ったとき、二人の藩士の左右から矢が飛んできて、
ぶすぶす
と突き立った。

矢を太腿《ふともも》に突き立てられた一人が茶屋清方に詰め寄ろうとしたが、力尽きて清方の足元に突っ伏した。

一瞬の勝負だった。

「瓜生山でも矢を放ったは茶屋、その方の手下《てか》か」

「気が付くのんが遅うおすな、伊集院はん」

「おのれ」

伊集院が番傘を差し掛けた鬼口の弐兵衛を振り向くと、

「こんばかすったれが、騙かされたか」

と怒声を上げ、いきなり抜き打ちの一閃《いっせん》を密偵の首筋から顎《あご》へと見舞った。

不意打ちに鬼口の弐兵衛がきりきり舞いして、

「げえぇっ」

と叫ぶと、手から傘が落ちて血飛沫《ちしぶき》が雪を染め、その場に斃《たお》れ込んだ。

（しまった、真の大黒屋総兵衛は阿弥陀ヶ峰じゃ）

黒田闇左衛門は気付くと林の中に潜ませていた配下を率いて、東山三十六峰を北から南へと走り戻り始めた。

伊集院の行状をとくと見ていた茶屋清方が、

「伊集院はん、今一度いうときます。京の地で何百年と時を刻んできた町衆の力を甘うみたらあきまへん。力ずくでなんでも罷《まか》り通るのはお国の薩摩領内の話だけどす」

「おのれ、この借り必ず返す。われらの手には未だ坊城家の娘がおるのだ」

「はて、どうでしょうかな。伊集院はん、ほんまもんの大黒屋総兵衛様が安閑と眠りに就いておられるやなんて、考えていまへんやろな」

「なにっ、大黒屋が……」

と絶句した伊集院が、

「しまった」

と叫んだ。

「者ども、引き上げじゃ。阿弥陀ヶ峰に向かうぞ」

と命じたが茶屋家の弓方に大勢が倒されて、雪の原で呻《うめ》いていた。

「黒田闇左衛門、隠れ家に急ぎ戻れ、なんとしても総兵衛を討ち果たせ」

伊集院は動揺して命を発したが、もはや黒田闇左衛門一味は己の住いの阿弥陀ヶ峰廃城、今は廃闇寺と呼ばれる東山三十六峰の南端へと走り出して、その場にいなかった。

「伊集院はん、もはや遅うおすな。怪我人《けがにん》をお医師の下に運ぶのんが先どすわ」

と総兵衛に扮《ふん》していた茶屋清方の声が雪の夜に響いて、比叡山延暦寺境内一本杉の駆け引きは老練な茶屋清方に軍配が上がった。


坊城桜子としげは、錦市場《にしきいちば》で奇妙な托鉢《たくはつ》僧に囲まれたと思った瞬間、気を失っていた。

あの時から何日の時が過ぎたか。

気付いてみると、ある古びた破れ家《やや》の座敷自体が牢《ろう》のような部屋に囚《とら》われていた。

三方は板壁で床板に筵《むしろ》が敷いてあった。一方は格子戸《こうしど》で二尺四方の潜《くぐ》り戸が嵌め込まれていた。格子戸の向うには囲炉裏《いろり》に火が常に焚《た》かれ、京の冬の寒さから辛うじて身を護《まも》っていた。

洛中《らくちゅう》以上に厳しい寒さに、ここは人里離れた田舎家か、あるいは山中の一軒家かと桜子は想像した。周りからの暮らしの物音が一切しないこともそのことを裏付けていると思えた。

そんな囚われの日々が無為に過ぎていった。桜子もしげも日にちの感覚を忘れていた。

囲炉裏端の頭分は偽公卿《にせくげ》の今出川季継《いまでがわすえつぐ》だった。

錦市場で桜子としげを連れ去った僧侶《そうりょ》の一団がその配下にいて、二人の監視を務めていた。ときに強脛《こわすね》の冠造《かんぞう》が姿を見せ、今出川と何事か話しては消えた。

今出川季継は五摂家の近衛家の後見方と自称していた。この怪しげな人物が薩摩藩江戸屋敷と近衛家との仲介をなしたことも桜子は承知していた。

もっともらしい公卿名を僭称《せんしょう》していたが、桜子はまた、この人物が供御人《くごにん》、つまり朝廷に出入りを許された食べ物を扱う商人の家の出であり、今出川筋の刃物屋の倅《せがれ》ということも承知していた。

桜子が格子牢の中で気付いたとき、視線を感じて格子の外に目をやると、いかにもそれらしい風体の人物が桜子を見ていた。これまでに会ったことはないが、この人物こそ、

「今出川季継」

だと直感した。

「坊城桜子はん、退屈どすか」

桜子が眠りから覚めたと見て男が声をかけてきたが、桜子はこの供御人の問いかけを無視した。

なんぞあれば自裁する、その覚悟は出来ていた。意識を取り戻して何日が過ぎたか、

（ああ、そうや。総兵衛様がくれはった飾剣《かざたち》があった）

と桜子は思い出した。懐《ふところ》に入れていた護り刀を捜したがどこにもなかった。どこで落としたのか、もはや喉《のど》を突いて死ぬことも叶《かな》わなかった。

（どないしたんやろか）

桜子は朱雀大路の大爺様《おおじいさま》の屋敷を出る折、確かに身に着けて出てきたことを思い出していた。それと髷《まげ》の一部が切り取られていた。

（なんでやろか）

「桜子はん、なにを捜しておられるんや」

桜子が格子の外に眼をやると、今出川季継が桜子の飾剣を手で弄《もてあそ》んでいた。

「似非《えせ》公卿、返しなはれ。うちの大事なものや」

「かような飾剣、京にてもなかなか手に入りまへん。さすがは中納言《ちゅうなごん》坊城の出やな。よいものをお持ちゃ」

刃物屋の倅が囲炉裏の灯りでしげしげと眺めていた。

「汚《けが》らわしい、早う返しなはれ」

「いや、これはな、そなたがこっちの手の内にあるという証《あかし》となりますんや。すでに飾り櫛《ぐし》は届けましたえ」

はっ、として頭を触った。だが、おだい婆《ばば》が桜子に持たせてくれた黄楊《つげ》の櫛はなかった。

「櫛は総兵衛様に届けたんか」

「そうどす、櫛とそなたの髪の毛をや。あやつ、それでも動きよりまへんのや。これ以上、古着屋の主《あるじ》が動かねば、新たにそなたの指の一つも添えて届けまひょ」

今出川某は総兵衛と北郷陰吉なる者を始末する現場、北嶺《ほくれい》一本杉に呼ばれなかった悔しさを堪《こら》えて言った。

「そろそろどこぞに誘い出されてもいいころや」

と今出川が嘯《うそぶ》いた。

一方、すでに柘植《つげ》の郷でおだいお婆がくれた黄楊の飾り櫛が総兵衛の手に届けられたならば、必ずや総兵衛が助けに来てくれると桜子は信じた。望みが出たと桜子は思った。

「桜子はん」

「うちは供御人の言葉など聞く耳もたしまへん」

「ほう、麿《まろ》が何者か承知と言われるか」

「近衛家の若い主を誑《たぶらか》し、薩摩と朝廷の間を結びつけ、美味《うま》い汁を吸おうとしている盗人《ぬすっと》でっしゃろ。刃物屋の倅が江戸で公卿顔をできたとしても、この京では通じまへん。だれもがそなたの薄汚い心根など見通しや」

ふーん、と鼻で返事をした今出川に桜子が、

「そなたの本名はなんと言いやる」

「麿の本名は今出川季継どす、五摂家近衛家の後見方や」

「薩摩の力をかりてもっともらしい話をでっち上げる算段どすか。うちはもはやそなたと口を利《き》きまへん」

「大黒屋総兵衛はこの今出川季継が仕留めてみせます。坊城桜子、その暁には麿の嫁にしてあげます」

「ほっほっほほ」

と桜子が笑い出し、口を噤《つぐ》んだ。

きっ、と今出川が桜子を睨《にら》んだが、桜子の蔑《さげす》みの籠《こも》った視線がその睨みを一蹴《いっしゅう》した。

いくら公卿面《づら》を装《よそお》ったとしても、何百年と続くほんものの公卿の、

「血筋が醸《かも》し出す高貴」

には敵《かな》わなかった。

桜子の傍らでしげが眠りから覚め、

「さ、桜子様、なにがお、起ったのでございますか」

と言った。しげには未《ま》だ錦市場で拐《かどわか》された際の後遺症が残っていた。

「薩摩の手先に攫《さら》われたんどす。薬を嗅《か》がされて眠らされていたんどす。心配おへん、総兵衛様が必ずや助けに来てくれます」

と桜子がしげに、自分たちの陥った状況を説明した。もう何度目か繰り返し

た話だった。

「なにがあろうと二人で生き抜きますえ」

「は、はい」

しげは返事をした。

いつまで格子戸と板壁に囲まれた幽閉暮らしが続くのか、桜子にも分らなかった。

囲炉裏のある板の間と座敷牢の間の板戸が閉められるときがあった。すると板戸の向うから薩摩訛《なま》りが聞こえてきた。時に饅頭笠《まんじゅうがさ》の托鉢僧の頭分の声もした。

桜子としげはそんな話に聞き耳を立てて、少しでも内容を聞き取ろうと努力した。

一日に二度、食餌《しょくじ》が届けられ、一人ずつ厠《かわや》に行くことが許された。

そんな暮らしが何日も何日も続いていくと、いよいよしげの心は混乱し、

（もはや助けなどどこからも来ないのではないか）

と諦《あきら》めの気持ちが生じることがあった。

一方、桜子は端然として総兵衛の助けを信じて挙動が変わることはなかったばかりか、

「しげはん、諦めたら負けどす。必ずやそなたの主様が助けに見えます」

と励ましてくれた。

さらに何日が過ぎたのか。

杉板戸の向うで薩摩弁の険しい言葉が飛び交い、饅頭笠の僧侶の一団が仕込み杖《づえ》と思える金剛杖を携えて、桜子としげが囚われている家から姿を消す気配があった。

この場に残ったのは今出川季継に強腟の冠造と饅頭笠の半数ほどと推測がついた。さらに板戸越しの話の様子から総兵衛が、

「一本杉」

に呼び出されたことが分かった。

だが、桜子にもその一本杉がどこにあるものか分らなかった。周囲を山に囲まれた京のことだ、一本杉と呼び慣わされる場所はいくつもあろう。京の地理をほとんど知る桜子にも判断がつかなかった。

「しげはん、総兵衛様方が動かれました」

「薩摩に呼び出されたのでございますね」

「そのようどすが、総兵衛様は薩摩などの策に引っかかるお人やおへん。必ず薩摩の企てを見破って、うちらを助けに参られます」

桜子の言葉には疑いや迷いなど一片もなく、信頼に溢《あふ》れていた。

「しげはん、そなたも武人鳶沢一族の女子《おなご》どす、主様を信じるのです」

桜子がしげに言いきかせ、牢屋敷の中で端坐《たんざ》すると瞑目《めいもく》した。

しげも桜子を真似《まね》た。だが、心中がざわめいて雑念ばかりが浮かんでは消え、集中できなかった。

しげは何度も眼を見開いて桜子の横顔を見た。

幽閉された日々に頰が削《そ》げて、それだけに桜子の一途《いちず》な想《おも》いが面に漂い、一段と近寄りがたい雰囲気を醸し出していた。

しげも鳶沢村から京への道中で総兵衛と桜子の互いの想いと信頼を承知していた。その信念はどのような困難や危機に陥ろうと揺らぐことはなかった。

しげは開け放たれた板戸の向うを見た。

囲炉裏端で今出川季継が火の番をしていた。強腰の冠造も饅頭笠の一団も別棟に待機しているのか、そこには姿を見せなかった。

今出川は、刃渡り五、六寸（一五センチ余）の小出刃包丁を囲炉裏端の角材に並べて突き立て、砥石《といし》で一本一本黙々と手入れをしていた。

なにかを待っている、そんな様子にも見えた。いや、不安か不満を紛らわすための行為か。研ぎ仕事に専念しようとしているが、気が散っていることはしげにも窺《うかが》えた。

しげは今出川がなにか大事な企てから外されたのではないかと気が付いた。

（そうか）

と思い当たった。

一本杉に総兵衛様を呼び寄せて、多勢で襲うという薩摩一統の企てから外され、不本意にもこの囲炉裏の火の番をだれぞに命じられたのではないか。

（総兵衛様、わが身に替えて桜子様をお助け下さい）

と願った。

今は夜半と思える。

いつもの夜よりも静けさが深く、雪が降っているような気配があった。

しげの視線に気が付いたか、じろりと今出川がこちらを見た。

暗い眼差《まなざ》しだった。己の一生を託した薩摩が今出川の気持ちに応《こた》えてない、そんな不満の籠った眼差しだった。

「もはや大黒屋総兵衛は終わりや」

しげに下卑た言葉遣いで言い放った。

「総兵衛様は、おまえ方の手に掛って死ぬようなお方ではございません」

「おまえ、江戸の富沢町の大黒屋を承知しておるのんか」

「知りません。私は駿府《すんぷ》で育った女子です」

「そうか。久能山《くのうざん》裏の鳶沢村で育ったか」

「おまえ、鳶沢村を承知ですか」

「薩摩と大黒屋は化かし合うて生きてきた間柄や。互いのことはだれよりも承知のことや」

「おまえは村の名を知っているだけですね」

しげが今出川の口調に込められた不満を煽《あお》るように言った。

「小女に麿の気持ちが分るものか、分らへんやろ」

「京都の近衛様と薩摩の間を取り持って餌《えさ》を漁《あさ》る蛆虫《うじむし》どす、しげさん」

不意に桜子が瞑目したままに言葉を発した。

「くそっ」

と吐き捨てた今出川が手にしていた小出刃をいきなり投げ打った。

その小出刃の先が三寸ほど、開け放たれていた板戸を突き抜けていた。

凄《すさ》まじい小出刃の威力だった。

「板戸に当たったかて、麿はんの気持ちは晴れしまへんやろ」

「抜かせ、南蛮骨董《こっとう》商の娘が」

「ほう、わての母親の商いまで承知どすか」

「なんでも承知や」

「ほなら、なんでこの足音に気づきまへんのやろか」

桜子が呟《つぶや》いた。

「足音やて、気づくやて」

今出川季継が桜子を格子越《こうしご》しに睨んだ。

「ほれ、よう聞きなはれ。鳶沢総兵衛勝臣様がすでにそなたの命を狙《ねろ》うて、この家に迫ってますがな」

桜子の言葉に愕然《がくぜん》とした今出川が耳を澄ませた。

「虚言に磨が引っかかると思うてか」

「聞こえまへんか、ひたひたと迫る足音の気配が。わてには総兵衛様が感じられますんや」

「抜かせ」

と顔を歪《ゆが》めた今出川季継が叫んだ。

そのとき、家の外に足音が響いた。

第四章　山城の戦い

一

江戸の富沢町《とみざわちょう》で大番頭の光蔵《みつぞう》が胸苦しさに眼を覚ました。

この夜は、いつもより四半刻《しはんとき》（三十分）ほど早く四つ（午後十時頃）過ぎに自室に引き上げた。

大黒屋《だいこくや》で一人部屋を許された奉公人は大番頭の光蔵、一番番頭の信一郎であった。女衆《おなごし》では奥向きの差配を任されたおりんだけだ。

二番番頭の参次郎はお店《たな》の二階の大部屋の北端に小部屋をもらい、専用の小卓と行灯《あんどん》を使うことが許されていた。その隣の大部屋は四十坪もあろうという、河岸《かし》道に添った長い短冊形《たんざくがた》の大部屋で、この一角に衝立《ついたて》で仕切られた六畳ほどが三番番頭の雄三郎と四番番頭の重吉に与えられた寝所だった。

手代以下はすべて序列に従い、この大部屋に同居する。ただし荷運びの坊主《ぼうず》の権造《ごんぞう》らは富沢町の大黒屋の家作に配下の者と別暮らしをしていた。

手薄になった富沢町に柘植《つげ》一族の十四人が加わった。

一夜目は柘植宗部《そうぶ》以下十四人が鳶沢《とびさわ》一族の本丸の地下大広間に眠った。

二日目からは光蔵とおりんが相談し、異国交易で留守をしている一番番頭の座敷に柘植宗部を入れ、十三人は大部屋や店裏《たなうら》の座敷に割り振った。

この日、宗部を加えて光蔵とおりんが話し合いを持ち、柘植七郎平ら六人が富沢町に残り、七人を深浦《ふかうら》に送り込んで鳶沢一族に溶け込むための修行を始めることに決まった。

富沢町に残った六人は、早速荷運び頭の坊主の権造の支配下に組み入れられ、まず江戸の地理を覚えると同時に船を操る技を叩《たた》き込まれることになった。

柘植一族は伊賀加太《かぶと》峠で二百年余住み暮らしてきた一族だ。

江戸入りも初めてであり、川舟を乗り回したこともない。鳶沢村から深浦を経て佃島《つくだじま》沖に到着した折の航行が初めての経験だった。

大黒屋では柘植衆の突然の来訪にいささかてんてこまいをさせられたが、六人が富沢町に、七人が深浦に加わることで、鳶沢一族には心強い戦力増強となった。

なにしろ柘植一族の先祖を辿《たど》れば忍び集団だ。

総兵衛が不在、信一郎らが異国交易に出ている今、なんとも有り難い味方の加入であった。

深浦に改めて配属される七人と柘植宗部は正月明けに富沢町を離れ、宗部だけは上方に向かう大黒屋の持ち船を待って、駿府《すんぷ》の鳶沢村に戻ることが決まった。

そこで深浦組はまず大黒屋のロの字型に囲む総二階造りの一階部分、富沢町に面した内蔵で四番番頭の重吉から古着の種類や見分け方の基本を教え込まれることになった。

一方、宗部は鳶沢村に戻り、長老安左衛門《やすざえもん》の手助けを得て、柘植の郷から移り住む一族を迎える仕度をすることに話が決まった。

当初の総兵衛と柘植衆の話し合いでは、働き盛りの男衆だけが鳶沢村に移り、融和を図ることになっていた。

だが、柘植衆が鳶沢一族に合流することが薩摩《さつま》藩京屋敷に知られた今、やはり思い切って女子供年寄を含めて駿府鳶沢村に移り住むのが安全のためによかろうと安左衛門も光蔵も考え、宗部も思い切って受け入れることにした。ために宗部は、いったん鳶沢村に戻り、その受け入れのために指揮をとることになったのだ。そんなあれこれが鳶沢村と富沢町の二長老と宗部の間で決まった。

「光蔵どの、眼を覚まされたか」

信一郎の居室に寝ていた宗部が廊下から声をかけてきた。

「おお、宗部どのも起こしてしまいましたか。よかったら入りなされ。話し相手が欲しいと思うていたところです」

「それでは邪魔をしましょう」

襖《ふすま》が引かれて宗部が入ってきた。その手に紙片を持っていた。

柘植七郎平以下、宗部が選んで江戸まで連れてきた十三人の柘植衆の姓名、家族名、年齢、背丈、気性、得意技などが事細かに記されてあった。

「まずはこの者たちを鳶沢一族の人別に加えてもらおうと思いましてな。いえ、本式な人別記載は総兵衛様が江戸に帰られてからでようござる」

紙片を受け取った光蔵が、

「ほう、だれもが十八から二十三までの間でしたか。若い十三人が加わり、私どもは心強い。なにより鳶沢一族の若い衆も大いに刺激を受けましょう」

「一日も早く大黒屋の、また鳶沢一族の力になるように言い聞かせてあります」

頷《うなず》いた光蔵は、部屋の隅においてある梅酒の甕《かめ》と茶碗《ちゃわん》二つを深夜の客のために用意した。この梅酒も光蔵が作ったものだ。

「おお、いい色になっておる。何年ものの梅酒ですかな」

「十一年前に作ったものですよ」

「頂戴《ちょうだい》しましょう」

と一口飲んだ宗部が、これは美味《うま》いと思わずもらし、

「主《あるじ》の留守の大所帯を率いる大番頭さんの心労いかばかりかとお察しします」

と光蔵に言ったものだ。

宗部は柘植衆を率いてきた長《おさ》だ。大勢の血族を率いる労苦は身に沁《し》みていた。ゆえに光蔵の心労が理解できたのだ。

「大黒屋の商いも鳶沢一族の生き方も常在戦場という考えに基づいてのこと、緊張を強いられること自体は気になりませぬ。ですが、このところ坊城桜子《ぼうじょうさくらこ》様の拐《かどわか》しが頭から離れず、胸の閊《つか》えになって眼を覚まさせたのでしょうかね」

「京は遠い。気を揉《も》まれるのは当然のことです」

と受けた宗部が、

「光蔵どのに常にないことが起ったということは、京で何事か動きがあったのではございませんかな」

「おお、そうかも知れませぬ。そう考えたほうが夜中に目覚めたことに得心がいきます。それにしても瑞兆《ずいちょう》か凶事か、どちらにございましょうな」

「それはもう瑞兆に決まっております。光蔵どの、そう悩まんで下され。大将不在の間、留守を預る軍師の務めは気持ちを平静に保つことにございますぞ」

と宗部が力強く言い切り、

「いかにもそうでした」

と光蔵が応じていた。

宗部の言葉で気持ちが鎮《しず》まった光蔵が、

「それにしても、宗部どのの決断で嫡子《ちゃくし》の満宗《みつむね》さん方五人を京に送り込まれたことがどれほど総兵衛様にとって心強いことであったか。また富沢町の留守を預かる私がどれほど安心したことか。宗部どの、お分かり頂けますか」

「大番頭さん、満宗らの助勢がどれほど役に立つか知りませぬ。じゃがな」

と言葉を切って、また梅酒を舐《な》めた宗部が、

「光蔵どのにかようなことを言うのも妙じゃが、総兵衛勝臣《かつおみ》様の器はなんとも大きい。桜子様の拐しという大危難を必ずや乗り切られましょう。また桜子様の実家の坊城家は朝廷につながりがあるのですな。それに京には、分限者のじゆらく屋さんや徳川家と縁が深い細作《さいさく》茶屋家が控えておられる。大番頭さん、案ずることはございませんぞ。いや、もはやお姫様の桜子様は総兵衛様のもとへと戻っておられるのではございますまいか」

柘植衆も忍び集団として戦国時代から伊賀の一角で生きぬいてきた一味同心

の一族だ。ゆえに京の事情にも通じていた。

実は柘植宗部は、総兵衛一行を柘植の郷に泊めた夜のうちに、総兵衛との会話をもとに江戸の大黒屋の商い、裏の貌《かお》、京での繋《つな》がりなどを一族の者を京に走らせて改めて調べていた。

一方、光蔵のほうは、

「そうであればよいが」

と案ずる言葉を吐いた。

鳶沢一族は商と武に生きる隠れ旗本ゆえ、これまでの戦いの中で多くの人命を失ってきた。六代目総兵衛勝頼《かつより》の嫁となるはずだった千鶴《ちづる》も敵方の手で殺された。

今、十代目総兵衛勝臣の想《おも》い女《びと》の坊城桜子が薩摩の手に落ちていた。宗部のように楽観はできなかった。光蔵の心配は尽きない。それに気付いた宗部が話柄《わへい》を変えた。

「光蔵どの、それがし、総兵衛様に出会《でお》うて長生きがしとうなりました。柘植衆が総兵衛様の下でわずかなりとも鳶沢一族の手助けをするところを見たのちにこの世とおさらばがしたい」

「宗部どの、見られますとも」

「鳶沢一族の薩摩との戦に参じて、はては異郷にわが一族が、いえ、そのときは鳶沢一族として足跡を記し、大黒屋さんの商いの手伝いをするところを確かめて死にとうござる」

「宗部どの、互いに年には不足はございませんがな、精々長生きして若い衆の働きぶりに注文をつけましょうぞ、それが年寄りの務めでございますからな」

「いかにもさようでした」

柘植衆の長と鳶沢一族の長老二人の深夜の話はいつまでも尽きる様子はなかった。


富沢町から北に離れた根岸の里で未《ま》だ一人の女が起きていて、文机《ふづくえ》に向かいなにかを認《したた》めていた。

坊城麻子《あさこ》だ。

大黒屋の大番頭光蔵から桜子が薩摩の手に落ちたと知らされたとき、麻子は

すでに京の茶屋家から細作飛脚を通じて文を受け取っており、仔細《しさい》を承知していた。ゆえに驚きはしなかった。ただ、

「油断どした」

と自ら京の案内人を買って出た娘の油断を責める言葉を吐いた。

麻子にとって独り娘だ。

なにより麻子が生涯一度の恋に身を焦《こ》がして生んだ娘だった。

父親は、三河国西尾藩六万石藩主の大給《おぎゅう》松平家当主、松平和泉守乗完《いずみのかみのりさだ》だ。

麻子と松平家世子として源次郎を名乗っていた乗完は、偶然にも、とある大身旗本が亭主を務めた茶の会で出会った。

乗完が西尾藩主になる前のこと、二十前のことだった。

麻子は母親に連れられてその茶会に出ていたが、青年武士の白皙《はくせき》の顔立ちと若々しい挙動に惹《ひ》かれた。

乗完もまた南蛮骨董《こっとう》商の娘の初々《ういうい》しさと美貌《びぼう》の虜《とりこ》になった。だが、その折は一瞬眼差《まなざ》しを交わし合っただけで終った。

初めての出会いから三年後、金春《こんぱる》流の新春能楽の催しで再会し、乗完は麻子

を大胆にも西尾藩の江戸下屋敷の観梅に誘ったのだ。そのことがきっかけで乗完と麻子の恋は始まった。この二度目の出会いを作ったのは大黒屋の先々代であり、その下働きを務めたのが光蔵だった。先々代に光蔵は、

「三河の西尾藩主松平乗完様から大黒屋と昵懇《じっこん》の坊城麻子様と出会いの場を設けてくれぬかと願われておりましてな、光蔵、そなた、頭を働かせなされ」

と秘密裡《り》に命じられ、金春流の新春能楽の催しに二人が招かれるように手配を為《な》したのだ。

二人の仲は急速に進んだ。

松平乗完は、幾たびも麻子へ松平家正室になることを願った。

だが、京の公卿の血筋の坊城麻子は、幕府の要職に必ずや就くはずの乗完と朝廷に近い家柄の婚姻の不都合を案じて、正室になることを諦《あきら》め、生涯想い女で過ごしたのだ。

二人の忍ぶ恋とともに乗完は、天明元年（一七八一）に奏者番に、天明七年には寺社奉行へと順調に出世を重ね、その年の暮には京都所司代へと転任した。

その折、麻子は京へ別行し、京での一年有余の乗完と桜子、親子三人水入ら

ずの幸せな日々を続けた。

だが、乗完が江戸に戻る日が訪れた。老中に出世したからだ。

そして幕閣で力を振るい始めたとき、乗完は突然病に倒れ身罷《みまか》った。享年《きょうねん》四十二。麻子の手に桜子だけが残された。

麻子と乗完との忍ぶ恋を亡母も承知していた。だが、麻子になにか忠言するようなこともなくその恋の行方を見届けることなく身罷った。

ゆえに麻子は桜子が大黒屋総兵衛と互いに想い合うようになったとき、口出しを控えた。いや、桜子と総兵衛の付き合いの深まりを黙って見守りつつ、大黒屋の大番頭の光蔵と、二人の恋が鳶沢一族の決まりごとの中で成就《じょうじゅ》するかどうかを密《ひそ》やかに話し合ってきた。

京行きは二人の恋が完全無欠なものになる筈《はず》だった。

その京で、人混みの錦市場で白昼、桜子と供のしげが妖《あや》しげな托鉢《たくはつ》僧の一団によって攫《さら》われたという。

麻子は認める文から視線を行灯《あんどん》に向けた。

風もない部屋にある行灯の灯心が瞬《また》き、消えかけた。

(京で変事があったんやろか)

筆を擱《お》いた麻子は、いつも寝間の枕元《まくらもと》においてある小《ちい》さ刀を手にした。麻子の護《まも》り刀だった。

京都所司代だった乗完がある公卿《くげ》から買い受けた粟田口国綱《あわたぐちくにつな》の古刀で刃渡り一尺二寸五分(約三八センチ)、国綱は後鳥羽院が隠岐島《おきのしま》に配流されたとき御番鍛治《かじ》として奉仕した名工であった。

乗完はこの小さ刀を江戸に戻っても常に傍らにおき、城中にも手挟んでいった。柄《つか》の拵《こしら》えは黒塗鮫皮《さめがわ》、頭と鐺《こじり》は薄金板包み、鞘《さや》は朱漆塗に金の薄板で蛭巻《ひるまき》を施し、豪奢《ごうしゃ》な京拵えが時代とともに渋味のあるものとなっていた。

乗完の死の数日前、乗完の用人がこの国綱といっしょに別れの書状を届けてくれたものだ。

仏間に入ると、灯明に火を灯し、国綱を乗完の位牌《いはい》の前において、

(乗完様、京にあるあなた様の忘れ形見を助けて下さいまし)

と合掌した。

どれほどの刻限が流れたか。

文机の傍らの行灯の灯りが、

すうっ

と消えかけ、炎が再び蘇《よみがえ》ると安定した。

（麻子、桜子は京にて危機に見舞われておるか）

麻子の耳に不意に乗完の懐《なつ》かしい声が響いた。

（薩摩の手に落ちてございます）

麻子は胸の中で乗完に向かい、経緯を縷々《るる》説明した。

（ほう、富沢町の古着商を牛耳る大黒屋の主と桜子が惚《ほ》れ合《お》うたか）

（大黒屋はただの商人《あきんど》ではおへん）

（大黒屋は神君家康様以来の影旗本、裏の貌をもつ一族であったな。当代は桜子をどう考えておる）

老中を務めた乗完は大黒屋総兵衛とその一統がただの商人ではないことを承知していた。

（総兵衛様はお若《わこ》うおす。けどしっかりとした考えの持ち主どす。それに一軍を率いる頭領の器、それも度量の大きなお方どす）

（麻子、惚れたか）

ほっほほ、と忍び笑いが麻子の口を吐《つ》いた。

（当代の総兵衛様は六代目の総兵衛様が異国交趾《こうち》に残した血筋にございまして、眉《び》目《もく》秀麗にして明晰《めいせき》な若者におます）

（桜子が異人の血を持つ男に惚れたか）

（これも宿命《さだめ》どす）

二人が初めて出会った場にいた麻子が言い切った。

麻子はさらに総兵衛について知り得たことを乗完に訴え続けた。

（麻子、桜子が京にて鳶沢一族の宿敵薩摩の手に落ちたも宿命なれば、またその生死がどう分かたれるところかもさだめじゃ。総兵衛の力が桜子の持つ天命を打ち破るほどの力であることを麻子、そなたと共に神仏に祈ろうか）

仏間から乗完の気配が消えた。

京都の東山三十六峰の南端、阿弥陀《あみだ》ヶ峰の廃城の古家の戸を引き開けて、強《こわ》脛《すね》の冠造《かんぞう》が飛び込んできた。

「今出川《いまでがわ》様、総兵衛が姿を」

「なんやて、あやつらは比叡山の一本杉に誘い出されたのではおへんか」

「そいがこっちに来もうした」

「どういうことやろか」

「分かいもはん」

「手勢は何人や」

「せいぜい五、六人じゃっど」

「坊主《ぼうず》どもの尻《しり》を叩《たた》け」

「あん坊主ども、なんば考えとるかよう知れん」

「冠造、一本杉の面々が戻るまで持ち堪《こた》えねばならん。銭を使え、薩摩の銭をばら撒《ま》け」

今出川季継《すえつぐ》が薩摩藩京屋敷目付の伊集院監物《けんもつ》から預った銭袋を一つ、強脛の冠造に投げると、虚空《こくう》で片手摑《づか》みした密偵は、

「分いもした」

と答え、古家を飛び出していった。

しばし囲炉裏端《いろりばた》で沈思していた今出川が、

「ここはわての力の見せどころや」

と呟《つぶや》き、そばに置かれてあった革足袋を履き始めた。囲炉裏の囲い板には研がれた小出刃が五本立っていた。

「供御人《くごにん》はん、うちの飾剣《かざたち》、返しておくれやす。うちが自裁する折に使わせてもらいます」

格子窓《こうしまど》の中から桜子が今出川に呼びかけた。

じろり
と暗い眼差しを桜子に向けた今出川が、

「麿《まろ》が死ぬるときは坊城桜子、あんたも死ぬときや。手を汚さんでよろし」

「ならばいよいよ飾剣が要りますな。うちはあんたはんの手を煩《わずら》わせたくはおへん。死ぬときは、うちが自ら喉《のど》を突いて死にます」

「桜子、なにを考えておるんや、麿を騙《だま》そうとしてもあかしまへん」

「あんたはんは刃物屋の倅《せがれ》はんと違いますのん。最前からぎょうさん出刃包丁を研いでおられましたやないか。飾剣は、あんたはんには勿体《もったい》のうおす。あれは総兵衛様に頂戴《ちょうだい》した大事な護り刀どす」

「この飾剣、大黒屋総兵衛からの貰《もら》いもんやて」

膝《ひざ》の前にあった飾剣を囲炉裏の炎に投げ込もうとした今出川の眼の前で再び戸口が開かれ、

「今出川はん、お急ぎ願いましょう。偽《にせ》坊主ども、留守を預る御大将の出馬を願うとる」

と強脛の冠造が顔を見せると、急《せ》かせた。

「大黒屋総兵衛の姿は認めたんやな」

「馬囲いの外に立っとる。あん影は間違いなか、大黒屋総兵衛ほんものじゃっど」

よし、と自らに鼓舞するように立ち上がった今出川季継が、格子戸の前に飾剣を投げた。

格子牢《ろう》から半間（約九〇センチ）ほど前に飾剣が転がった。

「坊城桜子、飾剣でおのが喉を突きたければ工夫しなはれ。総兵衛を始末して麿が戻ってくるまでには精々四半刻《しはんとき》（三十分）しか余裕はあらしまへん」

今出川は傍らにおいていた大刀を腰に差し落とし、囲炉裏端に研いで突き立てていた小出刃を腰帯に三本差し、左手に二本持つと、

ぴょん

と身軽に板の間から土間に飛んだ。

板の間の上がり框《がまち》に樽酒《たるざけ》が据えてあった。すでに上蓋《うわぶた》は開かれていたが、竹《たけ》柄杓《びしゃく》で荒々しくも蓋を叩き落とした今出川が、

「薩摩はんたら、易々と総兵衛に騙されたがな」

と吐き捨て、半分ほど残った酒に柄杓を突っ込むとなみなみと注ぎ、

くいくい

と喉を鳴らして飲み、残りの酒を刀の柄《つか》に吹きかけて、表に飛び出していった。

二

阿弥陀ヶ峰廃城のいちばんの高台にある石垣囲みの空地は、山城時代には本丸馬場とか、時に一の丸馬場とも称された。

ただ今は黒田一統が巣食う黒隠禅師《こくいんぜんじ》開山廃闇寺《はいおんじ》の境内ということになる。

南北に五十数間（約一〇〇メートル）、東西に二十四、五間の形をして、その本丸広場の石垣は高さ六間（約一〇メートル）あり、四方の石垣の隅に石段が設けられていたが、今は石段として使えるのは二つだけだった。また本丸広場の四方四カ所の隅に鉤《かぎ》の手の石畳が渋谷越に向って下り、四つの坂上口、出入り口が設けられていた。とはいえ、門が残っていたわけではない。ただ荒れ果てた坂上口だった。

阿弥陀ヶ峰の山城は、本丸の他に南と北に二の丸、三の丸があったが、今や二の丸も三の丸も自然に戻って石垣の一部が往時を偲《しの》ばせていた。また阿弥陀ヶ峰の中腹には、

「露とおち　露と消えにしわが身かな　浪花のことも夢のまた夢」

と辞世を残して死んだ豊臣秀吉を祀《まつ》る豊国廟があった。だが、戦いを控えた山城とはいささか離れていた。

ともあれこの廃城自体が京の人から忘れられた存在で二百数十年の歳月を過ごしてきた。

本丸広場には二、三寸雪が降り積もり、雪の上に立つ者の姿をおぼろに浮かび上らせた。

そのとき、総兵衛は南西の鉤の手の坂上口に立っていた、その背後を固めるように柘植満宗がひっそりと従っていた。

「満宗、そなたは桜子様奪い返しの軍師ぞ、石垣の高みから皆に命を下せ」

「頭領にお働かせして、それがしは高みの見物をせよと申されますか」

「軍師は頭を働かせるのが役目じゃ、そなたが参戦したときにはわれらの企てはしくじるときぞ」

「はっ、畏《かしこ》まり申した」

と答えた柘植満宗が石段を駆け上がり、石垣の上に出て、三人の弩《ど》の射手を確かめた。蓑《みの》と菅笠《すげがさ》で雪を防ぎながら、田之助、次郎、助太郎はそれぞれ石垣のあちらこちらに配置についていた。

満宗は石垣の上に両足を開いて本丸広場を見下ろすように立った。

不意に雪が止《や》んで東側に湖のようなものがおぼろに浮かんだ。

琵琶湖であろうか。だが、また雪が降り出し、湖が視界に映じたと思えたのはほんの一瞬で現《うつつ》か幻か分らなかった。

「この山城は琵琶湖を見下ろす地にあったか、いかにも要衝の地じゃな」

という呟きが満宗の口をついた。

北郷陰吉は、すでに本丸広場から桜子としげが囚《とら》われている一の陣屋の東側の井戸端に一時身を潜めていた。しばし屋内の様子を窺《うかが》ってから、一の陣屋の裏手の軒下に忍んでいった。

密偵の陰吉の勘は、坊城桜子としげがこの一の陣屋に囚われていることを教えていた。

阿弥陀ヶ峰廃城一の陣屋とご大層な名だが、実体は破れ家《やや》、廃闇寺の本堂であり、庫裏《くり》でもあった。

この阿弥陀ヶ峰廃城をしばらく隠《かく》れ処《が》にせよと命じたのは、薩摩藩京屋敷の目付伊集院監物だ。

京にて大黒屋総兵衛を仕留めた暁には、薩摩藩京屋敷の庭番として雇われる約定が、伊集院と一味の頭領黒田闇左衛門の間に出来ていた。また京で風体の悪い者たちが怪しまれずにいられるには僧形がなによりと聞かされ、黒田が黒隠禅師を名乗り、この阿弥陀ヶ峰廃城を廃闇寺と称して隠れ蓑としたのだ。

黒田は元々先祖が薩摩の出で、江戸幕府が開闢《かいびゃく》し徳川政権が誕生したとき、隠れ目付として諸国を行脚《あんぎゃ》し、

「幕府転覆の時に備えよ」

と命じられた一族だ。

二百年もの間、どこにも定住することなく山野路傍を塒《ねぐら》にしてきた黒田一族は薩摩本藩からも忘れられた存在であった。

行きずりに出会った女を犯し、子を生ませ、男だけを一族に引き入れて旅を続けてきた。

流浪《るろう》の間に身につけた妖術《ようじゅつ》を生業《なりわい》にして生きてきた黒田一統だが、先年のこと、偶《たま》さか京に立ち寄った折、京に薩摩屋敷があることを知って黒田闇左衛門は独り訪ねてみた。

その黒田に応対したのが伊集院であったのだ。

黒田一統の出自と妖術を知った伊集院は薩摩の宿敵の大黒屋総兵衛こと鳶沢勝臣とその一派を潰《つぶ》すために黒田一統を自らの私兵として配下においた。

この夜も黒田闇左衛門らは一味の半数を率いて、比叡山延暦寺の一本杉に出向いていた。だが、この夜、総兵衛と陰吉の前に立ったのは薩摩藩士らであった。

黒田は総兵衛に扮《ふん》した茶屋清方と一族が薩摩に倍する手勢を一本杉に集め、藩士らを殲滅《せんめつ》する様子を見た。

幕府細作としてとみに知られた茶屋家を使いこなす大黒屋総兵衛とは何者か、一本杉の一方的な薩摩の敗北を見て、黒田は考えさせられた。

真の大黒屋総兵衛は薩摩の裏を掻《か》いて、桜子としげが囚われていると信じられる阿弥陀ヶ峰廃城を襲おうとしていた。総兵衛はこの阿弥陀ヶ峰に的を絞っていた。

新羅《しらぎ》三郎とだいなごんは、東南の坂上口の半ば壊れかけた石垣下に身を寄せていた。寒さに震えるだいなごんが三郎に、

「三郎さん、鶏小屋があるぞ」

と囁《ささや》いた。

この阿弥陀ヶ峰廃城の破れ家二棟に住み暮らすことになった黒田闇左衛門の廃闇寺一統は、食べ物となる鶏を飼うことにした。また、長年の流浪の経験から鶏には利用方法があることを承知していた。侵入してくる敵方の接近を鶏が騒がしい鳴き声で教えてくれ、警告を発するのだ。その狙《ねら》いもあって何百羽もの鶏が飼われている様子があった。鶏は本丸広場の石垣下に設けられた大きな鶏舎で飼われていた。それをだいなごんは見ていた。

「鶏小屋がどうした」

「潜りこまぬか」

「鶏を驚かせて親切にも相手にわれらが来たことを知らせるか」

「あやつら、すでにおれたちのことに気付いておる」

「まあな」

「三郎さん、おれは柘植の郷で生き物の世話をしてきた。鶏が何百羽いようとあやつらを鳴き声一つ立てさせず、騒がせることはないぞ。眠り込んでおる鶏を黙らせてみせる」

「総兵衛様ですら寒さの中、その時を待っておられる」

三郎が、二人だけ鶏小屋とはいえ屋根の下で待機することに抵抗した。

「おれにちょいと考えがある、三郎さん、任せてくれ」

と言い放っただいなごんが三郎の手を引いて鶏小屋に歩み寄り、

「こっこっここ」

と鳴き声を真似《まね》て鶏小屋の扉を開き、すうっと身を入れた。

だいなごんの身には鶏を安心させる臭《にお》いでも染《し》み付いているのか、鶏は黙って眠り込んだままだ。

鶏小屋の内部が雪明りでぼおっと見えた。

何百羽もの鶏が二十数坪ほどの小屋のあちらこちらで固まって一時の眠りに就いていた。石垣を利用して造られた鶏小屋には糞《ふん》の臭いが充満していたが、風雪の寒さから身を守ることができた。

だいなごんが背に負うてきた風呂敷包から松明《たいまつ》を出し、火打ち石で種火に火を灯した。伊賀の山中で二百年以上も生きてきた柘植衆の知恵だ。なんとも手《て》際《ぎわ》がいい。

「これでよし」

「なにがよしだ、だいなごん」

「戦のとき、体が寒さで動かんでは後れをとる」

ふうん、と三郎が応《こた》え、

「次郎兄さん方の石垣上は一段と寒かろう」

と思った。

だが、石垣に控える三人の弩の射手は、それぞれが懐炉を持参して手を温めていた。

柘植衆五人らが配置についておよそ四半刻（三十分）が過ぎた。その間本丸広場の一の陣屋と厩《うまや》の間を強脛の冠造だけが行き来して、二つの屋根の下に潜む今出川季継と廃闇寺黒田一統の留守組との連絡方《つなぎ》を務めていた。

再び強脛の冠造が一の陣屋に飛び込むと、

「今出川さあ、ご出馬願いもそ」

と催促する何度目かの声が総兵衛らの耳にも聞え、冠造の傍らに偽公卿《にせくげ》今出川季継、その実、京今出川通の刃物屋の倅《せがれ》の左右吉《そうきち》が姿を見せた。

今出川と強脛の冠造は、総兵衛がひっそりと佇《たたず》む西南の角の坂上口を見た。

今出川は総兵衛のもとへ歩き出す前に、

「床下、天井裏、わてが万が一のときは囚われ人を始末しなはれ」

と一の陣屋に隠れ潜んでいた手下に命じた。

その声に反応したのは北郷陰吉だった。

「偽公卿め、ただの鼠《ねずみ》じゃなかったど。桜子様方の始末方を一の陣屋に残しちょるわ」

胸中で呟《つぶや》いた陰吉は、鉄菱《てつびし》を手に隠し、最前から音を立てぬようにしながら造った床下への侵入口へと頭から潜り込んだ。むろん一の陣屋の床下に潜むはずの忍びを始末するためだ。

桜子としげが囚われているのは、間違いなく一の陣屋の中だ。

最前からの強脛の冠造の動きで察した。なんとしてもわが手で坊城桜子様を救い出す、陰吉は心に決めていた。

命を張って助け出せれば、転《ころ》び者《もん》の汚名は消え、鳶沢一族の陰吉として皆が認めてくれるはずだ。いや、総兵衛にそう考えてほしいと強く陰吉は念じていた。

（さて、床下と天井裏の二人をどういっしょに始末したもんやろか）

床下に忍び込んだ陰吉は囲炉裏《いろり》の炎が床下を温かくしていることにほっとした。

（床下も天井裏も二人はぬくぬくとしていたか）

陰吉は腹立しさを覚えながら床下を見回した。すると囲炉裏の横手に人影があるのに気付いた。

まずこやつを、と考えたとき、今出川季継の声が本丸広場に響き渡った。

「大黒屋総兵衛、ようも薩摩の罠《わな》を見抜いたもんどす、褒めてやりましょ」

陰吉は掌の鉄菱を腰の革袋に戻した。一気にかたをつけるためには鉄菱では無理だった。

厩と呼ばれる黒田一味の塒のぼろ家の戸口が開き、囲炉裏の炎の温《ぬく》もりが雪の降る本丸広場に漂い出た。

その瞬間、鶏たちが警戒の声を一斉に上げた。

だいなごんと三郎は鶏小屋の戸口に走り寄った。

塗笠を被《かぶ》り、綿を入れた刺し子長半纏《ながばんてん》を着込んだ総兵衛が懐手《ふところで》のままに静かに温気《うんき》を睨《にら》んでいた。すると温気が妖《あや》しげな霞《かすみ》と変じて、厩の前でぐるぐると渦を巻き、総兵衛を襲う構えを見せた。

一の陣屋の床下では、じいっと待機を強いられていた影が動こうとした。

その直後、

「おはんに罪はなか、ごめんなったもし」

と声が囁かれ、首に手が巻き付くと、胡坐《あぐら》を掻いていた足を動かし、抵抗しようとする相手の頸《くび》を締め上げると同時に陰吉のもう一方の手の短刀が迷いもなく喉元《のどもと》をかっさばいていた。

始末は物音一つ立てることなく行われた。

陰吉はしばらく首に手を巻いたままにしていたが、相手の体から生気が消えたのを確かめて、その場に横たえた。

（残るは天井裏じゃ）

床下から床上に抜け出る場所があるはず、と考えながら、陰吉は始末した相手が向おうとしていた方向の床板を静かに押し上げて探っていった。

ちょうどそのとき、桜子としげは、扱《しご》き紐《ひも》の先にしげの簪《かんざし》を結びつけて、格《こう》子戸《しど》の間から、今出川季継が格子牢《ろう》から半間先に投げていった飾剣《かざたち》の向うに投げ、簪の重みで少しずつ格子戸の方へと引き寄せようとしていた。

「桜子様、もう少しです」

しげが手を格子の間から伸ばして、あともう少しで指が触れんとする飾剣を摑《つか》もうとした。

「しげさん、もう一度簪を投げるわ」

桜子が簪を投げたが、簪は飾剣の横へと落ちた。

(なんとしても飾剣を)

そうすれば総兵衛のくれた飾剣が必ずや桜子としげの身を護《まも》ってくれると信じていた。また桜子は、今出川や強脛の冠造の慌《あわ》てぶりから、総兵衛一行がこの近くにまで迫っているのを感じていた。

桜子が何十度めか、簪を投げると飾剣に絡《から》んだ。

「桜子様、もう一息です」

桜子は息を詰めて、そっとしごき紐を手もとに引き寄せた。すると飾剣はしげの指が触れるところまで近づいた。

(やりましたえ)

桜子としげが喜びに胸を熱くしたとき、
ふわり
と二人の眼前に影が落ちてきて、飾剣を土間へと蹴《け》り飛ばした。

薄墨の衣を着た黒田闇左衛門の腹心の一人、火使いの夜楚次《やそじ》だ。手に油が入った桶《おけ》を下げていた。

「そなたらの寿命は今宵《こよい》かぎり」

夜楚次は菜種油の入った桶を構えて、いきなり座敷牢の中に振り撒《ま》いた。

桜子としげは手を取り合って座敷牢の奥へと逃げた。

だが、油に火が点《つ》けられ、炎が奔《はし》れば、もはや助かる途《みち》はない。

「桜子様、申し訳ございません」

しげが詫《わ》びた。

「なにもしげはんが謝ることはおへん。うちらの命、天のさだめにおす」

桜子が言い切り、夜楚次が、違うな、と桜子の言葉に反論した。

「策を仕掛けたのは薩摩、それを見破ったのは大黒屋総兵衛じゃ。そなたらの命を縮めたのは、総兵衛ということになる。天のさだめなどあるわけもない」

とせせら笑い、囲炉裏の燃え盛る焚《た》き木をとろうと牢座敷に背を向けた。

するとそこに人影が片手に抜身の短刀、もう一方の手に夜楚次が蹴った飾剣の抜身を持って立っていた。

「死ぬのはわいじゃ」

と言い放った陰吉が短刀を鋭い動きで投げた。

「北郷の陰吉、転びもんが」

と叫びながら夜楚次が咄嗟《とっさ》に右手で払い落した。

「おお、おいは転びもんじゃ」

次の瞬間、体勢が崩れた夜楚次の首筋に、陰吉の二の手の飾剣が飛んできて深々と突き立った。

二段構えの攻撃に敗れたことを知った火使いの夜楚次は、陰吉を見ながら、しばらく立っていたが、ゆらゆらと体が揺れ出し、尻餅《しりもち》をつくように崩れ落ちた。

「転びもんに負けもした」

夜楚次の最後の言葉だった。

ふうっ
と北郷陰吉が大きな息を吐いた。

「陰吉はんやおへんか」

「桜子様、しげさん、長らく不便を掛け申した」

陰吉が詫び、夜楚次の喉首《のどくび》から飾剣を抜くと、夜楚次の袖《そで》で血糊《ちのり》を拭《ぬぐ》い、

「桜子様、大事な飾剣を汚してしもうた」

「陰吉はん、護り刀の役目を果たしたのどす。なんのこともあらしまへん」

陰吉は飾剣を鞘《さや》に納め、錦古裂《にしきこぎれ》の袋に仕舞うと格子越しに桜子に返し、

「錠前を開ける鍵《かぎ》はどこごわすか」

「陰吉はん、囲炉裏の灰の中に隠してありますえ」

と囲炉裏の角を差した。

「ほんのこて総兵衛様の花嫁さあになる坊城桜子様じゃっで、賢かおごじょごわんさあ」

と格子牢にいても観察を怠らなかった桜子を褒めた陰吉が囲炉裏の灰に隠された鍵を掘り出し、格子牢の錠前に突っ込んだ。

厩《うまや》の戸口から漂い出た温気は雪と交じり、冷気の渦と変じて本丸広場に渦巻き、ひっそりと佇む総兵衛を窺《うかが》う気配を見せた。

そのとき、だいなごんが鶏小屋の扉を開き、火を灯した松明《たいまつ》を両手に持った新羅三郎が鶏小屋の奥から目を覚ました鶏たちを小屋の外へと追い立てた。

何百羽もの鶏がけたたましくも鳴き声を上げながら、一斉に本丸広場へと駆け出し、妖しげな冷気の渦の中に突っ込んで掻《か》き乱した。渦の中に反り刀が混じって飛んでいた。その刃に鶏が斬《き》られて絶叫し、血が飛び散った。だが、同時に、尖《とが》った冷気の渦は鶏の羽ばたきによって散り散りとなり、

すうっ

と消えていった。

すると冷気の渦が消えたところに饅頭笠《まんじゅうがさ》に金剛杖《こんごうづえ》を手にした托鉢《たくはつ》僧の一団二十数人が茫然《ぼうぜん》と佇み、その周りを無数の鶏が駆けまわっていた。

突然乾いた弦音《つるおと》が石垣の上に響いた。弩から放たれた短矢が放心した体《てい》の偽《にせ》托鉢僧の一団の胸や腹に突き立った。

だが、術が突然破られたために思考を失った一団はなにが起ったのか分らず、ただ立ち竦《すく》んでいた。

二番目、三番目の弦音が響いて九人が斃《たお》されたとき、強脛の冠造が、

「石垣の上から矢を射かけられておるんじゃ。ご一統、わが身を守れ」

と叫ぶ声に正気を取り戻した偽托鉢僧の残党が厩へと逃げ戻ろうとした。

「そっちじゃなか。人質を楯《たて》にすっとじゃ。一本杉の面々が戻ってくるまでの辛抱じゃっど」

と叫んだ強脛の冠造が姿勢を低くして座敷牢のある一の陣屋に走った。

桜子としげを手もとにおいておくことが身の安全を図る最善の方策と考えたからだ。

だが、一の陣屋の戸は中からしっかりと心張棒が掛けられていた。

「開けんかっ!」

開けよと叫んだが、戸は開かれず、

「強脛の親父《おやじ》どん、おまんの命運も尽き申した」

と北郷陰吉の非情の声が返ってきた。

「転びもんが!」

「桜子様としげさんはおいの手にある」

「くっされの転びもんが!」

罵《のの》り声を上げて、背に弩《ど》から放たれた短矢が突き立つ恐怖に震えながら戸をどんどんと叩《たた》いた。

その瞬間、殺気は前方から襲いきた。

うっ
と冠造が見ると戸を貫いた刃が胸に冷たくもずぶりと突き立っていた。

陰吉が強脛の冠造の胸に短刀を突き通したのだ。

「うな、こ、転びもんが裏切りよって」

と言葉を吐き出した冠造の口の端から血が零《こぼ》れて、貫き通された刃が引かれるとくたくたと崩れ落ちた。

本丸広場では未《ま》だ鶏が走り回り、その間を托鉢僧のなりをした黒田闇左衛門一味の残党が無暗《むやみ》に駆け回り、次々に放たれる弩の短矢を受けて斃れていった。そんな戦いの様子を石垣の上から柘植満宗が見ていた。

（わしも戦いに参加したい）

軍師が動くときは敗北のときという総兵衛の言葉を噛《か》みしめ考えながら、ただじいっと見ていた。

本丸広場の西南の坂上口の前で総兵衛と今出川季継は無言で対峙《たいじ》していた。騒乱の阿弥陀ヶ峰廃城の本丸広場にあって、ここだけが静寂を保ち、鶏も殺気を感じてか踏み込んでくることもなかった。

両者の間合いは三間（五メートル余）とない。

「そなた、商人の倅《せがれ》じゃそうな」

総兵衛は刺し子の綿入れを脱ぎ捨て、今出川季継を見た。

「違う、麿《まろ》は五摂家《せっけ》近衛《このえ》家の後見方今出川季継でおます」

「左右吉が親からもろうた名のはずではなかったか。供御人《くごにん》の倅、左右吉の身で死ぬる気はないか」

茶屋清方から仕入れた情報だ。

「左右吉なんて名と違います。麿は公卿《くげ》今出川季継でおます」

「あの世にても嘘《うそ》に塗《まぶ》された生き方が通じるかどうか試してみよ」

「おお、それは大黒屋、おまえのほうや」

今出川季継が出刃包丁を構えた。

「止《や》めておかぬか。石垣の上から弩が三丁、そなたの胸を狙《ねろ》うておるわ」

総兵衛の制止を振り切って偽公卿の手から自ら手入れをした小出刃が投げ打たれた。

総兵衛の帯前に差されていた扇子が抜かれて、

発止！

と飛来する小出刃を払うと、力なく雪の原に落ちた。

次の瞬間、硬質な弦音が三つ重なって響き、三方向から短矢が飛んできて今出川季継の体を貫いた。

げげえっ！

と絶叫して、公卿に憧《あこが》れを抱いて生きてきた供御人左右吉は、阿弥陀ヶ峰廃城の本丸広場に崩れ落ちて命が絶えた。

「左右吉、為《な》してはならぬことがこの世にはある。五摂家近衛家のまだ若い基前様《もとさきさま》に取り入り、江戸に下って薩摩藩と通じるなど近衛家にとっても為してはならぬ話ぞ。己を知れ、分を心得よ」

左右吉の骸《むくろ》に向って総兵衛が吐き捨てた。

三

夜明け前の寒さに火鉢の炭火を掻《か》き立てようとした光蔵が、

「柘植衆を率いて来られた頭領の宗部どのと虚心坦懐《きょしんたんかい》に話し合う機会があってなによりでした」

と宗部の顔を見た。そして、火箸《ひばし》を手にしたまま立ち上がり、庭に向かった雨戸を開き、思わず空を見上げた。

「おや、もはや夜明けが近い。私に付き合うて、宗部どのにとうとう徹夜をさせてしまいましたな」

と宗部を振り返ったとき、暁闇《ぎょうあん》の空になにかが動いた。

大黒屋の中庭の真上の空から穏やかな光が降り注いできて、富沢町界隈《かいわい》が温かい光に包まれた。

桜の花びらが微風に舞うような薄紅色の光だった。

光蔵も宗部も言葉もなく降り注ぐ光を黙って凝視した。

（新たなる異変か）

と光蔵が身構えた。同時に考えた。

異変にまず最初に気付くはずの飼犬の甲斐《かい》、信玄、さくらの三頭は小屋の中で眠りを貪《むさぼ》っていた。

どういうことか。

「宗部どの、なんであろう」

と座敷を振り返った。すると宗部の顔に笑みが浮かんでいた。

「光蔵どの、見られたな。この桜色の光は西の空から降り注いできましたぞ。ということは京でな、大きな出来事があったという知らせではございませんかな」

「桜子様の身に」

「そう、いかにもさよう。総兵衛様の腕に桜子様が戻ってこられた瑞兆《ずいちょう》の光です。そうでなければ、かようにわれらの気持ちを和ませる光の到来であるはずがない。まるで吉野の山で風に舞い散る桜の花びらに身を包まれたような知らせでした、瑞兆です」

と宗部が言い切った。

「そういえばこのところ続いていた頭痛や不安がきれいさっぱりと消えておりますぞ。師走《しわす》の寒ささえ忘れさせる光でございますな」

二人の眼前に散る光が静かに消えていった。すると再び大黒屋の中庭に夜明け前の濃い闇《やみ》が戻ってきた。

「寒夜にわざわざ年寄り二人を徹夜させたのは京の瑞兆を知らせようとしてのことです」

ふっふっふ、と満足げに微笑《ほほえ》んだ光蔵が、

「今日は大黒屋恒例の餅搗《もちつ》きにございます。これで安心して新年を迎える仕度ができます。ああ、そうじゃ、仏間に灯明を灯《とも》してこよう」

と洩《も》らし、

「私も付き合せて下され」

と宗部が応じた。

二人は二階の光蔵の部屋を出ると内廊下を伝い、離れ屋への渡り廊下に差し掛かった。

もはや最前まで降り注いでいた光はどこにもない。

二人があの光を見たのは一瞬のようでもあり、永劫《えいごう》の日々が流れたような気もした。

離れにはすでに人の気配があって行灯《あんどん》の灯りが廊下にわずかに零れていた。

主《あるじ》の総兵衛が不在の折、かような刻限に離れに立ち入ることが出来るのはおりんだけだ。

「おりんか」

「大番頭さん、早いお目覚めにございますね」

おりんの声が応じた。

襖《ふすま》を開けると控の間の向うに灯りが煌々《こうこう》と灯されて、すでにふだん着に着替えたおりんがいた。

「そなたこそどうした。まさか仏間で徹夜をしたわけではありますまい」

おりんが光蔵と宗部を見た。その顔には訝《いぶか》しさがあった。

「本日は餅搗き、いつもより早くに眼が覚めてしまいました。そこで仏間に灯明を上げようと離れ屋に入ってみると、なんとも不思議なことが私の眼の前で起ったのでございます」

「穏やかな光が夜明け前の空から降り注いだのではあるまいな」

「いえ、暗い仏間に入った折、私はなんぞ胸の中が温かになり、寒さを忘れておりました。そして私が自分の部屋から持参した種火でまず行灯の灯りを灯そうとすると、なんと灯明が火を移しもせぬのに赤々と灯ったのでございます」

「やはりな」

と宗部が言い、

「おりんさん、間違いない。坊城桜子様としげさんは総兵衛様の手に戻ったということじゃ」

「やはり瑞兆にございましたか」

光蔵は部屋から二人で眺めた不思議な光が舞い散る光景をおりんに告げた。

「まるで吉野の満開の桜が風に散るような、そのせいで世間が桜色に染まったような光でありましたぞ」

「京のどなたかが私どもに無事を知らせて参られたのでございますね」

「いかにもさようです」

三人は仏壇の前に座し、鳶沢一族の先祖に、

「危難回避」

ができた感謝の気持ちを込めて合掌した。

長い瞑目《めいもく》と合掌を終えた光蔵が、

「おりん、これで心静かに正月が迎えられそうじゃ」

「大番頭さん、根岸に搗きたてのお餅を持って麻子様を訪ねて下さいまし」

「そうしよう。なにやらあの光に身を包まれたら元気が出てきました」

「それがしもそうです。最前まで感じていた気鬱《きうつ》が消えております」

と宗部も応《こた》え、にっこりと微笑んだおりんが、

「台所に参り、餅搗きの仕度をします」

　と仏間から去っていった。

「総兵衛勝臣様、われら鳶沢一族は十代目にそなた様を迎えて幸せにございますぞ」

　と光蔵が遠く京の地にいる総兵衛に向って正直な気持を吐露した。

「いかにもいかにも」

「宗部どの、少しでも横にならんでようございますかな」

「年寄はいくら眠っても寝足りたということはない。それでいてこれまで何十年も眠りを貪ってきたのです、これ以上は強欲というものじゃ。かような日に惰眠を繰り返しては勿体《もったい》のうございます。この宗部も柘植の郷流の餅つきを披露しましょうかな」

「年寄の冷や水となりませんかな」

「明日が腰痛《ようつう》になろうともこの気持ちが大事でございます」

「いかにもいかにも」

　と年寄二人が言い合い、笑い合った。

一の陣屋の戸が開かれて北郷陰吉が姿を見せ、戸口に崩れ落ちたかつての朋《ほう》輩《ばい》だった強脛の冠造の襟首を摑《つか》むと、傍らに引きずっていった。

総兵衛は、綿入れを手に一の陣屋に向かった。

すでに戦いは決着していた。

阿弥陀ヶ峰廃城の本丸広場を棲《す》み処《か》にしていた黒田闇左衛門の留守組は、悉《ことごと》く雪の原に斃《たお》れ伏し、その体の上を興奮した鶏が飛び回っていた。

「総兵衛様、桜子様もしげさんも怪我《けが》一つありもはん、息災じゃっど」

「北郷陰吉、ご苦労であったな」

と総兵衛が優しくも言葉をかけた。その声音は鳶沢一族の総大将の威厳に満ちたものであり、

「はっ」

と思わず畏《かしこ》まった陰吉に、

「陰吉、そなたはもはや転び者ではない。立派な鳶沢一族の戦士ぞ」

「あいがともさげもした」

陰吉がお国言葉で礼を述べ、頷《うなず》いた総兵衛が一の陣屋の敷居を跨《また》いだ。

するると桜子が囲炉裏《いろり》のある板の間の上り框《がまち》に正座し、土間に立っていたしげが、

「総兵衛様、桜子様がかような目に遭われたのは供の私の不注意にございました。どのような罰もお受けします」

と土間に座して言った。

「しげはん、勘違いせんでおくれやす。錦市場がこと、だれにも抗《あらが》うことは叶《かな》いまへん。うちらはこうして怪我一つせんと総兵衛様に救い出されたんどす。なんのこともおへん」

桜子がしげに言い、総兵衛に視線を向けた。

「総兵衛様、お待ちしておりました」

「桜子様、この総兵衛が救い出しにくることを信じておられましたか」

「遠くに離れていようと、うちと総兵衛様の心は見えない糸で結ばれておるんどす。ただの一時も総兵衛様が来られることを疑ったことはおへん」

「いかにもさようでございます」

総兵衛が応えたとき、阿弥陀ヶ峰廃城の戦いの指揮を無言裡《り》にとった柘植満宗が、

「総兵衛様、そろそろ引き上げの刻限にございましょう。比叡山延暦寺の一本杉の一統が舞い戻ってきては厄介にございます」

と戸口から声をかけてきた。

「よし、引き上げじゃ」

総兵衛が桜子に綿入れの刺し子を着せかけて手を引くと、一の陣屋の前に田之助ら鳶沢戦士七人がいて、だいなごんが馬二頭の手綱を引いて控えていた。

「馬をどうした、だいなごん」

「偽坊主《にせぼうず》どもの住いの厩《うまや》に二頭の馬が飼われておりました。雪道を朱雀大路まで桜子様としげさんに歩かせるのは可哀相《かわいそう》じゃからな、借りてきた」

「黒隠禅師こと黒田闇左衛門と残党にはまだ貸しがある。馬二頭ではちと安い」

と笑った総兵衛がだいなごんから手綱を受け取ると、桜子の体を片手で抱きかかえ、ひょいと鞍《くら》に乗せた。

「あれまあ」

「しげ、そなたも抱え上げようか」

「いえ、この馬には総兵衛様がお乗り下され」

「鳶沢一族の頭の命ぞ。ぐずぐずするでない、黒田一統が戻ってきおるわ」

総兵衛の言葉にしげが、だいなごんが手綱を持つ馬の鞍に這《は》い上がろうとした。だが、座敷牢《ろう》に何日も閉じ込められていたしげの足は萎《な》えていた。ために鞍に跨がることができなかった。

「だいなごん、しげを鞍に押し上げ、そなたも乗って手綱を握れ」

「畏まって候《そうろう》」

とだいなごんが請け合うと、しげの尻《しり》を押し上げて鞍に乗せ、自らも飛び乗った。それを見て総兵衛も、
ひらり
と桜子の背後の馬の背に跨がると、塗笠《ぬりがさ》の紐《ひも》を解いて桜子の頭に被《かぶ》せた。

坊城家にゆだいくりの虎次が飾り櫛《ぐし》といっしょに届けた桜子の髪が切られたあとがあった。

「総兵衛様、髪は伸びてきます。桜子の身はだれにも触らせておりまへん」

「髪を気にしたのではありません。雪を避《よ》けるために塗笠を被って頂いたのです」

　総兵衛が桜子にそう言うと、

「田之助、満宗、引き上げじゃ」

　おおっ！

と七人の戦士が勝鬨《かちどき》を上げた。短矢に斃れた黒田一統の骸《むくろ》の上に雪は深々と降り積もり、騒ぐ鶏たちが本丸広場を出ていく十人の男女を見送った。

　この日の昼前、大黒屋の大番頭光蔵は、手代見習いの天松を供に根岸の里に南蛮骨董《こっとう》商の女主坊城麻子を訪ねていた。

「光蔵さんがそろそろお見えやと思うていたところどす」

と麻子がにこやかに光蔵を迎え、

「それにしても本日はええ日和どすな」

と言い足したものだ。

大黒屋では搗《つ》きたての餅《もち》を毎年届ける先があった。

根岸の坊城麻子の家と大目付の本庄義親《よしちか》の屋敷だ。

この両家は大黒屋の表の顔はむろんのこと、裏の貌《かお》まで承知だった。本庄家は百数十年も前から、そして、坊城家は六代目総兵衛勝頼の時代からの長い付き合いで、本庄家を通して幕府に、坊城家を通して京の朝廷へと大黒屋、すなわち鳶沢一族は繋《つな》がりを持ってきたのだ。その感謝をこめて、年の瀬には両家を総兵衛が訪ねて、餅を届ける仕来《しきた》りがあった。

富沢町のお店《たな》の広土間で搗く餅は糯米《もちごめ》何俵にもおよび、木臼《きうす》三つを並べて男《おとこ》衆《し》が交替で威勢よく搗き上げ、女衆《おなごし》がかたちを整えた。

最初の臼で搗かれた餅は鳶沢一族の先祖へと供えられ、二臼目は坊城家と本庄家に届けられるのだ。

「吉例の搗きたての餅にございます」

玄関先でおりんが用意した漆塗りの重箱に入れられた餅を差し出すと、

「有り難うおす、お待ち申しておりましたんや」

と麻子がにこやかに受けた。

いつもならこれは主《あるじ》の務めだが、九代目は病がちで光蔵が代役を務めることが多かった。また今年は麻子もとくと承知のように総兵衛は江戸を不在にして京に逗留《とうりゅう》していた。

「大番頭はん、お上がりやす、手代の天松はんもな」

師走《しわす》の忙しい折だ。

いつもは玄関先で渡して引き上げるのだが、麻子が仕来りに反して天松までも座敷に招じようとした。

「本来なれば遠慮するところですが、私にもいささか知らせがございます」

「なんどっしゃろ。ささっ、大番頭はん、天松はん」

二人が招じ上げられたのは、なんと桜子の居室だった。

八畳と控えの間に四尺の縁側がついた桜子の座敷は主不在ながら綺麗《きれい》に片付いていた。

師走にしては長閑《のどか》な陽射《ひざ》しがあたり、縁側に桜子がどこぞから拾ってきたという三毛猫が日向《ひなた》ぼっこをしていた。

「今年も残りわずかどすな」

光蔵が座敷に入り、天松は猫の傍らに控えた。

「手代はん、そこでは話もしにくうおます、こちらに」

麻子に強く勧められた天松は光蔵の後ろに控えた。

「麻子様、なんぞございましたか」

光蔵がいつもの年の瀬とは違う麻子の応対に思わず尋ねた。

「なんぞなければ大黒屋の大番頭はんをうちの座敷に招じ上げてはいけまへんか」

「いえ、そのようなこともございませんが。こちらは桜子様の居間と違いますか」

「そうどす」

と答えた麻子の視線が平床の竹籠《たけかご》の花入れに向けられた。

「おや、桜の花ではございませんか」

「早咲きの桜ではございます。それにしても年の内に咲いたことはおへん。それが今朝みたら一輪咲いておるやおへんか」

「なんということが」

光蔵は、これは、という表情で麻子を見た。

「それでな、今日は大黒屋はんの餅搗きの日どす。必ずや大番頭はんがお見えになると思いましてな、こうして活《い》けさせてもらいましたんえ」

と事情を説明した麻子が傍らの鈴を鳴らした。すると台所に控えていた小女が三人の膳《ぜん》と酒を運んできた。

「これはまたどうした趣向でございますか」

「光蔵はん、年の瀬に酒《ささ》を飲んではいけまへんか。桜が咲いた祝いどす」

「これは後手に回ってしまいました」

と光蔵は苦笑いした。

「後手に回ったとはなんでっしゃろ」

麻子が光蔵に猪口《ちょこ》を握らせ、さあ、お一つとにこやかに勧めた。

「麻子様のお勧めゆえ頂戴《ちょうだい》します」

と光蔵が応《こた》え、麻子が注いで、天松を見た。

「麻子様、私は小僧から手代見習いに上がったばかり、未《ま》だ総兵衛様から直にお許しを得たわけではございません。お酒は頂けません」

「お祝いやけどそう無理強いしてもいけまへんか。ほなら、昼餉《ひるげ》をおあがりなされ」

と漆塗りの器を差した。

光蔵が自分の膳に猪口を置き、麻子の酒器に酒を注いだ。

「なんとも美味《おい》しそうな匂《にお》いです、なんでございましょう」

天松が器の中から漂う香ばしい匂いをくんくん嗅《か》いだ。

「手代さんに出世した祝い、酒と鰻《うなぎ》のかば焼きを用意しましたんやけど、酒はいかんと言わはるし」

「えっ」

と麻子の言葉に重ねて驚きの声を発した天松がしばし絶句し、

「大番頭さん、私未だ鰻のかば焼きは匂いしか嗅いだことがございません。師走に私だけ初物を頂戴したら罰があたるのではございませんか」

うう一ん

と唸《うな》った光蔵が、

「麻子様、最前私が後手に回ったと申したには理由がございます」

と言い出した。

「ほう、なんでっしゃろ」

「桜子様が無事に助け出されたと思われます」

と前置きした光蔵は、柘植一族の宗部と夜を徹して語り明かした後、夜明け前に穏やかな薄紅色の光が西の空から富沢町に舞い散ったのを見たこと、さらには仏間の灯明が人の手も借りずに赤々と灯《とも》ったことを告げた。

そんな説明を麻子は落ち着き払い、うんうんと頷《うなず》きながら聞いていたが、その代わり、天松が口から泡を飛ばす勢いで叫んでいた。

「お、大番頭さん、それは桜子様としげさんが無事に助けられた知らせだと思います。だれがなんと言おうとそうです」

「手代はん、いかにもさようどす。桜が年の内に咲いたんもその知らせなら、大黒屋さんの庭に薄紅色の光が舞い散ったんも、大黒屋はんの仏壇の灯明が勝手に灯ったんも瑞兆《ずいちょう》の知らせどす」

麻子が言い切り、天松が膳に伏せられてあった猪口をとると、

「麻子様、お祝いの酒にございます。この天松も一杯だけ頂戴させて下さい」

と差し出した。

「よし、間違いございません。これでいい新年が迎えられます」

と光蔵も言うと三人して京の方角に向って猪口の酒を献杯した。

富沢町の大黒屋では餅搗きが佳境を迎え、ふだん世話になる仕入れの商人や小売りの客にまで搗きたての餅が配られ、店先で、

「おお、これは美味《うま》いや。毎年のことながら搗きたての餅を肴《さかな》に樽酒《たるざけ》を飲めるのは大黒屋さんならではの仕来り、一年を締めくくるにふさわしい行事だぜ」

と出入りの担《かつ》ぎ商いの長介が嬉《うれ》しそうに笑い、

「まずは餅より酒だ」

と土間の片隅に置かれた四斗樽《しとだる》に竹柄杓《たけびしゃく》を突っ込んだ。

まだまだ大黒屋の餅搗きは終りそうにない。

四

坊城家に戻った桜子としげは公望と喜びの再会を果たし、この日のために常

にたてられていた湯に浸《つ》かるために湯殿に向った。

錦市場から攫《さら》われて阿弥陀ヶ峰の廃城の破《や》れ家《や》一の陣屋の牢《ろう》座敷に十数日もの間、閉じ込められていたのだ。

いくら冬とはいえ、体じゅうが汚れていた。

桜子はしげをいっしょに湯に入るように誘ったが、しげはなかなかはいとは返事をしなかった。

桜子を拐《かどわか》しの憂《う》き目に遭わせたこと、身を挺《てい》して桜子を守り切れなかった己の非力に、しげは恥じいっていたからだ。また桜子の生まれがしげとまるで違うことをこの旅でつくづくと感じとっていた。

(桜子様は総兵衛様の嫁様になるお方)

つまりはゆくゆく主になる女子《おなご》だった。

その桜子はこだわりもなく、

「うちらはこの十数日、生死の境を過ごしてきた仲間どす。囚《とら》われの日々の汚れをいっしょに洗い流しましょうえ」

と繰り返ししげを説得した。その押し問答を聞いていた総兵衛に、

「しげ、桜子様の背中をお流しするよういっしょに湯に浸かれ」

と命じられてようやく湯殿に向った。

それから一刻《とき》（二時間）以上が過ぎても娘たちは湯殿から出てくる気配はなかった。

若い二人の娘が生きて戻れた喜びを噛《か》みしめている様子が漏れ聞こえてくる明るい声からも窺《うかが》えた。

総兵衛は、桜子としげを連れて戻ると公望にまず礼を述べ、柘植満宗と田之助の二人をじゅらく屋と茶屋家にそれぞれ遣わして、

「桜子としげ」

を無事救出したことの仔細《しさい》を伝えさせた。

その上で総兵衛自らは毘沙門天《びしゃもんてん》の御堂に籠《こも》り、結跏趺坐《けっかふざ》して毘沙門天を始め八百万《やおよろず》の神に感謝する瞑想《めいそう》に入った。

桜子としげの救出は多くの人の力と目に見えないさだめの糸を解きほぐしてできたことだ。

神仏への感謝の時が過ぎ、総兵衛の相貌《そうぼう》が一段と険しくなった。

考えを集中して思念を送り始めた。脳裏に浮かんだ思念のかけらが放出されるたびに総兵衛の身は削り取られていった。

このようなわが身を削って思念を送る術は、唐人卜師《ぼくし》梅香林《ばいこうりん》、ただ今は林梅《はやしばい》香《こう》と改名した師から教えられたことだ。

どれほどの刻限が過ぎたか。総兵衛の体が前後に小さく大きく揺れ動いて止まった。

そのとき、御堂の前に人の気配がした。

毘沙門天御堂に籠って一刻半（三時間）あまりの間に総兵衛の頰は削《そ》げ落ち、身は疲れ切っていた。

戦いの興奮は消えていた。

思念を江戸に送り続けることに集中し、総兵衛の心身の疲労はその極に達していた。

よろよろと立ち上がり、壁に手をついて身を支えつつ総兵衛が扉を開けると、ゆだいくりの虎次が、ぺこりと頭を下げた。

虎次は桜子としげの無事を確かめにきた様子があった。

「虎次、桜子様としげの二人は無事に戻ってきた」

総兵衛の一語一語しぼり出すような弱々しい言葉に驚きを隠し得なかったゆだいくりの虎次が頷き、

「お姫様を取り戻したと」

と念を押した。

「無事に屋敷に戻られた」

「そいはよかった」

と虎次が感想を洩《も》らした。

だが、総兵衛は虎次の言葉の中に不安が潜んでいることを鋭敏にも察していた。

毘沙門天御堂で一心不乱に集中していた神経が虎次の胸底まで見通していた。

「なにがあった」

「鬼口《おにぐち》の弐兵衛《にへえ》どんが屋敷に戻ってこん」

虎次のいう屋敷とは薩摩藩の京屋敷だ。

虎次が密《ひそ》かに薩摩屋敷に戻ってみると、屋敷じゅうが上を下への大騒ぎだった。

比叡山山中のどこかに総兵衛を呼び出したはずの薩摩藩士一行は、敗残兵のような姿で戻ってきた。だが、戻ってきたのは目付の伊集院監物《けんもつ》ら薩摩藩の家臣数人だけで、饅頭笠《まんじゅうがさ》の托鉢《たくはつ》僧姿の黒田闇左衛門一統と同道したという鬼口の弐兵衛の姿もなかった。

一方、総兵衛らは囚われ人の桜子としげを奪還して坊城家に戻っているという。

（どげなことじゃろか）

虎次は総兵衛に糾《ただ》していた。

「おまんさあが呼び出された場に弐兵衛はおらんかったや」

「虎次、われらは薩摩から呼び出された比叡山の一本杉にはいかなんだ」

「ないごてな」

「桜子様は別の場所におられると考えたからな」

「どけおったと」

「東山三十六峰の東南端、阿弥陀ヶ峰の破れ城に囚われていた。そこにいたのは偽公卿《にせくげ》の今出川季継に托鉢僧の留守組であった」

「弐兵衛はおらんかったと」

「その代わりに強脛の冠造がおったわ」

「そんでどげんしたとな」

「多勢に無勢の生死をかけた戦であった。われらは桜子様としげを奪い返した。もはや薩摩にはかような真似《まね》は二度とさせぬ」

「強脛の親父は、偽公卿はどげんしたか」

「生死をかけた戦と申したぞ」

総兵衛は今出川季継も饅頭笠の留守組も強脛の冠造も阿弥陀ヶ峰廃城の戦いで死んだと言っていた。

「弐兵衛は生きちょっじゃか」

ゆだいくりの虎次が独り言を洩らし、しばし考えた総兵衛が、

「そなたら二人、われらに近付き過ぎたやもしれぬ。身に危険が迫っておる。即刻京から逃げよ」

「おいに逃げていくとこがあろうか」

「陰吉の生き方もある」

「おいは転びもんにはなりとうなか」

と言い残したゆだいくりが毘沙門堂の前から消えた。

夕闇《ゆうやみ》から新たな人影が忍び出た。

北郷陰吉だ。

「ゆだいくりの話は聞きもした。鬼口の弐兵衛どんは薩摩方に始末されたかしれん。比叡山一本杉への案内方を務めたのは弐兵衛どんじゃろ。一本杉には総兵衛様らは姿を見せず、その代わり、茶屋家の軍勢が待ち受けちょった。そのしくじりの責めを負わされたかもしれん」

「薩摩はさように味方の命をないがしろにするのか」

「おいの二の舞いを恐れておると」

「かもしれぬ。じゃが、人の命はだれもが一つしか持ち合わせぬ。それを事も無げに殺したとあらば許せぬ」

総兵衛が途中で飲み込んだ言葉に静かな憤怒《ふんぬ》があった。その念頭にあったのは薩摩藩京屋敷の伊集院監物だった。

「おいたち、外城者《とじょうもん》の下忍は人じゃなか」

それが陰吉の答えであった。そして、話を転じた。

「田之助さんが江戸に桜子様らを無事に取り戻したことを、早飛脚を使うて知らせんでよかろかと案じとる」

「茶屋家の細作飛脚が今ごろ東海道を江戸に下っておろう」

総兵衛は茶屋清方に田之助を遣いに立てた。

その段階で清方が田之助から桜子救出の経緯を聞き取り、ただちに書状に認《したた》め、東海道筋に張り巡らされた細作飛脚をつないで江戸へ走らせたことを推量していた。

そこで総兵衛は別の手立てで江戸へ連絡《つなぎ》をつけようとしたのだ。

毘沙門天御堂から江戸の富沢町と根岸の坊城麻子に思念を送り続けていた。

ゆえに富沢町も根岸も桜子が無事であることをすでに承知していると総兵衛の五感が感じとっていた。そして、数日後には茶屋清方の書状が坊城麻子のもとに届いて仔細を知ることになる。

「総兵衛様は、文を書かんでよかな」

「京に来て茶屋清方様と知り合うたのは収穫であったわ」

陰吉の念押しに対しての総兵衛の返事であった。

「陰吉、虎次の命を助ける道を考えよ」

「ゆだいくりがその気にならんともならんが、考えてみもんそ」

と陰吉が請け合ったとき、しげが毘沙門天御堂の前に姿を見せた。

薄闇の中に湯上りの爽《さわ》やかな香りが漂った。

「総兵衛様、主《あるじ》様より先に、それも長湯を使わせて貰《もら》いました」

「理不尽な目に遭うたのだ、桜子様とそなたには先に湯を使うくらいの贅沢《ぜいたく》は許されよう。礼を述べるならば公望様に申せ」

はい、と答えたしげはすでに公望と話した気配があった。

「しげ、ようも桜子様を守り通してくれたな。総兵衛こそそなたに礼を言わねばならん」

一人ではなく桜子としげの二人がいっしょに座敷牢《ろう》に過ごしてきた幸運を総兵衛は感じていた。桜子にとって年下にして鳶沢村育ち、初めての奉公がこたびの道中という娘がいたことが心の支えになったと感じていた。

（しげを守らねば）

という想《おも》いを桜子は強く感じていたはずだと推測していた。それが桜子の矜《きょう》持《じ》にもなり生き抜く心構えになったとも推測していた。

「総兵衛様、しげは桜子様をお守りするどころか、桜子様から『総兵衛様が助けに見えます、それまでの辛抱です』と繰り返し勇気づけられたのはこの私でございました。そして、あの者たちが座敷牢を覗《のぞ》き込むたびに殺されるかと、ただただ怯《おび》えて震えておりました。そんな折、桜子様はしげの手を握って、毅《き》然《ぜん》としておられました。桜子様は胆《きも》の据わったお姫様にございます、しげは鳶沢一族の女子《おなご》として恥ずかしいかぎりです」

「かような難儀が人を鍛えてくれる、そのような言葉を口にできるのもそなたが成長した証《あかし》じゃ。しげ、そなたはもはや拐《かどわか》しに遭う以前のしげではない。真《まこと》の鳶沢一族の女子じゃ」

陰吉は主従二人の会話を満足の気持ちで聞いていた。

「北郷陰吉」

と総兵衛の視線が不意に陰吉に向けられた。

「そなたはもはや転び者ではない。立派な薦沢一族の戦士じゃ。この総兵衛が許す」

「あいがとごわす」

と陰吉は思わず薩摩弁で応じ、

「総兵衛様、おいが強脛の冠造を始末したからですか」

と尋ねていた。

「そうではない。そなたは真っ先に桜子様としげのもとに忍び寄り、己の命を捨てる覚悟で二人の命を守ってくれたからじゃ」

「そうか、桜子様は総兵衛様のなにより大事な娘御じゃ、お姫様じゃっど」

「そういうことだ」

陰吉の問いにあくまで総兵衛は正直だった。

「総兵衛様、湯に入りやんせ」

「そなたもいっしょに入るか」

「断りもうしまっしょ。どげんもならん罰に見舞われもそ」

とあっさりと陰吉が断り、総兵衛は坊城家の母屋《おもや》に向った。その背を見なが

ら陰吉は、

「おれは転び者ではない。鳶沢一族として生きる。ただ今より薩摩を忘れ、薩摩弁も使わぬ」

と胸に誓った。


玄関先に柘植満宗が待っていた。

「中納言《ちゅうなごん》様が総兵衛様にお話があるそうでございまして客座敷でお待ちにございます」

うむと応《こた》えた総兵衛はぎしぎしと軋《きし》む廊下を坊城公望の待つ客座敷に向いながら、この坊城家、手入れが要るなと思っていた。

総兵衛らに当てられた離れ屋も長年職人の手が入ってないようだが、母屋は五、六十年の間、修繕一つなされた風はなかった。

京滞在中に職人衆を入れるよう公望様を説得してみるか。そんなことを考えながら、客座敷の閉じられた障子の向こうに声をかけた。

「総兵衛にございます。お待たせ申したのではございませんか」

「お入りなはれ。急ぎの用と違います」

総兵衛が花のかたちの紙で切り張りがいくつもなされた障子戸を押し開くと、公望がにこやかに総兵衛を迎えたが、桜子らを連れ戻った折の顔付きと異なる相貌《そうぼう》の変化に一瞬言葉を失った。

「お顔、どないしはりました」

「桜子様を連れ戻した暁にはこちらの毘沙門天御堂にお籠《こも》りすると約定しておりましたゆえ、その約束を果たしたまでにございます」

「身を削るほどにお籠りやしたか、魂消《たまげ》てしもうた」

「桜子様も一回り顔も身も小さくなりました。されど元気そうな様子に総兵衛、ひと安心にございます。頬がこけたなど直ぐに戻ります」

総兵衛の言葉に頷《うなず》いた公望が、

「最前江戸の麻子から便りが届きましたんや」

「麻子様はさぞ桜子様の身を案じなされておられましょう。ご心労をかけて申し訳ございません」

「それがな、桜子が攫《さら》われたなんて一言も認《したた》めてありまへんのや。ただ年の瀬の挨拶《あいさつ》どした」

「それはまた」

麻子は当然桜子の危難を承知している筈《はず》だった。それがそのことに触れぬとはどういうことか。

総兵衛は考えを巡らした。

「わてが思いますに麻子は総兵衛様のことをや、信頼しきっておるんやな。そうとしか考えられん。そや、麻子が京都所司代にならはった松平乗完《のりさだ》様といっしょに京に来た折も、乗完様のなさることには一々嘴《くちばし》を挟まんかった。麻子は総兵衛様が桜子を連れ戻すことを信じて疑うてはおりまへんのや」

「公望様、麻子様の信頼にこの総兵衛、応えられたかどうか。ともあれ麻子様はすでに桜子様が坊城家に無事に戻られたことを察しておられます」

「えっ、京と江戸の間には百二十六里六丁一間（約五〇〇キロ）ありますえ、早馬かて何日も掛かりましょ。茶屋家の細作飛脚かて三、四日は要りますえ」

「いえ、麻子様はすでにご存じにございます」

と総兵衛が言い切り、坊城公望が手にした麻子の便りを見て、

「麻子もそのことを知ってこの便りを送ってきたんやろか」

と独《ひと》り言《ご》ちた。

総兵衛が湯殿に入ると人の気配を感じた。そちらに眼差《まなざ》しを向けると、桜子が畏《かしこ》まっていた。

「どうなされた、桜子様」

「総兵衛様の背中を流させておくれやす」

「お姫様がさようなことをなされてはなりませぬ」

「うちは総兵衛様の嫁になる身どす、嫁が夫《せ》の君の体を洗うてはいけまへんか」

「はて、困った」

「うちは総兵衛様に命を助けられた身どす。なんぞ礼がしたいんどす」

「夫が嫁を助けるのは当たり前のことです」

「ならばうちが夫の背を洗うのんも当たり前や。かかり湯を流します、座っておくれやす」

桜子の言葉に総兵衛は、背中を向けて洗い場に胡坐《あぐら》を掻《か》いた。

「油断したのは総兵衛の過《あやま》ち、そのために桜子様に辛《つら》い想いをさせてしもうた」

「うちはちっとも辛いことなんてあらへんどした。柘植のおだい様も命を以《もっ》てうちらを護《まも》ってくれはりました」

「いかにもさようです。おだい様に感謝申し上げねばな。それにしても薩摩の手勢、怖くはございませんでしたか」

「供御人《くごにん》はんも偽《にせ》の坊はんも恐ろしいことなどおへんどしたえ。桜子が恐ろしかったは、総兵衛様と会えんことやった」

桜子はそういうと湯桶《ゆおけ》で湯を汲《く》み、総兵衛の背をゆっくりと流し始めた。何杯も何杯も湯が総兵衛の体を温めてかけられた。

「うちら、また会えましたどすな」

「会えました。もはや離れることはございません。決して薩摩に桜子様の身を捉《とら》えるような真似《まね》はさせません。こたびのこと、許して下され」

桜子の手が止まり、

「総兵衛様」

と声が湯殿に響いて、囚《とら》われていた間に一回り痩《や》せた桜子の体が総兵衛の背にかぶさってきた。

総兵衛は胡坐を掻いたまま、両手を後ろに回して桜子を抱きしめた。湯浴《ゆあ》み衣が湯で濡《ぬ》れそぼって、桜子と総兵衛は肌をぴたりと合わせていた。

「うち、もう総兵衛様のもとから離れまへん」

「離しませんぞ」

「明日は大つごもりどす」

「明晩は大晦日《おおみそか》でしたか」

総兵衛は桜子が薩摩の手に落ちて以来、日にちすら分からなくなっていたことに気付かされた。

「いっしょにな、うちと悪口《あくたれ》祭に行くんどすえ」

「あくたれ祭ですか」

異郷生まれの総兵衛にはあくたれ祭がなにか分からない。だが、その言葉の響きから総兵衛の脳裏に今年の悩みは今年の内に始末せよという言葉が浮かんだ。

(年を越させてはならぬ)

とはいえ、もはや明日は大晦日だ。

(どうしたものか)

総兵衛はそう考えながら、胡坐を掻いた膝《ひざ》に桜子の体をくるりと廻し、抱き寄せた。

「総兵衛様」

「桜子様」

二人は湯殿の中でただひたすらお互いの肌の温もりを感じながらいつまでも抱き合っていた。

第五章 京の影様

一

大晦日《おおみそか》の夜、総兵衛は桜子《さくらこ》に、

「祇園《ぎおん》さんへお詣《まい》りに行きますえ」

と誘われた。

「祇園さんとはなんのことです」

「おけら灯籠《どうろう》から御神火《ひ》をもろうてくるんどす」

「ひをもらうとはまたどういうことですか」

総兵衛は首を捻《ひね》った。

「昨日、湯殿の中で言いましたえ。悪口祭《あくたれ》のことをな、行けば分りますよってにとりあえず行きましょうえ」

　桜子に誘われた悪口祭が祇園さんとどう関わってくるのか、総兵衛には推量もできない。

「桜子様との約定です。参ります」

　そのことを坊城公望《ぼうじょうきんもち》に総兵衛が告げると、

「八坂さんにおけら火をもらいにいくんかいな、ご苦労なことや」

　と言いながらも、

「昨日の今日や、さすがに薩摩《さつま》はんは悪さしへんやろな」

　と案じた。

「私が桜子様に従うております。だれにも指一本触れさせません」

「総兵衛はんかて、そりゃちいと無理や。悪口祭は、八坂さんの境内に大勢の京人が集まってな、おけら灯籠の火を火縄に受けて持ち帰る行事どすわ。そのおけら火で家々で新年を祝う雑煮を炊《た》くんどす。ところがや、江戸期に入ってからな、おけらの火を携えた人々が左右に分かれてや、あれこれと盛大に悪口言い合う行事に変わったんどす。押し合いへし合いして火縄が揺れて、他人様《ひとさま》にふれんわけにはいかしまへん」

「ほう、さようなお祭りでございますか」

「まあ、仰山の人が出ておるところで、薩摩はんも悪さはしまへんやろ」

と自らを得心させた公望だったが、そのことを聞いた田之助や満宗《みつむね》らは緊張した。

「田之助さん、われら、総兵衛様にないしょでお二人に従おう」

と満宗が提案し、

「分りました」

と田之助が応《こた》えて、即刻仕度に入った。それを見ていた北郷陰吉《きたごうかげよし》がしばし考えた末に、

「田之助さん、満宗さん、わしは別に動いてよかろうか」

と許しを乞《こ》うた。

「陰吉さんはもはやわれらの仲間と総兵衛様が申された。そなたにはなんぞ考えがあるようです。好きなように動いて下さい。ただし無理は禁物ですよ。陰吉の父《とっ》つぁん」

田之助が笑みの顔で応じて、陰吉の別行動が決まった。

夜の帳《とばり》が洛中《らくちゅう》を包んで、朱雀大路《すざくおおじ》はいつもよりさらに森閑とした気配に包まれていた。総兵衛と桜子におけら火を受けるぶら提灯《ぢょうちん》を手にしたしげが従い、三人で八坂神社に向った。

そのとき、総兵衛は、三池典太光世《みいけでんたみつよ》だけを綿入れの羽織の下に差し落としていた。

「桜子様、八坂神社と祇園さんは同じところでございますか」

「そうや、八坂さんと祇園さんはいっしょや。今晩から明日の夜明けにかけて祇園さんに大勢の人が詣《もう》でられますえ」

「おけら灯籠の火をもらいに大勢の方々がいかれるんですね」

「総兵衛様、よう承知やがな。京では御神火で新年の雑煮を炊くんどす」

おけらは白朮と書く。薬草の一種で古《いにしえ》より胃病に効くとされ、火に投じると強いにおいがして、疫病《えきびょう》を払うと信じられていた。

おけら火がどのような謂《いわ》れのものか公望が総兵衛に説明してくれていた。

朱雀大路から四条通に折れて鴨川《かもがわ》をめざし、四条大橋を渡って真っ直ぐに東に突き当たったところが祇園さん、八坂神社だった。そんな四条通に無数の小さな火が浮かんでいた。

「あれがおけら火どすわ」

四条大橋に差し掛かると、おけら火を移した提灯や火縄を持ったたくさんの人々がやってきて、火縄の持主は火が消えぬように、
くるりくるり
と回している。それが格別な夜の雰囲気を醸《かも》し出して風情《ふぜい》があった。さらには鴨川の河岸《かし》道を戻る人々のおけら火が川面に映って一層幻想的な雰囲気を高めた。

「桜子様、いつか安南《アンナン》のランタン祭りの話をしましたな」

「満月の夜に家々やら川に舫《もや》われた船に色とりどりのランタンを飾る行事どしたな」

「私は今幼い日に婆様《ばば》に手を引かれて見たランタン祭りの光景を思い出しております」

「どこのお国の人も考えることはいっしょや。火も水も暮らしの基《もとい》どす。一年に一度、年初めの若水を井戸から汲《く》んで、おけら火で雑煮の仕度をするのんも、満月の夜にランタンを灯《とも》すのんも、病にかからんよう、息災に暮らせるように祈る行事と違いますやろか。どこの国の人も願うことはいっしょどす」

「いかにも桜子様が申されるとおりです」

総兵衛と桜子が八坂神社への石段を上がると、

「おい、そこのきさま、正月の餅《もち》食うて喉《のど》につかえてくたばってまえ」

「おまえなど、行き倒れになって鳥辺野《とりべの》の焼き場でこんがり焼いてもらえ」

「抜かせ。今ごろ、きさまのかかあは隣の亭主と寝床の中で乳くりおうとるわ」

「おお、よう言うた。おまえの面《つら》には死相が出とるぞ、おけら火がよう照らしとるわ」

と突然悪口雑言を言い合う声が響き渡り、境内は一段と賑《にぎ》やかになった。

「悪口合戦は言い勝ったほうの運が開けると言い伝えられておりますんどす」

「ゆえに好き放題に悪口を叫び合いますか」

「総兵衛様もどうどすか」

「悪口《あくたれ》を吐けと言われますか、遠慮しておきましょう」

「なぜどす」

「京の地に住いなされた方々にだけ許されたお祭騒ぎにございましょう、私のように京をよう知らぬ人間が生半可に加わってはなりませぬ」

「総兵衛様の慎ましやかさはなんやろ」

桜子が訝《いぶか》しげに呟《つぶや》いた。

異郷に生まれた者が忘れてはならない謙譲と知恵だと総兵衛は思ったが、口にはしなかった。

「ばかたれ！」

「そういうきさまはあほんだらやぞ！」

二手に分かれて言い合う男も女も老人も子供も悪口を楽しんでいる様子を総兵衛は見ていた。

一年無事に暮らしてきた安堵《あんど》と余裕がその悪口合戦を楽しいものにしていた。

機知に富んだ悪口が叫ばれると笑い声や拍手喝采《かっさい》が起り、さらに境内は盛り上がった。

総兵衛と桜子は拝殿に上がり、行列に並んだ。

拝殿の中はおけら火のにおいが満ち、人いきれもあって寒さなど感じなかった。

「こんばんは、おけら火分けておくれやす」

八坂神社の神職たちが手際《てぎわ》よくしげの手にした提灯と桜子の持った火縄におけら火を移してくれた。

「よいお年を」

「あんたはん方もな」

おけら火をもらった総兵衛と桜子は人混みの中を神社の横手の回廊に出た。

三人が境内に到着したときよりも多くの人々がいて、悪口合戦を楽しんでいた。

総兵衛はだれぞに見られている気配を感じた。

敵意の籠《こも》った憎しみの眼差《まなざ》しではない。とすると、田之助や満宗が陰警護している視線か、と総兵衛は考えた。

「なんぞお考えやおへんか」

「いえ、あまりの人の多さに驚いているだけです」

「これが京の年の瀬の風物詩どす」

八坂神社の御門の向うに延びた四条通におけら火がくるりくるりと回っていく光景は総兵衛に安らかな気持ちを呼び起こした。

不意におけら火が安南の政変を思い起こさせた。

今坂一族は異郷の安南の地に二百年以上にわたって築いてきた財産と人材と時の積み重ねを失った。残ったのは総兵衛ら百五十数人の命とイマサカ号、それに慌《あわ》ただしくも積み込んだ金品だけだった。

今、総兵衛は六代目総兵衛の遺《のこ》した血筋を頼り、思いがけなくも十代目総兵衛を継ぐことになった。交易船団にも乗らず、和国に残ったのは大黒屋と鳶沢一族の新たなる基礎がためをするためだ。この京詣でもその一環といえた。

「なにを考えておいでやす」

「おけら火の向うにイマサカ号と大黒丸に乗り組んだ一族の面々を思い出しておりました」

「船がおられるのんは何千里も向こうの異国どすな」

「いかにもさようです」

「きっと皆はん、息災で商いに励んでおられますえ」

「晩秋か初冬には戻って参ります」

「うち、祇園さんに船の無事もお願い致しましたんや。総兵衛様、案じることはおへん。必ずや戻って参られますえ」

総兵衛が頷《うなず》いたとき、背後から声がした。

「総兵衛様、抜かりました」

北郷陰吉の声だった。

「どうしたな」

「鴨の河原に案内致します。桜子様、しげさんもいっしょでよかろうか」

「陰吉さん、総兵衛様といっしょならうちは安心どす。どこへでも行きますえ」

桜子の答えに総兵衛が頷き、背後から三人の前へと出た陰吉がおけら火の間を鴨川へと向かって歩き出し、間を開けて総兵衛らが続いた。さらに間合いをとった田之助、満宗、次郎、三郎兄弟、助太郎にだいなごんが従っていった。

三条大橋の少し下流の鴨川左岸の河原に御用提灯の灯りがちらちらとしていた。京都町奉行所の役人や御用聞きがなんぞ河原に流れついた不審物でも調べている灯りと思えた。

遠目にはそれがなんであるか認められなかった。

「総兵衛様から注意を受けながら、ゆだいくりの虎次の命を助けることが出来ませなんだ」

陰吉の言葉に後悔があった。

「虎次は殺されたのか」

「いかにもさようです。総兵衛様と桜子様が八坂様に詣でに行くと聞いてな、わしは薩摩屋敷の様子を見に行ったとです」

「陰吉、危ないことを独りでなすでない」

「それしか思いつかんかった。そしたら、薩摩屋敷の裏口から菰《こも》に包まれたもんを担《かつ》いだ三人が出てきたとです。そやつらが今出川橋《いまでがわばし》から菰包みごと流れに放り込んだとです」

薩摩弁を捨てた陰吉の言葉遣いはぎこちなかった。総兵衛はその気持ちを察していた。

「菰の中は虎次であったというか」

「わしは菰包みを追って、あん場所で菰を河原に引き寄せたら、弄《なぶ》り殺された虎次の骸《むくろ》やったとです。それでな、四条の番屋に河原に骸があると投げ文をして知らせたとです」

「鬼口の弐兵衛、ゆだいくりの虎次と二人が始末された。私どもに関わったゆえのことだ。薩摩は冷酷非情じゃな」

「外城者《とじょうもん》の密偵は使い捨てでございますよ」

「人の命は等しくあらねばなるまい」

「総兵衛様、それは薩摩では絵空事でございますよ。駕籠《かご》に乗る客と駕籠かきは別の人間です、生まれたときから死ぬまで変わらん」

と陰吉が言い切った。

総兵衛は鳶沢《とびさわ》一族のことに思いを致していた。

百年の間に鳶沢一族は琉球《りゅうきゅう》の池城《いけぐすく》一族と力を合わせ、十代目総兵衛勝臣《かつおみ》を含む今坂一族を迎え入れ、さらには柘植衆《つげ》を仲間に迎えた。柘植衆には未《いま》だ真《まこと》の裏の貌《かお》を明かしていないが、いずれ四族だれしもが鳶沢一族の存在理由を理解し、交易を通して利を生み、鳶沢一族の影旗本の務めを果たさねばならぬ。

そのために、

「使い捨て」

の命があってはならなかった。

総兵衛はイマサカ号で北を目指したとき、考えた。

「一族の存続」

と、

「生き甲斐《がい》」

を新たに見付けると己の心に誓った。そのことは今も変わりはない。

総兵衛は河岸道から河原に下りた。すると人影もない闇《やみ》から田之助らが姿を見せた。

「なにがございましたので」

満宗が総兵衛に尋ねた。

「薩摩の密偵虎次どのが始末された」

満宗が、ちえっ、と舌打ちし、

「失礼を致しました、総兵衛様、桜子様」

と詫《わ》びた。

「どうなされるお積りでございますか」

と聞いたのは田之助だ。

「阿弥陀《あみだ》ヶ峰の山城で強脛《こわすね》の冠造《かんぞう》をわれらが始末した」

「いえ、違《ちご》とります。わしが一存で強脛を殺したとです」

「うちを護《まも》ってのことどした」

桜子が陰吉を庇《かば》った。

「陰吉、私の下で敵方を傷つけ、命を奪ったすべての出来事は頭領たる総兵衛の責めとなる。承知しておいてくれぬか」

「はっ」

「陰吉、そなたはもはや薩摩の密偵でもなければ転び者でもない。そなたは私の配下じゃ。なんども同じことを私に言わせるでない」

総兵衛の言葉は平静だったが凛然《りんぜん》として皆の耳に響いた。

「承知し申した」

「この次、薩摩が命を狙《ねら》うのは、陰吉じゃ。総兵衛の手足たるそなたらを一人ひとりもぎ取り、最後にこの総兵衛と桜子様を始末しようという考えに変わりはあるまい」

「なんぞ手を打たねばなりますまい」

と満宗が総兵衛に応じた。

「薩摩藩京屋敷でわれらを眼の仇《かたき》にしておる筆頭は目付の伊集院監物《いじゅういんけんもつ》じゃ、こやつに狙いを絞る」

「伊集院は薩摩屋敷住いでございましょうな」

と満宗が呟き、陰吉を見た。

「わしらは偉かさんの暮らしまで知らん」

と陰吉が申し訳なさそうに答えた。

「伊集院が屋敷暮らしでは手が打てぬな」

総兵衛は正月明けを待たねば動きようはあるまいと考え、

「いったん朱雀大路に戻ろうか」

と総兵衛が歩きかけたとき、桜子が言い出した。

「今宵《こよい》は大つごもりどすな」

「桜子様、あと四半刻《しはんとき》(三十分)もすれば除夜の鐘が処々方々のお寺さんの鐘《かね》撞《つ》き堂から鳴り響いてきましょうな」

と満宗が応じた。

「さようどした。伊集院はん、好きな女子《おなご》はんを河原町のお寺にかこうておられますそうな。年越しの夜どす、無粋な薩摩屋敷のお長屋におられまっしゃろか」

「驚いたぞ、桜子様」

と陰吉が呻《うめ》き声を洩《も》らし、

「陰吉はん、うちは総兵衛様の京の案内《あない》方におます。少しは働かんと総兵衛様に叱《しか》られます」

ふっふっふ
と笑った総兵衛が、

「なぜさようなことを承知にございますか」

「身《み》罷《まか》られた供御人《くごにん》の左右吉《そうきち》さん、いえ、本人はご大層にも五摂家《せっけ》近衛《このえ》家の後見方今出川季継《すえつぎ》なんて名乗っておられましたが、あのお方、刃物屋の倅《せがれ》さんどしたな。見よう見まねで研ぎを覚えられたんか、研がれる折には必ず独り言を洩らされますのんや。あのお方、なんとかして伊集院はんに取り入ろうとしてなんでも承知のお方やった。女子は十八とか、お桂《けい》さんと言われましてな、河原町の小さな寺、諒玄寺《りょうげんじ》の娘はんどしたわ」

「呆《あき》れた」

と陰吉が呻き、

「田之助はん、伊集院はんはしばしば諒玄寺の離れ屋にお桂はんを訪ねて行かれますそうや。この寺、界隈《かいわい》で猫寺として有名やそうな、何十匹もの猫に気いつけなはれ」

と桜子が田之助に助言した。

「よし、われら、桜子様の助言に従い、諒玄寺の離れ屋を確かめて参ります」

「田之助、まずは伊集院の動きを摑《つか》むだけでよい。始末の折は」

「総兵衛様自ら出馬なされますな」

と満宗が言い、総兵衛配下の七人が鴨川の河岸道に上って走り去った。

「総兵衛様、うちら、どないしましょう」

「おけら火をくるりくるりと回しながら朱雀大路に戻りましょうか。桜子様、京の正月が楽しみになりました」

と総兵衛が応《こた》え、

「任せておくれやす」

と桜子が胸を張った。

二

田之助らは河原町の猫寺、諒玄寺を見張っていた。

桜子がもたらした情報に基づいて田之助らが調べてみると、確かに伊集院が猫寺の離れ屋をお桂との妾宅《しょうたく》にしていることが判明した。そこで常時、交代で猫寺に見張りがつけられることになった。

この見張り組から外されたのはだいなごんとしげの二人だ。

だいなごんとしげは、坊城家の年始客の案内方など下働きをしていた。中納言《ちゅうなごん》家の正月は江戸に比べ一段と長閑《のどか》で、おけら火と若水で煮炊《にた》きした雑煮を食し、お屠蘇《とそ》を呑《の》んで今年の邪気を払った。

むろんこの刻限、当番にあたった陰吉と三郎の見張り組は、正月の祝いの席にはなく猫寺の前の破れ家《やや》に潜んで見張りを続けていた。

大晦日《おおみそか》の夜には、猫寺の妾宅に伊集院監物の配下が呼ばれていたことが分かった。

総兵衛らの反撃を恐れてのことであろう。一夜明けて伊集院らは、薩摩屋敷に戻って新春の賀詞を交換し、夕方にまた猫寺のお桂のもとへ姿を見せたという。

総兵衛は京の正月元旦を静かに迎えた。

その夜、総兵衛が坊城公望に願った。その場には総兵衛の外、桜子だけがいた。

「なんやろな、総兵衛はんの願いとは、遠慮なしにお言いやす」

「差し出がましいことは重々承知しております。坊城家の母屋《おもや》も離れ屋もだいぶ手入れがなされておらぬようにお見受けいたします」

と総兵衛は気になっていたことを口にすると、桜子がほっほっほほと笑い出した。そして、公望が、

「貧乏《すかんぴん》公卿は京の名物、風物詩でおます。総兵衛はん、なんぞ考えられましたんかいな」

と公望がこちらも桜子に合わせてけらけらと屈託なく笑った。

「私どもが逗留《とうりゅう》している間に大工、左官などを入れて修繕をしたらと思い立ちました。私の勝手な思い付きにございます、受けて頂けましょうか」

ふむふむ
と応じた公望は総兵衛の言葉をしばし沈思吟味したのちに言い出した、

「お気持だけ頂戴《ちょうだい》しましょ」

「なんでどすか、大爺様《おおじいさま》。冬でもすうすう隙間《すきま》風が入る屋敷を総兵衛様が手入れしてくれはるんどすえ。機嫌損じられましたんかえ」

「貧乏公卿に機嫌損じることなんてあらへん。そんな真似は相手によりけりしますけどな、こたび断ったんはほかの理由や。桜子も承知やろ、貧乏公卿の嫉《しっ》

妬《と》の根深さをな。うちだけが門から外壁から屋敷からきれいに修繕してみなはれ、うちの前を通る公卿が根に持ってからに、禁裏であれこれと企《たく》んできますがな。貧乏公卿は貧乏たれ並みの暮らしをしているのんが、いちばん安心どす。それにな、わてのとこは麻子がついておりますう、時折江戸からなにやらかにやら理由をつけて仕送りをしてくれます。そやからうちの内所金で修繕ができんことはおへん。けどやりまへんのんや、最前の理由でな」

公望の懇切な話に総兵衛は得心した。

京には京のやり方があるのだ。いかにも差し出がましい申し出であったと赤面した。だが、公望の話はこれだけではなかった。

「総兵衛はん、わてから願いがおます。うちの修繕に使おうと考えておられた金子をよそに回してくれはらしまへんか」

「どちらにでございますな」

「禁裏どす」

「なんと禁裏にですか」

「さようどす。わての屋敷の修繕の代わりに天皇様に献上できまへんやろか。

禁裏は幕府の所司代から常に見張られてます。そのせいでふだんから食べもんにも事欠く有様で不便をしておられますんや」

京都に幕府が設けた所司代屋敷は、上屋敷の他に堀川屋敷、千本屋敷とあり、朝廷との外交親睦《しんぼく》が表の理由なら陰の理由は朝廷の動静把握だ。

「大爺様、大黒屋総兵衛様と名乗らはっての寄付におますか」

「いえ、わての手から密《ひそ》かに今上天皇様に差し上げます。むろんその折はわての口から金子の出処《でどころ》を申し上げます」

「なにを考えておいでやろ、大爺様」

「総兵衛はんに蹴鞠《けまり》遊びを見物させたいだけや」

桜子がはっとして、

「それはええ考えどすな」

と公望の意図に気付いたか、手を打った。

総兵衛は、仔細《しさい》は分らぬまでもただの蹴鞠見物ではあるまいと見当をつけ、

「承知しました。いかほど金子を用意致しましょうか」

「総兵衛はん、禁裏の値は難しゅうおす。高からず低からず、うちの普請《ふしん》代の

半値ほど、二、三百両も献上すれば、天皇様は必ず喜びはります。お目通りも叶《かな》うかもしれまへん」

と公望が言い切った。

「いつ何時なりとも三百両を用意しております」

今上天皇（光格帝《こうかくてい》）は、閑院宮典仁《すけひと》親王の第六王子として明和八年（一七七一）に誕生し、安永八年（一七七九）に九歳で即位し、強い君主意識を持って内裏の再建などに務める三十四歳の天皇であった。

中納言坊城公望が朝廷の蹴鞠行事に事寄せて、総兵衛を天皇に引き合わせるには理由がなければならなかった。

そんな会話があって数日後、総兵衛は坊城公望、桜子に従って天皇様のおわす御所の建礼門を潜《くぐ》った。

総兵衛の形《なり》はすべて坊城家が整えてくれ、中納言家の格式に従い、親戚《しんせき》筋といった様子で雅《みやび》な水干《すいかん》、烏帽子《えぼし》、筒袴《つつばかま》に身を包まれた。

総兵衛にとってかような恰好《なり》は初めての経験だ。

だが、総兵衛は安南政庁の高官であったグェン家の継承者であった。国が異なり、宮中の行儀作法が違おうと儀式と格付けで事が進むことにそう違いはあるまいと思った。

桜子が総兵衛のなりを見て、

「大爺様、うち総兵衛様に惚《ほ》れ直しましたえ」

と呟《つぶや》いたように六尺を超えた体になんとも公卿《くげ》の衣装がよく似合った。

「桜子、こりゃ、御所の女官衆が大騒ぎしやるやろな」

「女官衆が騒ごうと付け文しようと総兵衛様は、うちの大事なお方どす」

総兵衛が笑みを浮かべた顔で頷《うなず》いた。

初春をことほぐ蹴鞠行事には公卿だけが招かれ、京都所司代、町奉行、各藩の武家方も町衆の姿もないように見受けられた。

蹴鞠は、鹿革《しかがわ》で造られた鞠を水干、葛袴《くずばかま》、烏帽子姿の数人で蹴り合い、地面に落さぬように遊ぶ貴人だけに許された遊びだ。

蹴手《けりて》は、革沓《かわぐつ》を履いた足の甲で鞠を遊戯場の四隅に植えられた木の下枝より高く蹴り上げ、相手方に渡し続けねばならなかった。

遊技場は鞠壺《まりつぼ》、あるいは鞠庭とも呼ばれ、七間半（約一四メートル）四方の大きさで東北隅に桜、東南に柳、西南に楓《かえで》、西北に松が植えられており、この四本の木を、

「四本懸《かか》り」

と称し、この懸りの下枝の上に蹴り上げねばならなかった。

京の蹴鞠は中国から伝来したと総兵衛に公望が説明してくれたが、中国と接した安南にもこのような蹴鞠の遊びはあった。だが、蹴鞠の速さが違った。緩急をつけて相手方を屈服させるような遊びだった。

一人の蹴手が足の甲で、

「やあ」

と受けて別の蹴手に返すと、

「ありい」

と叫んで、さらに楓の木の下の蹴手に渡した。

これは競い合いで相手を屈服させるものではない。受け易《やす》く蹴り返し易いよ

うに渡していくところに蹴鞠の妙味、神髄があった。

総兵衛は初めて京の奥深さに触れたようで、夢中で見物していた。その間に公望がいなくなったことすら気付かなかった。

桜子が総兵衛の手に触れた。

「面白うおすか」

「なかなかの技芸にございます」

「総兵衛様の祖伝夢想流の緩やかな動きとよう似てますな」

「いかにもさようです」

二人が話し合うところに公望が戻ってきた。手に革沓を持っていた。

「総兵衛はん、試してみなはれ」

と沓を差し出した。

総兵衛はしばし沈思した後、沓に履き替えた。公望の言葉の背後にはだれかの意思があると思ったからだ。その様子を玉殿から眺める女人がいたが、総兵衛は気付かない。

総兵衛は四人の蹴手に加わり、五人目の蹴手として鞠壺に入った。すると見物の女官衆からざわめきが起った。

総兵衛は作法が分らぬゆえ、蹴手たちに会釈《えしゃく》をした。

頷いた若草色の蹴鞠装束の蹴手が、やあ、と発しつつ総兵衛に向って緩い鞠を蹴ってきた。総兵衛は腰を立て、右足に乗せるようにして正面の蹴手に緩やかな円弧を描く鞠を返した。

「おう」

と黄色の水干の蹴手が受けて、低く速い鞠を総兵衛の足元に素早く蹴り込んだ。これまで見たこともない蹴り技で総兵衛の力量を試してのことだと分った。

総兵衛は掬《すく》い上げるように鞠を垂直に上げて勢いを殺し、虚空《こくう》に身を翻《ひるがえ》して前転すると素早い鞠を返した相手に優美な弧を描く鞠を送り、
ふわり
と鞠壺に降り立った。

静かなどよめきが起こり、総兵衛のなんとも絶妙な技に歓声すら沸いた。

だが、五人の蹴手は蹴鞠に集中して乱れを見せることもなく、いつまでも鹿革の鞠は新春の空にゆるゆると優美な円弧を描き続けた。

総兵衛は、公望と桜子に伴われて禁裏の一角に案内された。御簾《みす》ごしに人影があり、何事か申された。

総兵衛は今上天皇だと察した。

だが、総兵衛には理解できない公卿言葉だった。

公望が応対し、

「金子三百両、頂戴したと仰せられておられます」

「なんのことがありましょうや」

と応じた総兵衛に御簾の中の人物が、新たな言葉を発した。

「蹴鞠をどこで覚えたとお尋ねにございます」

「私、初めての経験にございます」

公望と御簾の中の人物が問答を交わし、御簾の人物の視線が総兵衛に向けられた。

「鳶沢勝臣か」

と総兵衛に通じる言葉で尋ねられた。

「はっ」

「異郷で蹴鞠を見たか」

「安南にて見ましてございます」

総兵衛は出自と和国に逃れた経緯《いきさつ》を手短に語った。

御簾の中の人物は興味ありげに時に問い質《ただ》したり念を押したりして総兵衛の話に聞き入った。

「蹴鞠はかの国でも遊ばれておったか」

「はい。ただし、競い合いにございますれば蹴鞠にて怪我《けが》をする者も出ます」

「所変われば品変わると申す。そなたの国の話が聞きたい。公望、この者を連れて時に禁裏を訪ねよ」

と御簾の人物が命じた。

「はっ」

と公望が畏《かしこ》まり、

「総兵衛の供で私も上がらせて頂きとうございます」

と桜子が御簾の中に言った。

「そなたの父御は先の所司代松平乗完どのであったな」

「ようご承知にございますな」

「桜子、江戸だけが相手の内懐《うちぶところ》に入り込んでおるのではない。京とて江戸に人材は配しておる」

「お願いがございます」

「なにか桜子」

「江戸への勅使は確かな人物をお願い申し上げます」

「ふっふっふ、そなた、京に注文をつけおるか」

「私は京と江戸との橋渡しになりとうございます」

「鳶沢総兵衛勝臣の嫁女になるか、桜子」

「はい」

「その折には京にも知らせをたもれ」

と御簾の中の人物が言うと奥へと入られた。

三人が平伏し、どれほどの時が流れたか。

新春の禁裏に夕闇《ゆうやみ》が迫っていた。

公望の手をとって桜子が起こし、
「朱雀大路に戻りましょいな」
と総兵衛に言いかけた。
三人は無人と思える禁裏の廊下を最前蹴鞠《けまり》が行われた場に向って歩いていた。
廊下に面した座敷から灯りが零《こぼ》れていた。
公望と桜子が何事もなく通り過ぎ、
ちらり
と総兵衛が座敷を見た。
女人が一人、巻紙を持って筆を走らせていた。
うむ
と訝《いぶか》しく思った総兵衛は足を止めた。
公望と桜子は総兵衛が止まったことに気付かないのか廊下を進んでいく。
総兵衛は懐に常に所持する火呼鈴《ひこれい》が鳴らぬなと訝しく感じながらも、
「お邪魔してようございますか」
と声をかけた。

「川越仙波《せんば》東照宮で会《お》うて以来でしたな、鳶沢総兵衛どの」

玉を転がす妙音こそ影様その人であることを示していた。だが、顔は左半身のせいと垂髪《すべらかし》のためによく見えなかった。

「いかにもさようでした」

影と鳶沢一族は役割を異にしていた。ゆえに出会うには出会う謂《いわ》れが要る、ために総兵衛が問いかけた。

「異なところにてお会い致します」

「影と鳶沢一族の長《おさ》は、徳川様のおん為にこそご奉公してきた、なにゆえ御所に、と言いやるか」

「いかにもさよう」

「総兵衛、そなたこそ、なにゆえ京に参られた」

「影様、それがしの出自、ご承知でございますな。それがし、鳶沢一族の百年の計を考え、古《いにしえ》の都の京を知ることが大事と考えました」

「最前の蹴鞠披露も京訪《おとな》いの座興か」

「どなた様かのご希望ゆえ」

「総兵衛、そなたの京滞在が薩摩を慌《あわ》てさせておる。阿弥陀ヶ峰の山城の争い、比叡山《ひえいざん》一本杉の戦、これ以上繰り返されると薩摩も鳶沢一族も共倒れになりかねぬ」

「影様にご案じ申させ、鳶沢勝臣、恐縮至極にございます」

と答えた総兵衛が、

「影様は総兵衛の京入りを知って忠告するために出向かれましたか」

「影の務めは徳川の安泰、となれば朝廷の安泰が徳川の安泰に繋《つな》がります。ただしそなたのあとを追ってきたわけではない」

「影様の御用なれば水呼鈴《すいこれい》とそれがしの火呼鈴が呼び合うはず」

「ゆえに御用ではない」

「御用ではないが総兵衛に京を去れと諫言《かんげん》なされますか」

「薩摩と手蔓《てづる》がないこともない。朝幕安泰のためにしばし薩摩と鳶沢一族、和議をなさぬか」

「影様が仲立ちなされますか」

「徳川幕府のためにな、動いてみよう」

「和議が決まれば鳶沢総兵衛勝臣、即日京をあとに致します」

「朱雀大路の中納言《ちゅうなごん》どのに連絡《つなぎ》をつけます」

「他に御用がございましょうか」

「目付の伊集院監物ですが、総兵衛自ら刀を振るうほどの大物でもありますまい。生かせるものなれば生かしておきなされ」

しばし沈思した総兵衛は、

「影様が申されること、一々ごもっともに存じます」

「そなたから申されることはありませぬか」

「われらと薩摩の怨念《おんねん》百年余のことにございます。影様に改めて申し上げておきます。こたびのように坊城桜子としげの二人の娘を妖《あや》しげなる一味が妖術《ようじゅつ》を使いて拐《かどわか》すような所業の背後には必ず薩摩が控えておりました。われら、向後弱き者を脅《おびや》かすような所業なきことを念じております」

総兵衛は薩摩から仕掛けてこぬかぎり、鳶沢一族が動くことはないと影様に誓った。

「相分かりました」

一礼した総兵衛は森閑とした禁裏の奥座敷から立ち上がった。

三

影様から坊城家に連絡が入らないまま日にちが過ぎていった。

総兵衛は、神社仏閣で催される正月の行事や公卿《くげ》家や町屋衆が催す初釜《はつがま》などを桜子の案内で楽しみながら、影からの連絡を待った。

一方で河原町の諒玄寺、通称猫寺に三日に上げず通ってくる薩摩藩京屋敷目付伊集院監物の見張りは未《いま》だ続けさせていた。

お桂の下に通う伊集院に同行する者が、薩摩藩士から黒田闇左衛門《やみざえもん》とその配下の者に変わった。

師走《しわす》から正月にかけてお桂のところでは藩士を招いて宴《うたげ》が繰り広げられていたが、そのうち、伊集院の私兵ともいえる黒田一味がなぜか同道してくるようになったと北郷陰吉らは総兵衛に報告してきた。

「阿弥陀ヶ峰の山寺に潜む黒田闇左衛門とその残党か」

「一人ふたりと減じておきましょうか」

と陰吉が総兵衛に伺った。

「いや、手出しはならぬ。だが、見張りを解くでない」

それが総兵衛の命であった。

そんな最中《さなか》、江戸からいっしょに二通の書状が届いた。時期を違《たが》えて出された飛脚便が道中で停滞する事態が生じて同時に届いたのだ。

差出人は大黒屋の留守組の頭の光蔵《みつぞう》だ。

大番頭はまず商いの現況を細々と綴《つづ》り、薩摩との間に繰り返される駆け引きが記されてあった。

その一つが鳶沢一族の本丸ともいえる地下広間に南町奉行所元同心の池辺《いけのべ》三五郎と薩摩藩江戸藩邸家臣石橋茂太夫《しげだゆう》の二人が大黒屋の家作から通じる抜け通路を辿《たど》って忍び込んだことを告げていた。光蔵は、

「総兵衛様の留守にかような大事を招き、申し訳なきことでございます。総兵衛様江戸へのお帰りの節に改めてお詫《わ》び申します」

と記し、侵入者二人の口を封じたこと、さらにこの抜け通路からの侵入経路について、その後の薩摩の動きを見ても、二人以外知らぬようだということも

付け加えてあった。

さらに富沢町が手薄な折、鳶沢村、深浦を経由して栢植衆の頭目栢植宗部《そうぶ》が十三人の栢植衆を率いて富沢町に駆け付けてくれたことが記されてあった。

「なんと宗部は江戸にも気配りをしてくれたか。さすがは栢植衆を率いてきた頭目だけのことはある」

と総兵衛は感心した。そして、

「なぜ鳶沢村から深浦を経て富沢町に入ったか」

を訝しく思った。

この背景にはおりんの鳶沢村行があって、宗部の申し出に対するおりんと安《やす》左衛門《ざえもん》の決断により、江戸入りが行われたことなどが付記されてあった。

栢植宗部は京に満宗らを助勢に送り込んだばかりか、栢植衆全体を鳶沢村に引っ越しさせる大事業を行いつつも、鳶沢村でおりんに会い、江戸店へと栢植衆の精鋭十三人を派遣してくれたのだ。

二通目の書状には京にある総兵衛にとってもっとも大事なことが記されていた。

「……総兵衛様、年の内に根岸へ挨拶《あいさつ》に参り、坊城麻子様より耳打ちされた一件がございます。五摂家の九条家の娘文女《あやめ》様が、先の京都所司代にして、その後、老中に転じられた、さる大名家の殿様と相思相愛であったとか。私はその場で揣摩《しま》臆測《おくそく》、あれこれとかような履歴の譜代大名を推量しようと試みました。ですが、麻子様が申された履歴の方に思い当たりませんでした。これは麻子様がわざと大名家の出自を曖昧《あいまい》に私に伝えられた話と詮索《せんさく》は止《や》めましてございます。それよりも麻子様は大事なことを私に伝えようとなされたのではないか。そのお方の側室になって江戸入りなされた九条文女様のことを麻子様がなぜ唐突に持ち出されたか、その折は判然としませんでした。が、帰路に、麻子様は九条家の血筋の女子が『影様』ということをほのめかされたのではないかと卒然と悟りました。五摂家の近衛家が薩摩と親しく、その関わりは擬制《えせ》親族と称されるほどの結び付きを牽制《けんせい》するために、近衛家とは考えや行動が異なる九条家から『影様』が擁立されたとしたらと、私、独り合点をしたところです。とはいえ、文女様が『影様』と決まったわけではございません。まず総兵衛様にお知らせ申しておきます」

このくだりを読んで総兵衛は得心した。

いや、影様は九条文女その人だ。

幕府内で薩摩と五摂家近衛家の親密な交際を危ぶんだ人物が九条家の血筋を『影様』に立てることは大いにありそうなことだと、麻子の忠言を有り難く受け取った。

「総兵衛様、明日は茶屋清方様から瓜生山《うりゅうやま》別邸に初釜に招かれておりますえ。忘れておられへんな」

この日の夕刻に桜子が念を押した。

「覚えておりますとも。京の名だたる分限者茶屋清方様の初釜、さぞ大勢の京人が招かれましょうな」

「新春を寿《ことほ》ぐ茶屋家の初釜は毎年松の内の明ける十五日にな、瓜生山で何百人も招いて安南庵の他に、邸内のあちらこちらに設《しつら》えられた茶席で楽しむのんどす。明日はそれとは別に総兵衛様を正客《しょうきゃく》に迎えて催されるそうどす」

「桜子様も参られますな」

「うちは総兵衛様のお相伴《しょうばん》でお招き頂きました。それが不思議なんどす。その他の御連客は何人か、茶屋様からのご案内状には御連客の名が記してございまへんのや」

「それは茶事の仕来《しき》りに反することですか」

「茶事の案内状には、時候の挨拶から始まり、『粗茶一服』と記してお招きしますんや。そのあとに時と場所と御連客の名を連ねることが礼儀に叶《かの》うた茶事のお招き状にございます。こたびの清方様のお招きには御連客のお名前がありまへんから連客はおられへんのかと存じます」

桜子の言葉を聞いた総兵衛はしばし沈思し、

「主《あるじ》の清方様が考えられた茶事、招かれた私どもがあれこれと考えることではございますまい」

「いかにもさようどす」

「桜子様、ご承知のように私、異郷生まれの人間です。礼儀に叶うた茶事の作法を知りませぬ。明日を前に付け焼き刃にございますが、伝授してくれませぬか」

「総兵衛様、うちが初めて富沢町で総兵衛様にお目にかかった日に、総兵衛様が離れ屋の隠し茶室に母とうちを導いて、茶を振舞うてくれはりましたな。うちはあの日のことを決して忘れもしまへん」

「欠礼の数々お許し下され」

「いえ、堂々たる亭主のおもてなしにございましたえ。京のどの茶事にても亭主が務まりますえ」

「そう申されるのは桜子様だけでございます」

「茶の作法は流儀によっても違います。大まかに申して茶事は、まず寄付《よりつき》で服装を整え、腰掛へ出、露地を通り、茶室に入る席入りから、初炭点前《しょずみでまえ》、懐石を頂いて中立《なかだち》をするまでが初座、後座は、再び席入りして濃茶点前《こいちゃてまえ》、後炭《ごずみ》点前、薄茶点前と移り、退出の挨拶をしてお見送りを受けるまでどす。その間の作法を言い出したらきりおへん。うちはな、主のもてなしの気持ちをしっかりと受けとめることがなによりかと思います。うちがこの場であれこれと言うより、総兵衛様は自然のままに振舞われることどす」

と桜子が言いきり、総兵衛も肚《はら》を固めた。

総兵衛が茶屋家の瓜生山別邸を訪ねるのは何度目のことか。

京の東山三十六峰の一つ瓜生山を総兵衛は段々と好きになっていた。

総兵衛は物心ついて以来、船を通じて海に接して大人になってきた。山に囲まれた京の土地が育てた細やかな風習や祭礼や食べ物の奥深さに感銘を覚えると同時に、

「この地で暮らすことはできまい」

とも考えていた。

京人は決して直截《ちょくせつ》にものごとを表現しないように見うけられた。

総兵衛の願いが聞き届けられたと思っても、それが遠廻しの断りだったことを再三再四経験していた。京の常識は他国では非常識であり、理解できないことがあった。が、それを踏まえても京の風物や仕来りには惹《ひ》かれるものがあった。

それにしても江戸と京とはやはり相容《あいい》れぬ都だ、と思った。

徳川幕府の始まりとともに城の鬼門にあたる艮《うしとら》の方角の富沢町に拝領地を頂

き、古着商の特権を授けられて、影の旗本として徳川一族の危機にあたって密《ひそ》やかに暗躍してきた鳶沢一族の十代目が京入りしたとき、京のあちらこちらで声にならない目に見えない拒絶があった。

影様である九条文女は、総兵衛にそのことを忠告したのだ。だが、影様から連絡がない以上、総兵衛は京から離れる気はなかった。

総兵衛と桜子が茶屋家の瓜生山別邸の茶室安南庵に着いたのは四つ半（午前十一時頃）の刻限だった。

この日、総兵衛は黒紋付に袴《はかま》の正装で、一切の刃物など携えていなかった。

一方桜子は春らしく華やいだ薄紅色の紋付にうっすらと化粧を刷《は》いていた。それがかえって初々《ういうい》しく桜子の若さを際立《きわだ》たせていた。

二人が腰掛で待っていると、主の茶屋清方が出て迎えてくれた。

この日の招きの礼を述べた総兵衛が、

「清方様、作法知らずの総兵衛にございます。非礼あらばお許し下され」

と前もって許しを乞《こ》うた。

「本日の初釜、なんの作法も礼儀も要りしまへん。先にわてが粗茶を差し上げますよってな、そのあと、懐石をゆっくりと賞味しながら酒《ささ》を酌《く》み交わし、心おきなくお話なとしましょうな」

清方が異郷生まれの総兵衛を気づかってか、本日は無礼講と告げた。

目礼した清方が茶室に戻ると、二人は打ち水も清々《すがすが》しい露地へ進んだ。

総兵衛に促され、桜子が続いてにじり口から茶室に姿を消した。

総兵衛は間をおいて蹲踞《つくばい》に進み、席入りした。

末客の位置にすでに連客が座していた。女人だった。

春の陽射《ひざ》しが雲間に隠れたか、安南庵の中がほの暗くなり、炭火の明かりのみが連客の横顔を浮かばせていた。

なんと九条文女が連客だった。

総兵衛は一切の表情を消して、床の間の掛け軸に眼をやった。一瞬にして清方のもてなしを理解した。

一艘《そう》の御朱印船が港入りしていた。なんとその港は総兵衛の生まれ故郷の安南ツロンであった。

正客の総兵衛のために茶屋清方は、

「茶屋家持船安南つろん湊入図」をかけて迎えてくれた。

総兵衛はゆったりとした動作で歓迎の掛け軸から炉や釜を拝見し、定められた座に着いた。

亭主の清方が濃茶点前を始めた。春らしく目出度《めでた》い茶碗《ちゃわん》は御朱印船で運ばれた五彩の安南焼だった。

安南庵に亭主が茶を点《た》てる音と釜《かま》の湯の音が静かに響いていた。

京の茶屋家の茶室で影と影旗本の頭領が同席し、茶屋清方のもてなしを受けた。

総兵衛はそのことの意味を考えることなく、ただ静けさの中に進行する一碗に茶が練られる所作と音とを楽しんだ。

清方から差し出された一碗を受けると次客の桜子に一礼し、濃茶を喫した。

ゆるゆるとした時が流れ、平穏な気持ちに包まれた。

次客、末客と濃茶をそれぞれが喫し終ったとき、清方が、笑みを浮かべた顔で、

「懐石は別室に仕度してございます。桜子はん、亭主の手伝い願《ねご》うてようございますか」

と桜子に願い、桜子は無言で頷《うなず》くと亭主に従って退席した。

安南庵に残されたのは九条文女と総兵衛だけだ。

二人の間にいた桜子が二人を分かつ結界の役目を果たしていた。その結界が消えて、二人は静かに向き合った。

「桜子はんはよい娘御どす」

と文女がいつもとは異なる声音で言った。

「はい、私には勿体《もったい》なき伴侶《はんりょ》になりましょう、九条文女様」

微笑《ほほえ》んだ影様が、

「そなたは素直な若者どすな。いささか日にちを要しましたが、朝幕親密のために和睦《わぼく》が成りました」

文女の齢《とし》は桜子の母親の麻子と同じくらいか。

「互いは百年の恨みを忘れよと申されますか」

「鹿児島の島津重豪《しげひで》様も承知のことです」

「ならば鳶沢一族から薩摩に仕掛けることはございません」

「総兵衛勝臣どの、江戸に戻られますな」

　と影様が念を押した。

「明日にも出立いたします」

「双方にとってそれがよいことです」

　と九条文女の声が言った。

「総兵衛が京に滞在することで朝廷と幕府の間に不安が生じるのなれば、私が敢《あ》えて京にいる理由はありますまい。短い滞在ではございましたが、和国の古《いにしえ》の都を知り、総兵衛、至福にございました」

「薩摩が、あるいは鳶沢一族が和睦の道を踏み外したとき、私どもは会うことになります。その日が来ぬことを祈っております」

「私もでございます」

　と答えた総兵衛が言い足した。

「亭主どのと桜子様をあまり待たせてもいけませぬ。九条文女様からご退出を願います」

総兵衛の言葉に頷いた連客がにじり口に向い、ふうっ、とした視線を総兵衛に返した。

「蹴鞠《けまり》、見事な技をご存じじゃ」

「安南ではあの程度の芸は幼い子供でも行います」

と答えた総兵衛が、

「影様、されど蹴鞠や茶事に流れるゆるゆるとした時の流れは、異郷の人間には生みだせますまい。京に参り、この永久とも思える時の流れを経験することが出来たのは、私にとってなにものにも代えがたいことにございました」

「そなた、親御様方に感謝することとです。京にも千年のときの間に幾多の戦乱がありました。公卿《くげ》も町衆も炎に追われながら、そなたが褒め称《たた》えてくれた時の流れを守り抜いてきたのです。私は、江戸に出て、なんの不満もありません。されど、この京がときに無性に恋しくなることがあります」

「東国は無骨にございますか」

「公卿と武人を兼ねた安南政庁の総兵使のグェン家、和名今坂一族の血筋ならではの感覚どすな」

と笑って答えた影様がいま一度九条文女に戻った。

「桜子様の父御は、松平乗完様どしたな」

「そなた様の大事なお方も京都所司代を務められたお方でございます」

「富沢町二百年の時を無駄にしたわけではおへんな、鳶沢勝臣どの」

「私どもにとって過ぎ去った二百年はこれからの百年のために生かしてもよし、殺してもよし」

「その覚悟を十代目はお持ちどしたか。わても安心して江戸に戻れます」

影様は懐石の席にはいかぬと言っていた。

「いつの日か」

「われらが会うときは騒乱の時」

「承知しております」

「さらばです、鳶沢勝臣どの」

にじり口から影様の姿が消えた。

安南庵の前に茶屋家の取締方の恒左衛門《こうざえもん》が総兵衛を待ち受けていた。

「ご案内仕《つかまつ》ります」

「瓜生山を訪ねる最後の日、名残り惜しゅうございます」

「大黒屋総兵衛様のいない京もまた寂しいことでございましょう」

と言った恒左衛門が酒席へと導いていった。

酒席は離れ屋で、滝が流れ込む泉水越しに東山三十六峰の山並みが見えた。短い京滞在ではあった。だが、いつしか季節は冬から春に移り、山並みも春の装《よそお》いが見られるようになっていた。

宴席にはじゅらく屋の栄左衛門、坊城公望も招かれていた。

「お待たせ申しましたな」

「江戸に帰られるそうな、名残り惜しいことどすわ」

と茶屋清方が言い、

「もう少しいられまへんのか」

と公望が急な旅立ちを惜しんだ。

「大爺様《おおじいさま》、また再々会えます」

「この次、そなたに会うときは姓が変わっておるのんと違うやろか」

「さようなことはうちは知りまへん。大爺様、どなたさんかに尋ねて下され」

「ささっ、今日は誰の邪魔も入らせしまへん。ゆっくりと酒を酌み交わしましょうな。総兵衛はん、異国の酒もうちにはありますえ」

と清方が茶事から酒席の亭主に変わって言った。

四

江戸の富沢町では、猫の九輔《きゅうすけ》と手代見習いの天松が大番頭の光蔵のところへ、この日最後の見回りの報告に姿を見せた。

光蔵は二番番頭の参次郎といっしょに売上帳の付け合わせを店座敷でやっていた。

「大番頭さん、町内に異常はないように思えます」

「甲斐《かい》、信玄、さくらはどうしております」

「あやつらの先祖は、もともと甲斐国の山歩きをしていた犬です。冬から春になって益々元気なようです。ただ、三匹とも綱《つな》に繋がれているばかりではいささか足腰がなまるようで可哀相《かわいそう》です」

富沢町は江戸の町中だ。商家として動物を放し飼いにすることを大黒屋では許していなかった。

「元気旺盛《おうせい》な年頃の生き物です。なんとかな、自在に走り回るところがあればよいのですがな」

としばし考えた光蔵が、

「夜の内だけ中庭に放ってみますか」

「庭を荒らしませぬか、それに大番頭さんの大事な薬草園がどうなりますか」

「二番番頭さん、私と天松がしっかりと躾《しつ》けた犬たちです。庭を荒らすような真似《まね》は決してしません。糞《ふん》も私どもが朝のうちに拾います」

「それでもねえ」

と参次郎は一抹《いちまつ》の不安を持っていた。

「なにより先日のような怪しげな侵入者に直ぐに気付いて吠《ほ》え声を上げて知らせてくれます。小屋の戸を開けてあれば、甲斐らは時に小屋で休んだり、時に見回りに出て走り回ったりときっと役に立ちます」

と九輔が約束して、その夜から飼犬三匹の小屋の扉が試しに開かれることになった。

「ならば、早速私が三匹に言いきかせてきます」

と立ち上がった九輔に天松が従おうとした。いつもより動作が鈍かった、天松らしくない振舞いだった。

「天松、体の具合でも悪いのですか」

「いえ、大番頭さん、さようなことは」

「ないと申すか。おかしい、いつもは一言多い天松が黙っておるのはどういうことか」

光蔵が天松を睨《にら》むと、天松が再びぺたりと腰を下ろし、

「大番頭さん、総兵衛様方はいつまで京に逗留《とうりゅう》なされるのでございますか」

と嘆いたものだ。

「たしかに総兵衛様のいない江戸は寂しいですな」

と大番頭が応じたところにおりんも姿を見せて、

「このところ天松さんが元気がないと思うておりましたら、総兵衛様恋しの一念が募りましたか」

と同意するように言った。

一座に重い沈黙がしばし支配した。それを打ち破るように光蔵が、わての勘どす、と上機嫌のときや気分を変えたいときに織り交ぜる上方弁で前置きして、

「桜の咲く前に江戸に戻ってこられるような気がします」

「桜の咲く前ですか、なんとも漠としております。それに大番頭さんの勘ですか」

と天松の言葉には疑心があった。

「なに、あてにならぬと申すか。そのように主様《あるじさま》不在を嘆いてばかりいては留守番組の士気が落ちます。必ず近々、江戸に戻るという知らせが入ります。それまでな、私どもも一致団結して大黒屋の商いと、影御用に努めますぞ。天松、しばらく三匹の犬たちと庭で遊んできなされ」

光蔵に命じられた天松が九輔といっしょに庭の犬小屋に向い、しばらくすると、わんわんと甲斐たちが庭を駆けまわる元気いっぱいの声が店まで伝わってきて、おりんが、

「寂しいのは天松さんだけではございませんものね」

と嘆くように呟《つぶや》いたものだ。

京の瓜生山茶屋家別邸を最後に出たのは、総兵衛と坊城公望と桜子だった。すでにじゅらく屋栄左衛門は店から迎えがきて茶屋別邸を辞去していた。清方は総兵衛や桜子と別れるのが辛《つら》いようで何度も引き止めたために夜が訪れていた。

東山三十六峰の北方に位置する別邸は、未《ま》だ春は名のみ、夜になると寒さが募った。

茶屋家が用意した乗り物に公望と桜子が乗り込み、

「清方様、京最後の夜をそぞろ歩いて朱雀大路に戻りとうございます」

と総兵衛は、乗り物を断った。

未だ総兵衛の胸中は、薩摩との和睦《わぼく》を完全に信じてはいなかったのだと清方は推測していた。ゆえに即座に対応できるように徒歩《かち》を選んだのだ。

清方は総兵衛が茶屋家の必要以上の警護を望んでないことも承知していた。ゆえに今宵《こよい》は二丁の乗り物と陸尺《ろくしゃく》だけを貸し与えた。そんな気持ちの清方に、

「交易船団が戻ってきましたら交易品を持参します。その折にお会いしましょう」

と総兵衛が話しかけた。

「こたびの交易にわてら茶屋家は関わっておりませんが、異国の品を回して下さりますか」

「宜《よろ》しければ大黒屋の一部をお回しします」

「それは楽しみな」

と答えた茶屋清方が、

「総兵衛はん、わてはイマサカ号を見てみたい。こんどはわてが江戸に出ていく番どす」

「お待ちしています」

と約束を男同士が交わし、

「桜子はん、道中恙《つつが》なくな」

と別れの言葉をかけ、桜子が、

「清方様、師走《しわす》から年初めの京を十分に楽しませて頂きましたえ。お礼を申します」

「麻子様によしなにな」

と応じた清方は今晩じゅうにも細作飛脚を江戸に走らせ、総兵衛一行の江戸戻りを知らせようと考えた。

公望の寝息が気持ちよさげに響いていた。

「さらばにございます」

総兵衛の言葉とともに二丁の乗り物が茶屋家別邸を出た。

先頭は公望の乗り物で桜子のそれがあとに続き、傍らに総兵衛が従った。

「総兵衛様、寒くはありまへんやろか」

「ほろ酔いの顔のほてりが東山からの風になんとも気持ちようございます」

「明日からまた旅にございますね」

桜子はなぜ総兵衛が急に変心し、江戸へ戻ることを決めたかその理由を知らなかった。清方と総兵衛の会話で婉曲《えんきょく》に知らされただけだ。だが、この京出立が急遽《きゅうきょ》決まった背景に九条文女との安南庵での話し合いがあることは容易に推測がついた。

一連客の文女は酒席に姿を見せず、清方も文女の膳《ぜん》は用意していなかった。五摂家の一つ、九条家の娘の文女は幕閣のだれかの側室と聞いていた。ふだんは江戸に住いしている筈《はず》の文女がなぜ京にいて、茶屋家の内々の初釜《はつがま》に事寄せて総兵衛と話し合いを持ったか。

桜子は踏み込んではいけない領域と承知していた。

「気を悪くされたのではありませんか」

「いえ、どなたにも内緒ごとはおます。わては総兵衛様の案内方、お考えに従うだけにございます」

乗り物は今出川橋を渡りかけていた。

高野川と賀茂川の合流部に架かる橋は、近代、出町橋《でまちばし》とも今出川橋とも呼ばれた。ただ今の賀茂大橋であろうか。

二つの流れが合わさる川面から霞《かすみ》のようなものが立ち上り、橋上に迫って一瞬行く手を塞《ふさ》いだ。だが、茶屋家の陸尺たちは慣れたもの、歩調を緩めずに出町口あるいは今出川口と呼ばれる右岸を目指した。

「桜子様、預けものを貸して下され」

総兵衛の声に桜子が乗り物の引戸をずらし差し出した。

鳶沢一族の頭領たるあかしの三池典太《みいけでんた》光世《みつよ》、通称葵《あおい》典太の一剣だ。

総兵衛は腰帯に差し落とすと、前を行く乗り物を追い越した。陸尺が何事かと総兵衛を見た。

「足を止めて下され」

総兵衛の願いに二丁の乗り物が停止したが陸尺は驚く風もなく、また公望の寝息は止まることもなかった。

上流の賀茂川の流れから風が吹き上げてきて、今出川橋の霞のようなものを吹き飛ばした。

すると橋のほぼ真ん中に一つの影が総兵衛一行を待ち伏せするように立っていた。

総兵衛は右手を上げて、だれかを制した。そうしておいて行く手に立ち塞がった影に向って間合いを詰め、三間（五メートル余）を残して足を止めた。

「伊集院どの、薩摩とは和睦がなったと思うたが」

「江戸に去るな」

「念には及ばぬ。明日出立する」

「和睦が一時《いっとき》のことか、あるいは」

「永久に続くか薩摩と」

「鳶沢次第」

「いかにも。もはや京で相見《あいまみ》えることはあるまい」

総兵衛の言葉に頷《うなず》いた薩摩藩京屋敷目付伊集院監物がするすると下がり、その代わりどこから現われたか、阿弥陀ヶ峰廃城を黒隠禅師開山廃闇寺と勝手に称して、托鉢《たくはつ》僧に身を窶《やつ》して巣食っていた黒田闇左衛門と残党が姿を見せた。

「われら、もはや薩摩様と関わりなしの身である。恨みを晴らさんがために待ち受けていた」

「薩摩に飼われていた妖《あや》しげな一団が都合次第で薩摩と関わりなしと言うか」

「おお」

「われらにも意趣因縁はある。錦市場で罪咎《つみとが》もない娘二人を攫《さら》い、阿弥陀ヶ峰の破れ家《やや》に十数日も監禁した一事だけでも許せぬ。黒田闇左衛門、そなたを生かしたまま江戸には戻れぬ」

「抜かせ」

黒田闇左衛門が饅頭笠《まんじゅうがさ》を脱ぎ、鴨川の流れに捨てた。それが合図か、黒田の配下の七、八人が金剛杖《こんごうづえ》を振ると先端から槍《やり》の穂先が現われ、手槍になった。その手槍を一斉に総兵衛へ投げ付けんと構えた。

「止《や》めておけ。橋床を汚すことになる」

総兵衛の背後の停止した乗り物の背後から三つの人影が姿を見せた。

弩《ど》を手にした田之助に新羅次郎、それに三番手の弩手はなんと、しげだった。しげはもとより鳶沢一族だ。戦いの折は女とて武器をとる、それが鳶沢一族に生まれた者の宿命だった。

托鉢僧に扮《ふん》した黒田一統には理不尽にも拐《かどわか》しにあった恨みがあった。ゆえに京での陰警護に自ら志願していたのだ。

黒田配下の手槍の面々が一瞬躊躇《ちゅうちょ》した。その迷いが彼らを死へと導いた。

きーん
と硬質な弦音《つるおと》が響き、三本の短矢が飛んで、手槍を投げようとした托鉢僧姿の三人の胸に突き立った。

それには構わず残りの托鉢僧の手から飛び道具が総兵衛に向って飛んだ。

総兵衛の腰の葵典太が抜き放たれ、飛来する四、五本の手槍の中へと自ら踏み込んだ。橋板に足裏をつけてわずかに腰を沈めた総兵衛が、
そよりそより
と舞い動いて、葵典太が舞扇のように翳《かざ》されると、飛来する手槍が次々に、

「発止」

とばかりに払い落とされ、鴨川の流れへと消えていった。

飛来する手槍は迅速であった。だが、総兵衛の動きはまるで能役者のように、

「静の中の動」

と移ろった。それだけで迅速を封じ込めた。

「な、なんと」

と手槍を投げた面々が呻《うめ》いた。

その直後、二つの弦音が響いて、田之助と次郎の弩が再び放たれ、二人の托鉢僧の胸に突き立った。これで五人が一瞬にして斃《たお》された。

「黒田某《なにがし》、尋常な勝負をする覚悟はありやなしや」

黒田闇左衛門が金剛杖から仕込刀を抜き放った。鞘《さや》の役目を果たしていた金剛杖の柄を橋板に突き立てて残した。

総兵衛は葵典太を胸の前に立てて構えた。そして、不動の構えに入った。

黒田闇左衛門は仕込刀の切っ先を下段に下げて、口の中で呪文《じゅもん》の如《ごと》きものを唱え始めた。するとその瘦身《そうしん》から霞のようなものが湧《わ》き出て、黒田の体を隠すと同時に渦を巻き始めた。

総兵衛は動じない。ただその場にあって、瞑目《めいもく》した。

無の境地に達する直前、なぜか総兵衛の脳裏に、茶屋清方が濃茶を点てた時の、流れるような所作が浮かんだ。

清方はその点前を、

「濃茶を練る」

と異郷に生まれた総兵衛に教えた。

茶一つを喫するにもかたちがあり、そのかたちが流れと間を持って連なったとき、芸になった。そのことを京に来て、総兵衛は教えられた。

無の境地に入らんとした総兵衛を黒田闇左衛門の呪文が邪魔をした。

桜子の傍らに控えた柘植満宗は、不動の総兵衛を灰色の霞のようなものが包み込むのを見た。そして、その向こうに呪文を唱え続ける黒田がいて、下段に構えた仕込刀をだんだんと中段から上段に上げると、

はっ

と気合を発して虚空《こくう》に飛び、一気に霞のようなものに包まれた総兵衛に襲いかかるのを見た。

三間ほどあった間合いが一気に縮まり、黒田が霞のようなものに包まれて視界を塞がれた総兵衛の脳天目がけて、

えいやっ

と仕込刀を振り下ろした。

総兵衛を包む霞のようなものが霧散し、身を曝《さら》したのを満宗は見た。

(総兵衛様)

胸の中で叫んでいた。

頭上から黒田闇左衛門の仕込刀が振り下ろされ、細身の刃が不動の総兵衛を捉《とら》えんとしたとき、瞑目する総兵衛の三池典太光世が、

すうっ
と寒夜に霜が降りるように静寂無音を割って差し出され、飛来した相手の頸《くび》筋《すじ》を、
ふわり
と断ち切っていた。

血飛沫《ちしぶき》が音もなく散って黒田闇左衛門が総兵衛の足元に崩れ落ちた。

柘植満宗は祖伝夢想流をわずかな月日の修行でわがものにした総兵衛の弛《たゆ》まぬ努力と比肩《ひけん》するもののない剣の才に畏敬《いけい》の念を感じた。

（おそろしや、総兵衛様、祖伝夢想流）

総兵衛は懐紙で刃《やいば》の血糊《ちのり》を拭《ぬぐ》うと、鞘に納めて橋の向うに向って静かに呼びかけた。

「この勝負、薩摩と関わりなし。よいな」

しばし応答はなかった。

長い無音の間があって、

「承知した」

との伊集院監物の声が響いてきた。そして、最後に、

「総兵衛、江戸にて相見えることになろう」

という言葉を最後に気配が消えた。

薩摩藩京屋敷目付伊集院は江戸藩邸に勤番替えになるということか。あるいは別の意味が含まれているのか、総兵衛には答えがなかった。ただ、

「京滞在」

が終った事実だけがあった。

総兵衛が乗り物まで戻ると、茶屋家の陸尺《ろくしゃく》たちが会釈《えしゃく》した。

「お待たせ申したな」

「なんのことがありましょうや。われら、茶屋家に代々仕えてきました者にございます。これからは江戸の大黒屋様とお付き合いが始まるかと思うとわくわく致します」

陸尺に身を窶《やつ》した茶屋家の細作《さいさく》組頭の露辺寺《ろへじ》鞍馬《くらま》が応じた。

「次は江戸でお会いしましょうか」

総兵衛の言葉に頷く陸尺がただ者ではないことを総兵衛も察していた。

清方は総兵衛の警護を表だってすまいという心遣いを承知していた。

「必ずや」

未だ坊城公望の寝息が今出川の橋上に響き、

「総兵衛様、お先に朱雀大路に」

と柘植満宗が声をかけた。橋上の骸《むくろ》の始末をつけるために残ると言っていた。

「頼もう、満宗」

乗り物が再び動き出した。

総兵衛は桜子の乗り物の傍らに戻った。

「京はいかがでおした」

「京を知るということは江戸を改めて見直すことだと思いました」

「総兵衛はんらしいご返答どすな」

「京の案内方になんのお礼をしたらよいのやら」

「江戸に戻ってたっぷりと頂戴《ちょうだい》します」

と答えた桜子の声が小声になって、

「うちは総兵衛様といっしょできて幸せどした」

「総兵衛とて同じ気持ちです」

五月《いつつき》余りに及んだ京への旅がしっかりと二人の心を繋《つな》いだことを総兵衛も桜子も考えていた。

あとがき

「新・古着屋総兵衛」も巻を数えていつの間にか七巻になった。今回の『二都騒乱』も物語の展開部はひとまず終わって、ほぼ登場人物も出揃《でそろ》った。また総兵衛の京都訪問により、総兵衛から「異人」の匂《にお》いは薄れ、鳶沢《とびさわ》一族の十代目頭領としての地位を確立したように思う。

これからは富沢町を拠点に徳川政権の鎖国下の歴史の大きなうねりの中で、一族の使命を果たすことになろう。そのためには武と商が互いに補完し合い、鳶沢一族の活動の原動力とならねばなるまい。

時代小説を書きはじめて十六年目に入る。本シリーズも旧作『古着屋総兵衛影始末』が十一巻、新シリーズが七巻で都合十八巻を数える。先発の他シリーズは最低で二十巻を数え、『居眠り磐音《いわね》江戸双紙』は四十三巻を超えて、五十巻完結へ秒読み状態に入った。

シリーズが長くなると、物語が弛緩《しかん》してくるのが一番怖い。また、新しい読

者を獲得するのも難しい。なぜなら、

「えっ、四十巻もあるの。お金も大変だし、読むのにも時間がかかるわ」

と書店の本棚の前で洩《も》らされる戸惑いの声が作者にも想像できるからだ。長大なシリーズを前にした読者が最初に本を手に取ってくれるのは表紙を始めとする文庫の体裁、雰囲気なのだろう。そして、一ページ目を読んで頂けるならばわが佐伯ワールドへ誘《いざな》えるのだが、と作者は自信をもって言い切れるか（？）。

ともあれどの巻からでもいい、まずページを開いてみて下さいとお願い申し上げるしかない。

『二都騒乱』の二都とは、当然江戸と京だ。

京都を舞台にすると決めてから京都関係の本を購入した。その中でなぜか東山三十六峰の阿弥陀《あみだ》ヶ峰の地名が気にかかった。京都の南東に位置する峰から京の都が見えるのか、琵琶湖《びわこ》は望めるのか、考えている内になんとなく舞台に使おうという考えに固まった。

そこで京都の神社仏閣は言うに及ばず、あらゆることに通暁《つうぎょう》した写真家中田昭君に電話して阿弥陀ヶ峰の話を聞いた。

慶長三年（一五九八）八月十八日、六十三歳で伏見城に死んだ豊臣秀吉は遺命により、阿弥陀ヶ峰の頂きに葬《ほうむ》られ、豊国廟《びょう》が築かれたと、スペイン時代からの友が教えてくれた。なんとなく友の声を聞いているうちに物語が成ったような錯覚に落ちた。それは偏《ひとえ》に中田昭君の博識な京都経験ゆえだ。

「露とおち　露と消えにしわが身かな　浪花のことも夢のまた夢」

秀吉の辞世に蛇足の物語を加えてしまったようだ。

平成二十五年十月　台風二十七号の襲来を前に　熱海にて

佐伯泰英

本書は新潮文庫のために書き下ろされた。

佐伯泰英著

雄飛

古着屋総兵衛影始末 第七巻

大目付の息女の金沢への輿入れの道中、若年寄の差し向けた刺客軍団が一行を襲う。鳶沢一族は奮戦の末、次々傷つき倒れていく……。

佐伯泰英著

知略

古着屋総兵衛影始末 第八巻

甲賀衆を召し抱えた柳沢吉保の陰謀を阻止せんがため総兵衛は京に上る。一方、江戸ではるりが消えた。策略と謀略が交差する第八巻。

佐伯泰英著

難破

古着屋総兵衛影始末 第九巻

柳沢の手の者は南蛮の巨大海賊船を使嗾し、ついに琉球沖で、大黒丸との激しい砲撃戦が始まる。シリーズ最高潮、感慨悲慟の第九巻。

佐伯泰英著

交趾（こうち）

古着屋総兵衛影始末 第十巻

大黒屋への柳沢吉保の執拗な攻撃で美雪はある決断を下す。一方、再生した大黒丸は交趾を目指す。驚愕の新展開、不撓不屈の第十巻。

佐伯泰英著

帰還

古着屋総兵衛影始末 第十一巻

薩摩との死闘を経て、勇躍江戸帰還を果たした総兵衛は、いよいよ宿敵柳沢吉保との決戦に向かう——。感涙滂沱、破邪顕正の完結編。

佐伯泰英著

血に非ず

新・古着屋総兵衛 第一巻

享和二年、九代目総兵衛は死の床にあった。後継問題に難渋する大黒屋を一人の若者が訪ね来た。満を持して放つ新シリーズ第一巻。

柴田錬三郎著

眠狂四郎無頼控（一〜六）

封建の世に、転びばてれんと武士の娘との間に生れ、不幸な運命を背負う混血児眠狂四郎。時代小説に新しいヒーローを生み出した傑作。

柴田錬三郎著

眠狂四郎独歩行（上・下）

幕府転覆をはかる風魔一族と、幕府方の隠密黒指党との対決――壮絶、凄惨な死闘の渦中にあって、ますます冴える無敵の円月殺法！

柴田錬三郎著

眠狂四郎殺法帖（上・下）

幾度も死地をくぐり抜けていよいよ冴えるその心技・剣技――加賀百万石の秘密を追って北陸路に現われた狂四郎の無敵の活躍を描く。

柴田錬三郎著

眠狂四郎 孤剣五十三次（上・下）

幕府に対する謀議探索の密命を帯びて、東海道を西に向かう眠狂四郎。五十三の宿駅に待つさまざまな刺客に対峙する秘剣円月殺法！

柴田錬三郎著

赤い影法師

寛永の御前試合の勝者に片端から勝負を挑み、風のように現れて風のように去っていく非情の忍者〝影〟。奇抜な空想で彩られた代表作。

柴田錬三郎著

一刀両断
―剣豪小説傑作選―

柳生連也斎に破門された剣鬼桜井半兵衛は槍術を会得し、新陰流の達人荒木又右衛門に立ち向かうのだが……。鬼気迫る名品八編収録。

司馬遼太郎著

梟の城

直木賞受賞

信長、秀吉……権力者たちの陰で、凄絶な死闘を展開する二人の忍者の生きざまを通して、かげろうの如き彼らの実像を活写した長編。

司馬遼太郎著

人斬り以蔵

幕末の混乱の中で、劣等感から命ぜられるままに人を斬る男の激情と苦悩を描く表題作ほか変革期に生きた人間像に焦点をあてた7編。

司馬遼太郎著

国盗り物語（一～四）

貧しい油売りから美濃国主になった斎藤道三、天才的な知略で天下統一を計った織田信長。新時代を拓く先鋒となった英雄たちの生涯。

司馬遼太郎著

燃えよ剣（上・下）

組織作りの異才によって、新選組を最強の集団へ作りあげてゆく"バラガキのトシ"――剣に生き剣に死んだ新選組副長土方歳三の生涯。

司馬遼太郎著

新史太閤記（上・下）

日本史上、最もたくみに人の心を捉えた"人蕩し"の天才、豊臣秀吉の生涯を、冷徹な史眼と新鮮な感覚で描く最も現代的な太閤記。

司馬遼太郎著

関ケ原（上・中・下）

古今最大の戦闘となった天下分け目の決戦の過程を描いて、家康・三成の権謀の渦中で命運を賭した戦国諸雄の人間像を浮彫りにする。

山本周五郎著

青べか物語

うらぶれた漁師町浦粕に住みついた〝私〟の眼を通して、独特の狡猾さ、愉快さ、質朴さをもつ住人たちの生活ぶりを巧みな筆で捉える。

山本周五郎著

赤ひげ診療譚

小石川養生所の〝赤ひげ〟と呼ばれる医師と、見習い医師との魂のふれ合いを中心に、貧しさと病苦の中でも逞しい江戸庶民の姿を描く。

山本周五郎著

日日平安

橋本左内の最期を描いた「城中の霜」、武士のまごころを描く「水戸梅譜」、お家騒動をユーモラスにとらえた「日日平安」など、全11編。

山本周五郎著

さ　ぶ

ぐずでお人好しのさぶ、生一本な性格ゆえに不幸な境遇に落ちた栄二。二人の心温まる友情を描いて〝人間の真実とは何か〟を探る。

山本周五郎著

ながい坂（上・下）

下級武士の子に生れた小三郎の、人生という〝ながい坂〟を人間らしさを求めて、苦しみつつも着実に歩を進めていく厳しい姿を描く。

山本周五郎著

樅ノ木は残った

毎日出版文化賞受賞（上・中・下）

「伊達騒動」で極悪人の烙印を押されてきた原田甲斐に対する従来の解釈を退け、その人間味にあふれた新しい肖像を刻み上げた快作。

藤沢周平著
用心棒日月抄

故あって人を斬り脱藩、刺客に追われながらの用心棒稼業。が、巷間を騒がす赤穂浪人の動きが又八郎の請負う仕事にも深い影を……。

藤沢周平著
消えた女
—彫師伊之助捕物覚え—

親分の娘おようの行方をさぐる元岡っ引の前で次々と起る怪事件。その裏には材木商と役人の黒いつながりが……。シリーズ第一作。

藤沢周平著
竹光始末

糊口をしのぐために刀を売り、竹光を腰に仕官の条件である上意討へと向う豪気な男。表題作の他、武士の宿命を描いた傑作小説5編。

藤沢周平著
橋ものがたり

様々な人間が日毎行き交う江戸の橋を舞台に演じられる、出会いと別れ。男女の喜怒哀楽の表情を瑞々しい筆致に描く傑作時代小説。

藤沢周平著
時雨みち

捨てた女を妓楼に訪ねる男の肩に、時雨が降りかかる……。表題作ほか、人生のやるせなさを端正な文体で綴った傑作時代小説集。

藤沢周平著
驟《はし》り雨

激しい雨の中、八幡さまの軒下に潜む盗っ人の前で繰り広げられる人間模様――。表題作ほか、江戸に生きる人々の哀歓を描く短編集。

隆慶一郎著　吉原御免状

裏柳生の忍者群が狙う「神君御免状」の謎とは。色里に跳梁する闇の軍団に、青年剣士松永誠一郎の剣が舞う、大型剣豪作家初の長編。

隆慶一郎著　鬼麿斬人剣

名刀工だった亡き師が心ならずも世に遺した数打ちの駄刀を捜し出し、折り捨てる旅に出た巨軀の野人・鬼麿の必殺の斬人剣八番勝負。

隆慶一郎著　かくれさと苦界行《くがいこう》

徳川家康から与えられた「神君御免状」をめぐる争いに勝った松永誠一郎に、一度は敗れた裏柳生の総帥・柳生義仙の邪剣が再び迫る。

隆慶一郎著　一夢庵《いちむあん》風流記

戦国末期、天下の傾奇者《かぶきもの》として知られる男がいた！　自由を愛する男の奔放苛烈な生き様を、合戦・決闘・色恋交えて描く時代長編。

隆慶一郎著　影武者徳川家康（上・中・下）

家康は関ヶ原で暗殺された！　余儀なく家康として生きた男と権力に憑かれた秀忠の、風魔衆、裏柳生を交えた凄絶な暗闘が始まった。

隆慶一郎著　死ぬことと見つけたり（上・下）

武士道とは死ぬことと見つけたり――常住坐臥、死と隣合せに生きる葉隠武士たち。鍋島藩の威信をかけ、老中松平信綱の策謀に挑む！

二《に》都《と》騒《そう》乱《らん》

新・古着屋総兵衛 第七巻

新潮文庫　さ－73－18

平成二十五年十二月一日発行

著者　佐《さ》伯《えき》泰《やす》英《ひで》

発行者　佐藤隆信

発行所　株式会社 新潮社

郵便番号　一六二—八七一一
東京都新宿区矢来町七一
電話 編集部(〇三)三二六六—五四四〇
　　 読者係(〇三)三二六六—五一一一
http://www.shinchosha.co.jp

価格はカバーに表示してあります。

乱丁・落丁本は、ご面倒ですが小社読者係宛ご送付ください。送料小社負担にてお取替えいたします。

印刷・株式会社光邦　製本・憲専堂製本株式会社

ISBN978-4-10-138052-0 C0193